庫

32-299-1

フランク・オコナー短篇集

阿部公彦訳

岩波書店

目　次

フランク・オコナー短篇集

ぼくのエディプス・コンプレクス

戦争の間ずっと――といっても第一次大戦のことだけど――父さんは軍隊にいた。だからぼくは五歳になるまで父さんとゆっくり過ごしたことはなく、たまに会う父さんは別に嫌な感じではなかった。夜、ふと目を覚ますとカーキ色の服を着た大きい人がろうそくの光の中に見える、あるいは朝早く、玄関の扉がばたんと閉まり、裏に鉄を打ったブーツが石の道を踏みしめていく。そんな風に現れたり去ったりするのが、ぼくにとっての父さんだった。どこからともなく登場し、どこへともなく消えていく。まるでサンタ・クロースだった。

父さんが帰ってくるのを、ぼくはとても楽しみにしていた。ベッドで母さんと父さんの間に朝早くもぐりこむのは窮屈だったけど。父さんがタバコを吸うと、こもったようないい匂いがしたし、髭を剃るところなど見ていてどきどきした。帰ってくるたびに記念のものも置いていった――模型の戦車、弾丸入れでできた取っ手つきのグルカ兵式ナイフ、ドイツ軍のヘルメットやバッジ、ボタン磨きの棒（金属または木製で、ボタンを磨くとき、服が汚れないようにボタンだけ頭を出す穴があけてある）など、どれも軍関係の小物だった。父さんはこういうものを大事そうに細長い箱にしまって衣装ダンスの上にのせていた。何かの役に立つと思ったのだろう。父さんには蒐集屋のところがあった。どんなものでも、いつか使えるかもととっておく。父さんがいないすきにぼくが椅子を使ってそういう宝物を物色しても、母さんは何も言わなかった。母さんにはそれほどたいそうなものとも思えなかったのだろう。

ぼくの人生では戦争中が一番平和なときだった。ぼくが使っていた屋根裏部屋の窓は南東向きで、母さんがつけてくれたカーテンはほとんど役に立たず、日の出とともに目が覚めた。そうすると、前の日にたいへんだと思っていたことがみんな溶けてなくなって、さあ、これから輝こう、楽しもう、とまるで太陽のような気分になるのだった。あのときほど人生が単純で、明快で、希望に満ちているように思えたことはない。ぼくは布団から足を突き出して、それぞれを右足《ミセス・ライト》さん、左足《ミセス・レフト》さんと呼び、その日をどう過ごすべきかふたりがいろいろ話し合っている、という状況を想像した。少なくとも右足さんは話し合いに熱心だった。右足さんははっきりものを言う人なのだ。ただ左足さんはそうでもなく、だいたい相づちばかり打っていた。

話し合いの内容は、母さんとぼくがその日何をすべきかとか、サンタ・クロースはどんなプレゼントをくれるべきかとか、家を活気づけるためにはどうしたらいいか、といったことだった。たとえば例の赤ん坊のことがあった。ぼくと母さんの意見はいつも食い違っていた。赤ん坊がいないのは、近所でもうちだけだ。父さんが戦争から戻ってくるまではとても赤ん坊をもつ余裕はないと母さんは言う。費用が一七・六はかかるんだから、と。まったく母さんはこれだから困る。すぐそこのジニーさんの家だって赤ん坊をつくったけど、あそこが一七・六もの費用を出せるわけがない。たぶんお金のかからない赤ん坊だったんだ。母さんはとびきりの赤ん坊が欲しいみたいだけど、ぼくにはそれは贅沢だと思えた。ジニーさん並の赤ん坊で十分じゃないか。

一日の予定を決めると、ぼくは起きあがって椅子を屋根裏の窓の前に動かし、窓を上げて頭を突き出した。うちの裏に連なる家の前庭が見渡せる。その向こうに急な谷間があり、谷のあちら側の斜面には赤煉瓦の背の高い家が並んでいた。谷間の向こうはまだ陰の中だったが、こちら側は光に照らされている。昼間とはちがう長い影ができ、知らない町みたいに見えた。いかめしくて、ペンキでも塗られたみたいだ。

そのあとぼくは母さんの寝室に行って大きなベッドによじ登った。母さんが目を覚ますと、ぼくは一日の計画について母さんに話して聞かせた。そのころまでには、自分でも気がつかないうちに、寝巻き一枚のぼくの身体は石みたいに冷たく硬くなっていた。

話しているうちにそれがやわらかくなり、最後の氷が溶けると、母さんのわきでぼくは眠りに落ちている。気がつくと、階下の台所で母さんが朝御飯の支度をする音が聞こえるのだった。

朝御飯をすませると、ぼくたちは町に行った。聖アウグスチヌス教会でミサに出て、父さんのためにお祈りをしてから買い物。午後天気が良ければぼくたちは町はずれまで散歩したり、修道院長をしている母さんの親友のドミニクさんに会いに行ったりした。母さんは修道院の人にお願いして父さんのために祈ってもらっていた。ぼくも寝る前の祈りでは、どうぞ父さんが無事戦争から戻ってきてくれますように、と神様にお願いしていた。今にしてみると、何てことを祈っていたんだ！と思う。

ある朝、ぼくがあの大きなベッドによじ登ると、果たして例のサンタ・クロースばりの神出鬼没さで父さんがいた。だけど父さんはそのあと、いつものように軍服を着るかわりに一張羅の青いシャツに着がえた。母さんはすごく嬉しそうだった。ぼくは軍服を着ない父さんにはまるきり興味が湧かなかったので、何が嬉しいのか分からなかったが、母さんはとにかくにこにこして、あたしたちの祈りが聞き入れられたのよ、と言った。ぼくたちは教会に行って父さんが無事帰ってきてくれたことを神様に感謝した。

ほんとに皮肉だ。帰ってきたその日から父さんは、食事のときには軍靴をスリッパに履き替え、家の中で寒そうに汚い古い帽子をかぶり、足を組み、重々しい調子で母さんと話すのだった。母さんは心配そうな顔をしていた。母さんがそんな顔をするのがぼくは嫌だった。せっかくの美人が台無しだ。そこでぼくは父さんの話に割って入った。

「ラリー、ちょっと待ってね」母さんは優しく言った。

どうでもいいようなお客が来たときには母さんはよくこんなセリフを吐く。それなら、とぼくはそのまま話し続けた。

「ラリー、静かになさい」母さんはちょっと苛立った風だった。「今、パパと話してるのよ」

この忌まわしい「パパと話してるのよ」という言葉を耳にしたのはこれがはじめてだった。神様が願いを聞き入れてくれたっていうけど、ほんとにちゃんとこちらの願いを聞いてるのかな、とぼくは疑ったものだ。

「どうしてパパと話してるの?」ぼくはなるべく平静を装って言った。

「ご用があるからよ。もう邪魔しちゃだめよ」

昼過ぎに父さんは、母さんに言われてぼくを連れて散歩に出た。町はずれではなく、繁華街の方に出た。ぼくは根が楽天的だから、この方がいいや、とそのときは思った。でも父さんとぼくでは、町を散歩するやり方がぜんぜん違うことがわかった。路面電車も船も馬も、父さんにはちっともおもしろくないのだ。唯一楽しいのは同年輩のひとと話すことだけ。ぼくが立ち止まりたくても、父さんはぼくの手を引っ張ってずんずん歩いて行ってしまう。反対に父さんが立ち止まりたいときは、ぼくはおとなしく従うしかなかった。父さんが壁に寄りかかるときは、長くなる合図だということにぼくは気づいた。それで、二度目に父さんが壁に寄りかかったとき、ぼくは怒った。どうにも動きそうにない。ぼくは父さんのコートやズボンを引っ張った。だけど、ぼくがあまりしつこいと母さんなら癇癪を起こして「ラリー、ちゃんとしないとぶつわよ」などと言うところ、父さんときたら怒りもしないで、いくらでも平気で、にこにこと知らんぷりしていられるのだ。ぼくは父さんの様子をうかがいながら、泣いてやろうかなどとも考えたけれど、父さんはびくともしなさそうだった。これじゃ、まるで山と散歩してるみたいなものだ。ぼくが引っ張ったり叩いたりするのをまったく無視するか、さもなくば、山頂からニヤッと笑いながらぼくを見下ろすかのどっちかだ。こんなに自分の世界にひたりきっている人は見たことがない。

お茶の時間になると、またしても例の「パパと話してるのよ」が始まった。しかも厄介なことに、父さんはこんどは夕刊を開いていた。数分おきにその新聞を下においては、母さんに、こんなことがあったそうだ、と記事のことを話すのだ。これはずるいとぼくは思った。一対一なら、どっちが母さんの気を引けるか競争するつもりはあったけど、誰かとぐるになられたのではぼくには勝ち目はない。ぼくは何度も話題を変えようとしたけど、うまくいかなかった。

「パパは新聞を読んでるんだから、うるさくしちゃだめよ、ラリー」母さんが苛々しながら言った。

どうやら母さんはほんとに、ぼくとよりも父さんと話したいのだ。でなければ、父さんに完全に支配されてるせいで、ほんとうはぼくと話したいということが告白できないのか。

「ねえ、ママ」その晩母さんがぼくを布団にくるむときに訊いた。「もし神様に、もう一度パパが戦争に行っちゃいますようにって一生懸命祈ったら、実現するかな？」

母さんはしばらく考えこんでいる風だった。

「それは無理ね」笑いながら答えた。「パパは戦争には行かないわ」

「どうして？」

「もう戦争は終わったからよ」

「でもさあ、神様なら思いのままに戦争のひとつくらい起こせるんじゃないの？」

「神様は戦争を起こそうとしたりはしないのよ。戦争を起こすのは神様じゃなくて、悪い人たちなの」

「そうなんだ！」

ぼくはがっかりした。神様、神様って騒ぐけど、たいしたことないじゃないか、と思うようになった。

翌朝ぼくはいつもの時間に目を覚ましたけど、シャンパンのボトルになったような気分だった。ぼくは両足を突き出して足と足に長い会話をさせた。右足さんは自分のお父さんとずっともめてばかりいて、最後にはお父さんを施設《ホーム》に入れた、ということを話している。施設っていうのが何なのかぼくにはよくわからなかったけど、父さんにはぴったりのような気がした。それからぼくは椅子に乗り、窓から頭を突き出した。ちょうど夜が明けるところで、どこか後ろめたそうな気配が漂っており、ぼくとしては秘密の営みを目撃してしまったような気分になった。ぼくは頭が計画やら物語やらで一杯になって、隣の部屋のドアを押し開け、薄闇の中を大きいベッドへと飛びこんでいった。母さんの側にはもうスペースがなかったから、ぼくはふたりの間に割ってはいる格好になった。しばらくは父さんのことは忘れていた。それから座り直して父さんをどうしたらいいのかを一生懸命考えてみた。父さんはベッドの半分以上を占領しており、そのせいでぼくには居場所がない。そこで何回か父さんを蹴ってみた。すると父さんはうなって身体を伸ばした。これで何とかぼくの居場所ができた。母さんが目を覚まし、ぼくに手を伸ばした。ぼくはやっとベッドのぬくもりに落ち着き、親指をしゃぶりはじめた。

「ママ」ぼくは満足して大きめの声を出した。

「しー」母さんがささやき声で言った。「パパを起こしちゃだめよ」

これは新たな展開だった。「パパと話してるのよ」よりももっと深刻かもしれない。明け方の母さんとのお話のひとときが奪われるなんて。

「どうして？」ぼくはきつい調子で訊いた。

「だってパパは、かわいそうに、疲れてるんだから」

そんなの理由にならないとぼくは思った。それに「かわいそうなパパ」なんて、まったくお涙頂戴の言い方だ。ぼくはそういうおセンチなのが大嫌いだった。どこかわざとらしい。

「あ、そう」ぼくは軽く言った。それからなるべくかわいらしい言い方で「ママ、今日ぼくがどこに行きたいか知ってる？」と訊いた。

「いいえ」母さんはため息をついた。

「ぼく、谷を下っていきたい。それから新しい網でソーニィバック（魚の種類）を捕まえて、それからフォクス・アンド・ハウンズに行って、それから」

「ほら、パパを起こしちゃだめよ！」母さんはぼくの口を手の平で覆いながら、しーっと怒った口調で言った。

でも、もう遅かった。父さんはほぼ目を覚ましていた。うーっと声を出し、マッチに手を伸ばした。それから時計を見ると、あきれた様子になった。

「お茶でも飲む？」母さんがやさしい囁くような声で言った。母さんがこんな声を出すのを聞くのははじめてだ。まるで脅えているみたいだ。

「お茶？」父さんは憤然と言った。「何時だと思ってるんだ」

「それからね、ラスクーニー通りにも行きたい」ぼくは大きい声で付け加えた。邪魔されたせいで、言わなきゃいけないことを言い損ねたらたいへんだから。

「いいから寝なさい」母さんが叱るように言った。

ぼくはすすり泣きだした。あんな風に父さんと母さんにしゃべられたら、ぼくは自分の言いたいことも言えなくなる。だいたいぼくの早朝計画をつぶすなんて、まだ揺りかごにいる子供たちをそのまま生き埋めにするみたいなものだ。

父さんは無言のままで、パイプに火をつけて吸い、ぼくにも母さんにも目もくれず、闇の中を見つめていた。この人、頭がおかしいんだ、とぼくは思った。ぼくが何か言うたびに、母さんはしーっとぼくを黙らせようとした。悔しかった。ずるいじゃないか。それに何か不吉なことが起こりそうな予感もした。今まで母さんにぼくは、ふたりで別々のベッドに寝るより一カ所で一緒に寝た方が面倒がないと言ってきたのに、母さんはそのたびに、別々の方が身体にいいのよ、と言ったものだ。それが、この変なおっさんがやって来て母さんと一緒に寝てる。母さんの身体のことも、どうでもいいとばかりに。

父さんは早めに起き出してお茶をいれたけど、母さんには一杯ついできてあげたのに、ぼくの分はなかった。

「ママ」ぼくは声をあげた。「ぼくもお茶が飲みたい」

「はいはい」母さんは仕方ないという風に言った。「ソーサーに分けてあげるから」

これでよくわかった。父さんが家を出ていくか、さもなくばぼくが出ていくかしかない。ソーサーからお茶なんか飲みたくない。自分のうちでは、一人前に扱って欲しい。だからぼくは母さんに意地悪するために、わざと母さんの分のお茶も全部飲んでやった。それでも母さんは文句ひとつ言わなかった。

だけどその晩、ぼくを寝かしつけるときに母さんはやさしい声で言った。

「ねえ、ラリー、ひとつ約束して欲しいことがあるの」

「何？」ぼくは訊いた。

「朝、部屋に入ってきてパパを起こすのはやめてね、かわいそうでしょ。いい？」

またあの「かわいそうなパパ」だ！　ぼくはあのとんでもない人がからむことは何でも、うさんくさいと思うようになっていた。

「どうして」ぼくは訊ねた。

「だってパパは、かわいそうに、いろいろ心配事があって疲れてるし、よく眠れないのよ」

「どうして眠れないの？」

「ほら、だって、わかるでしょ。パパが戦争に行ってる間、ママが郵便局でお金をおろしてたわよね」

「マッカーシーさんからのお金？」

「そう。だけどね、マッカーシーさんももうお金がないの。だからパパは何とかして私たちのためにお金を稼がなきゃならない。もしそれがうまくいかなかったら、どうなるかわかるでしょ？」

「わかんない」ぼくは言った。「教えて」

「あのね。もしそんなことになったら、あたしたちは道で物乞いをしなきゃならないのよ。ほら、金曜になると出てくるあのお婆さんみたいに。そんな風にはなりたくないでしょ？」

「やだ」ぼくはうなずいた。「なりたくない」

「じゃ、部屋に入ってきてパパを起こすのはやめてね」

「わかった」

言っておくけど、ぼくはこの件については本気だった。お金が大事なことくらいわかっていた。金曜になると現れるあの婆さんみたいに道で物乞いをするなんてまっぴらだった。母さんはぼくのおもちゃをベッドの回りにぐるっとならべて、ベッドからぼくが出ようとするとつまずくようにした。

朝、目が覚めたとき、ぼくは約束のことを忘れていなかった。ぼくはその場に起きあがっておもちゃで遊んだ。まるで何時間もそうしていたような気がする。それから椅子を引っ張り出して、さらに何時間も窓から外を眺めた。そろそろ父さんが起きないかなあとぼくは思った。誰かにお茶を入れて欲しかった。太陽みたいな気分になんてまるきりなれなかった。退屈だったし、ものすごく寒かった。暖かい羽毛の布団に埋まって暖まりたかった。

ついに我慢できなくなった。ぼくは隣の部屋に入っていった。母さんの側にはやっぱりまだスペースがなかったから、ぼくは母さんを乗り越えていった。すると母さんがはっと目を覚ました。

「ラリー」母さんは囁き、ぼくの腕をがっちりつかんだ。「お約束はどうしたの?」

「約束は守ったよ」いけないということをやったのを見つかり、泣きべそをかくしかなかった。「ずっと静かにしてたんだ」

「まあまあ。こんなに冷えちゃって」母さんはぼくの身体をさすりながら悲しそうに言った。「じゃあ、ここにいさせてあげたら、静かにしてるって約束できる？」

「でもお話ししたい、ママ」ぼくはめそめそと言った。

「それはだめ」母さんはきっぱりと言った。こんな母さん、はじめてだ。「パパは寝たいの。いい？　わかる？」

よくわかった。ぼくはしゃべりたい。父さんは眠りたい──ここはいったい誰の家なのか、ということだ。

「ねえ、ママ」ぼくも負けずときっぱり言った。「パパだって自分のベッドで寝た方が身体にいいよ」

母さんはこれには少したじろいだみたいで、しばらく何も言わなかった。

「これで最後よ」母さんが口を開いた。「静かにしてるか、自分のベッドに戻るか。どうするの？」

あまりにずるい。がっかりだ。つじつまも合ってないし理屈も通っていないということを、母さん自身の言葉で証明したのに、母さんときたら返答しようとさえしない。ぼくはくそっと思って、父さんに蹴りを入れた。これに母さんは気づかなかったけど、父さんはうめき声をあげ、何事かと目をあけた。

「今、いったい何時だ?」父さんはうろたえた声をあげた。母さんではなく、扉の方を見ている。まるで誰かそこにいるかのように。

「まだ早いわよ」母さんはなだめるように言った。「ラリーよ。寝ましょう……ラリー、ちょっと」母さんはベッドからおりてぼくに向かって言った。「パパを起こしちゃったじゃないの。自分の部屋に戻りなさい」

静かな調子だけど、こんどばかりは母さんが本気だということがぼくにもわかった。こうなったら、基本的人権も特典も取り上げられたも同然だ、とぼくは思った。今すぐ何とかしないと。母さんがぼくを抱えたときに、ぼくは叫び声をあげた。死人でも目を覚ますくらいの声だった。当然、父さんは目を覚まし、うめき声をあげた。

「なんだよ、こいつは。いったい、いつ寝るんだ」

「癖になってるだけなのよ」母さんは静かに言ったけど、困っているのはよくわかった。

「もういい加減大きいんだから、やめさせろ」父さんは大きい声をあげて、ベッドの上に起きあがった。それから掛布団を一気にぜんぶ自分の方に引き寄せて壁に向かい、肩越しにこちらを見た。小さな、意地の悪そうな暗い色の目がふたつ光っている。ひどく邪悪な人に見えた。

寝室のドアをあけるために母さんがぼくをおろしたところで、ぼくは母さんを振りきって駆け出し、部屋の隅まで行ってまた金切り声をあげた。父さんはベッドにぬっと起きあがった。

「うるさい。黙れ、こいつ」喉から押し出すような声だった。

ぼくはあまりにびっくりしたので、叫ぶのをやめてしまった。ぼくをこんな風に叱る人なんか、未だかつて、いたためしがない。ぼくは唖然として父さんを見つめた。父さんは怒りで顔が歪んでいる。このときやっとぼくは、神様に一杯喰わされたことがわかった。ぼくは一生懸命、この怪物みたいなおっさんの無事の帰還を祈っていたのだ。神様は黙ってそれを聞いていたわけだ。

「お前こそ、黙れ」ぼくは、我知らずわめいていた。

「何だと？」父さんが声を荒げ、どすんとベッドから飛び降りた。

「ねえ、ミック、やめて」母さんが声をあげた。「まだこの子、あなたに慣れてないだけなのよ」

「口で言うだけじゃ、わからないみたいだ」父さんは怒鳴り、腕を振り回した。「ケッをひっぱたいてやる」

これはあんまりだった。ケツなんて品のないことまで言われて、ぼくは身体中の血が煮え立つような思いだった。

「自分のケツでも叩け」ぼくはヒステリックに叫んだ。「自分のケツでも叩け、うるさい、うるさい！」

父さんはついに堪忍袋の緒が切れて、ぼくを叩いた。ショックを受けている母さんの前では思い切ってやることもできないみたいで、軽くぶっただけだったけど、こんなどこの馬の骨ともわからないおっさんにぶたれたぼくとしてはおさまりがつかなかった。だってこの人、何も知らないぼくが神様にお祈りしてやったおかげで悠々と戦争から戻ってきたくせに、ぼくたちの大きなベッドを占領してるのだ。くらくらしそうな気分だった。ぼくは叫び声をあげつづけ、裸足でそこら中をはね回った。灰色の軍隊シャツを着た父さんは、ぶかっこうで、やけに毛深く、上からぼくを見下ろす様子はまるでこれから誰かをやっつけようとする山みたいだった。このときやっとぼくは、父さんも妬《ねた》ましいんだということがわかった気がする。母さんは寝巻姿で立ちすくみ、ぼくと父さんとの板挟みで悲嘆に暮れているようだった。いや、ほんとに悲嘆に暮れていて欲しかった。自業自得だと思えたから。

その朝からの日々は地獄のようだった。父さんとぼくとは公然と敵同士になった。ぼくたちの間では小競り合いが繰り広げられ、それぞれ少しでも多く母さんの注意を惹こうとした。母さんがぼくのベッドに座ってお話をしてくれようとしていると、父さんがやってきて、戦争に行くときにおいていったとかいう古い靴はどこだと言い出す。父さんが母さんと話しているときには、ぼくはおもちゃで遊びながら大きい音を出し、わざと無関心を装った。ある晩、仕事から帰った父さんは、ぼくが例の箱をいじっているのを見つけると大騒ぎした。ぼくは連隊のバッジやグルカ兵式ナイフやボタン磨きの真鍮棒で遊んでいるところだった。母さんは腰をあげると、ぼくから箱を取り上げた。

「ラリー、パパがいいって言わないのに、パパのおもちゃで遊んじゃだめよ」母さんはきつい調子で言った。「パパだって、あなたのおもちゃで遊んだりしないでしょ」

すると父さんはまるで頬でも張られたみたいに、はっとして母さんの方を見てから、いやそうな顔をしてそっぽを向いた。

「おもちゃってことはないさ」父さんは低い声で言った。それからもう一度箱をおろしてぼくが何か盗ってないか確かめた。「これは骨董だから、値の張る珍しいものがあるんだ」

時間がたつにつれて、父さんがぼくと母さんとの間を実にうまく引き裂いているのがわかってきた。しかも困るのは、どうやって父さんがそれをやっているのか、そもそも母さんにとってこんな人のどこがいいのか、さっぱりわからないことだった。どう考えても、ぼくにあるような魅力は父さんにはなさそうだった。しゃべる言葉には品がないし、お茶を飲むときだってずるずる音をたてる。きっと母さんは、父さんのいつも読んでいるあの新聞に惹かれてるんだ、とそう思ったこともある。それでぼくも自分でニュースをつくって母さんに聞かせてやったりした。それからパイプを吸うせいかもしれないと思ったこともある。たしかにぼくの目から見てもパイプはいい。そこでパイプを持ち出し、家の周りをうろうろしながら吸いついてみたりもしたけど、しまいには父さんに見つかってしまった。お茶を飲むときにわざとずるずる音をたてもしたけど、母さんには、下品だからやめろと言われただけだった。どうもすべては、ひとつのベッドで一緒に寝るという、あの不健全で身体に悪そうな習慣と関係しているらしかった。そこでぼくは夜な夜なふたりの寝室に入って行き、独り言をつぶやきながら観察などしてないふりを装い、様子をうかがったけれど、特に何か変なことをしてる気配はなかった。ぼくはついに降参した。どうやらすべては、大人になり指輪をあげたりすることとからんでいるみたいだった。ぼくはもう少し待たないといけないのだろう。

ただ父さんには、ぼくは待っているだけなのであり、決して戦いを放棄したわけではないことはわからせてやりたかった。ある晩のこと、父さんはいつもにも増して嫌な態度をとっていた。ぼくの頭越しに母さんと話している。そこで思い知らせてやった。

「ねえ、ママ」ぼくは言った。「大人になったらぼくが何をしたいかわかる？」

「ううん」母さんが答えた。「何？」

「ぼくね、ママと結婚するんだ」平然と言った。

父さんは大声をあげて笑ったが、本気にはしてないようだった。無理してるに違いない。母さんの方は、何はともあれ、嬉しそうだった。いつの日か父さんの支配から逃れることができるとわかって、きっとほっとしたのだと思う。

「いいわね」母さんは笑顔になっていた。

「うん」ぼくも誇らしげに言った。「だって、そうしたら、うんとたくさん赤ん坊をつくれるよ」

「そうね」母さんは満足気に言った。「もうすぐうちにも赤ん坊が来るわ。そうしたらあなたもうんとお相手ができるのよ」

　ぼくはすごく嬉しくなった。あんな風に父さんの言うなりになってはいたけど、母さんはちゃんとぼくがどうして欲しいかを考えてくれていたんだ。それに、これでジニー一家にも、大きな顔をされないで済む。

　だけど現実はそんなに甘くはなかった。母さんは何だか気ぜわしくなった。どうやって一七・六ものお金を調達するか悩んでいたんだと思う。父さんは遅くまで帰ってこないことが多くなったけど、それでぼくが得をしたわけでもない。母さんはもうぼくを散歩に連れて行ってくれることもなくなったし、いっつもぴりぴりして、ちょっとしたことでぼくをぶった。こんなことなら、あのいまいましい赤ん坊のことなんか言わなきゃよかったとさえぼくは思った。ほんとにぼくは、自分で災いを引き寄せるとなると天才級なのだ。

　まさに災いとしか言いようがなかった。ソニーの誕生は、とんでもない大騒ぎを引き起こした。生まれてくるときくらい、おとなしくしろよ、とぼくは言いたかった。ぼくははじめからソニーが嫌いだった。ソニーは扱いにくかった——年がら年中そうだとぼくには思えた——ほんとに世話が焼ける子だった。ところが母さんときたらソニーには甘くて、ソニーがわざと注意を惹こうとしてるだけのときも見抜けないみたいだった。遊び相手なんてとんでもない。一日中寝てばかりで、ぼくはソニーを起こさないように、家の中でも抜き足差し足で歩かなきゃならなかった。父さんを起こすなうんぬんは、もうどうでもよくなった。今や合い言葉は「ソニーを起こすな！」だった。どうしてこの子がみんなと同じような時間に寝ないのかぼくは理解に苦しんだ。で、母さんの目を盗んではぼくはソニーを起こしてやった。ソニーが寝ないよう、つねったりもした。あるときはそれが母さんにみつかって、ひどいおしおきをされた。

ある晩のことである。父さんが仕事から帰ってきたとき、ぼくはちょうど庭に出て、電車のおもちゃで遊んでいるところだった。ぼくは父さんに気づかないふりをして、独り言めかして大きい声で言った。「もし、あんなひどい赤ん坊がもうひとりこの家にできたら、ぼくはもう出ていくぞ」

父さんはぴたりと立ち止まり、肩越しにこちらを振り返った。

「何だって？」父さんが厳しい声で言った。

「独り言だよ」ぼくは無理して何でもないふうを装った。「ナイショ」

父さんは何も言わずそのまま行ってしまった。言っておくけど、ぼくとしてはこれではっきり警告したつもりだった。でも結果は、ぼくの狙いとはずれていた。父さんはぼくにやけにやさしくなったのだ。そりゃそうだろう。母さんはもうソニーにめろめろだった。ご飯を食べてるときだって、そばに寄っていってばかみたいにへらへらしながら揺りかごのソニーをぽかんと見つめ、父さんにもそうしろと言ったりする。父さんはそんな母さんを邪険に扱うことこそしなかったけど、困った顔をしていた。とても母さんの気持ちはわからないという様子だった。父さんがソニーの夜泣きについて文句を言うと、母さんはむっとして、ソニーは必要があるから泣いているのだと言ったりした。とんでもない話だ。ソニーに用事なんかあるわけがない。あれはただ注意が惹きたいだけだ。母さんがこんなに簡単にだまされるなんて。父さんは感じのいい人じゃないけど、賢い人ではあった。ソニーの本性も見抜いている。そして、ぼくもまたソニーの本性を見抜いていることを、父さんはわかっていた。

ある夜、ぼくははっとして目が覚めた。隣に誰か寝ている。ほんの束の間、ぼくはそれが母さんだと思ってしまった。やっとわかったのだ。ついに父さんを捨ててぼくの所に来たんだ。でも、それから、ソニーの激しく泣く声が隣の部屋から聞こえてきた。母さんが「よし、よし、よし」と言っている。ということはこれは母さんではない。父さんだった。父さんはぼくの隣に横たわり、ぱっちり目をあけ、呼吸を荒げて、憤懣やる方ない様子だった。

しばらくしてぼくはどうして父さんが怒っているのかわかった。こんどは父さんの番だったんだ。ぼくをあの大きなベッドから追い出したはいいけど、こんどは父さん自身が追い出された。母さんはもうあのとんでもないソニー以外のことは眼中にないのだ。ぼくは父さんのことがかわいそうになった。自分にも経験のあることだったから、小さかったけど、ぼくは大らかな気持ちになれた。父さんをなでながら、「よし、よし」と言った。父さんはあまり乗ってこなかった。

「お前も寝られなかったのか？」不機嫌な声だった。

「ねえ、こっちに来て、抱っこしてよ」ぼくが言うと、父さんは一応ぼくの言うとおりにした。こわごわ、とでもいう、そんな抱き方だった。とても骨張っていたけど、それでも気持ち良かった。クリスマスになると父さんは、いつもよりも奮発して、ぼくにすごく立派な電車セットを買ってくれた。

国賓

1

夕暮れになると背が高い方のイギリス人ベルチャーは、暖炉の灰から長い足を動かして言ったものだ。「なあ、同志、やるか」。ノーブルか僕かが応ずる「いいよ、同志」(我々は彼らの「同志」という変わった言い方を真似するようになっていた)。そうすると背の低い方のイギリス人のホーキンズがランプをつけ、カードの用意をする。ときにはジェレマイア・ドノヴァンがやってきてゲームを見物し、いつもホーキンズの戦法がうまくないものだから、その持ち札を覗きこんで興奮しては、「あ、馬鹿だな、何で3を切らなかったんだよ!」などとまるで自分が味方の一員であるかのように声をあげることもあった。

しかし、ふだんはジェレマイアはむっつりおとなしく、その点では背の高い方のイギリス人のベルチャーと似ているのだった。ジェレマイアが一目置かれていたのは事務処理に間違いがないからだったが、それだって要領が良いという方ではない。小さな平たい布製の帽子をかぶって、ズボンの上からはゲートルを穿き、いつもポケットに手を突っこんでいた。話しかけると頰を赤らめるのが常で、つま先から踵へと行ったり来たり重心をずらしながら身体を揺らし、いかにも農家の出らしい大きな足に目を落としている。ノーブルと僕とは町育ちだったから、彼のなまりをあげつらったりした。

　なぜ僕とノーブルとがベルチャーとホーキンズの見張りをしなければならないのか、そのときの僕にはわからなかった。ここからクレアゴールウェイ〔アイルランド西部、ゴールウェイ近くの村。かつては英語よりもゲール語が使われていた〕までのどこに連れて行ったとしても、このふたりなら土地の雑草みたいにそこに根づいてしまうに違いないと思えた。僕はまだ若かったけど、このふたりほど外から来てこの国に馴染んでしまった人たちを見たことがなかった。

　彼らはもともと第二大隊の管理下にあったのだが、敵による捜索が本格的になってきたために僕らのところに移送されてきた。僕もノーブルも若かったから、それなりに重大な任務を託された気分になった。ところがホーキンズときたら、僕らよりもよっぽどこの国に詳しく、何だか僕らが気張るのが馬鹿みたいに思えてきた。

「あんたがナポレオンよろしくボナパルトって呼ばれてる奴か？」ホーキンズが僕に訊いた。「メアリー・ブリジッド・オコネルが、お兄さんから君が借りた靴下をいい加減返せって言ってたぞ」

どうやらふたりによると、第二大隊ではちょっとしたパーティをひらくことがあり、近所の女の子などもやってきたのだが、このふたりがなかなかいい奴だということで仲間にいれてもらったとのこと。ホーキンズは「リメリックの城塞」とか「エニス包囲」、「トーリー島の波」などのダンス（いずれも「リール」と呼ばれるアイルランドの四分の四拍子の踊り。二組以上のカップルで踊る）をおぼえ、みなと一緒に踊ったらしい。彼としてはお返しに自分の知ってるダンスを教えてやりたかったのだが、そのときはみんな、外国のダンスを踊ることに抵抗があってかなわなかった。

そういうことがあったのでふたりは僕らのところに来ても、ごく自然に、第二大隊にいたときと同じように寛大な扱いを受けるようになり、数日たつと、構えて目を光らせるような態度をとるのが無意味に思えてきた。といっても、ふたりが僕らよりもはるかにうわてで、監視しても無駄だということではない。何しろふたりの訛りにははっきりとそれとわかる目立つ特徴があったし、ふつうの靴とズボンの上にはカーキ色の上着とコートを着ていて人目にもついた。むしろ僕が思ったのは、彼らには逃げ出そうなどという気はさらさらなく、今のままでいることに何の不満もなさそうだということだった。

ほんとうに心がなごむ思いがしたのは、ベルチャーが僕らの兵舎にいた賄いの婆さんとうまくやっているのを目にするときだった。この人はうるさい婆さんで、僕らもしょっちゅうがみがみ文句を言われていたのだが、ホーキンズとベルチャーというふたりのお客さんについては、いわゆる小言の洗礼の間もなかった。というのも、あっという間にベルチャーが婆さんと大の仲良しになってしまったからなのだ。婆さんがちょうど薪を折っていたときのこと、到着して十分もたたないベルチャーがそこに飛んでいった。

「それを貸してください、おかみさん」ベルチャーは独特のちょっと変わった微笑みを見せた。「さあ、さあ」そう言いながら婆さんから斧をもらう。婆さんの方は啞然として口を挟む間もなかった。それからというものは、ベルチャーはいつも婆さんの後にくっついてはバケツやら、カゴやら、燃料の束やらを持ってやるのだった。ノーブルによると、ベルチャーは婆さんがこれから何をしようとするかが見抜けるようになり、お湯でも何でも、さあどうぞ、と事前に差し出してやったのだ。こんなに立派な体のくせに（僕も背は一八〇センチ〔原文は五フィート一〇で正確には一七七・五センチメートル〕はあったが、彼のことは見上げなければならなかった）、珍しく口数は少なく、僕らもなかなか親しめなかった。なにしろ幽霊みたいに、ものも言わずにぬっと現れたり去ったりするのだから。とりわけホーキンズの方が一個小隊に負けないくらいしゃべる人間だったので、ベルチャーが灰の中に足を突っ込んで、「あのさ、同志」とか「そうだ、同志」などとぼそっとつぶやいているのを聞くと、すごく変な感じがした。ベルチャーの唯一最大の楽しみはトランプで、たいへんなやり手だった。僕もノーブルもすかんぴんにされてもおかしくなかったが、僕らがベルチャーに取られた分は、ホーキンズから取り返したし、ホーキンズはベルチャーからもらった金を賭けるだけだった。

ホーキンズが僕らに負けたのはよけいなおしゃべりをするせいだったが、たぶん僕らがベルチャーに負けたのも同じくおしゃべりのためだった。ホーキンズとノーブルは夜更けまで宗教のことで議論をし、ホーキンズは兄弟に神父がいるノーブルに、枢機卿でも答えられないような問いを次々に投げかけてすっかりやりこめてしまうのだった。ホーキンズは神聖な話題について話すときにも、たいへん口が悪い。ホーキンズみたいにどんな話題でもありとあらゆる罵詈雑言を混ぜて語れる人というのは、僕は今まで会ったことがなかった。とても手強くて、口げんかではとうてい歯が立たない。仕事は一切せず、からむ相手がいなくなると、婆さんを相手にいろいろ言うのだった。

ホーキンズにしてみると、婆さんはちょうど好いライヴァルだった。ホーキンズが日照り続きのことで婆さんに神様の悪口を言わせようとしたときなど、婆さんはそれをジユピター・プルヴィウズ〔ユピテル・プルウィウス。「雨を降らす天界の父神」の意で、雨の神としてのユピテルを指す〕のせいだと言ってのけ、ホーキンズをぎょっとさせたのだ（ホーキンズも僕もこの神の名を聞くのははじめてだったが、ノーブルによると異教徒の間ではこの神は雨と関係あることになっているらしかった）。また、そもそもドイツとの戦争は資本家のせいではじまったのだとホーキンズが悪態をついていると、婆さんはアイロンをいったん置き、カニみたいな口を小さくすぼめてこんな風に言った。「ホーキンズさんね。戦争のことで何を言うのも勝手だし、あたしがろくにものも知らない田舎者だからわかりゃしないと思うのも自由だけど、あたしは誰が戦争をはじめたのか知ってるよ。あれはね、イタリアの伯爵が日本の寺にある神様を盗み出したせいではじまったの。いい、ホーキンズさん。大事に隠されていた神様によけいな手出しをしたりすると、悲しみと災いとが引き起こされるだけなのよ」

まったく変わった婆さんだ。

2

ある晩、お茶を飲んでから、ホーキンズがランプをつけ、みんなでカードをすることになった。ジェレマイア・ドノヴァンもやってきて腰を下ろし、しばらくゲームを見ていたが、そのときふと僕はドノヴァンがふたりのイギリス人に冷たいという印象を持った。そんなことには今までまるで気がつかなかったので、僕はびっくりした。

その夜遅く、ホーキンズとノーブルとは、資本家とか神父とか愛国心といったことでひどい言い合いをした。

「資本家はな、神父に金を与えてあの世がどうのという話をさせて、この世では連中がとんでもないことをやらかしていることに目が向かないようにしてるだけだ」とホーキンズが言う。

「馬鹿馬鹿しい！」ノーブルは激昂していた。「資本家なんてものが発明されるはるか前から、みんな来世があることを信じていたんだ」

ホーキンズはまるで説教でもするように立ち上がった。

「え、ほんとにそうなの？」あざけりを浮かべて言った。「昔の人も、今のあんたたちが信じているのと同じものを信じてた――そう言いたいんだろ？　あんたたちは神がアダムを創って、アダムがセムを創って、セムがヨシャパテ〔前九世紀のユダの王〕を創ったと信じてる。あのアホらしいイヴだの、エデンの園だの、リンゴだのというおとぎ話も信じてる。な、いいか、同志。あんたたちがそういうアホらしい話を信じるというなら、俺だって俺なりのアホらしい信仰を持っていいはずだ――俺が信じているのはな、神が最初に創ったのはクソったれ資本家で、道徳だの、ロールスロイスだのもすっかり備えていらっしゃったということだ。どうだ？」とホーキンズがベルチャーに言う。

「お前さんが正しいよ」ベルチャーは笑みを浮かべて言い、食卓から立って暖炉の火に長い足を伸ばし、口ひげを撫でた。こうなってくると、ジェレマイア・ドノヴァンも出ていってしまうし、この宗教論争もいつまでたっても終わりそうになかったので、僕もドノヴァンに続いて出ていくことにした。僕らは並んで村の道を歩いていった。と、ジェレマイアが立ち止まった。顔を紅潮させ、もごもごと言う。僕が残って見張りをするべきだ、というのだった。僕はそのドノヴァンの言い方が気に入らなかった。それにあの小屋に詰めているのにもいい加減うんざりしていたので、いったいどうしてあのふたりの番をしなきゃいけないのか、と訊いてやった。

ドノヴァンは驚いた表情で僕を見ると言った。「あいつらが人質だってことくらいわかってると思ったぞ」

「人質？」

「敵はこちらの人間を捕虜にしているが、どうも処刑するつもりのようだ」とドノヴァンが言った。「もし向こうがこちらの人間を処刑したら、俺たちも向こうの人間を処刑する」

「ベルチャーとホーキンズを処刑するってことか？」僕は訊いた。

「捕虜っていうのはそういうものだ」

「それならそうと、僕やノーブルにはじめから言っておいてくれるべきじゃないか」

「何言ってるんだ」ドノヴァンが言う。「そんなのは、わざわざ言わなくても当たり前のことだろ」

「当たり前じゃないよ、ドノヴァン」僕は言い返した。「こんなに長いこと一緒にいたら、当たり前じゃなくなる」

「向こうは、俺たちの仲間を同じくらい、いやもっと長いこと拘束しているんだ」

「それは話がちがうだろ」と僕は言った。

「どうちがうんだよ」と彼が訊く。

その問いに僕は答えることができなかった。ドノヴァンに言ってもわからないだろうと思ったのだ。たとえこれが、長い間飼っていた犬を獣医に連れて行って殺してもらう程度のことでも、情が移りすぎないようにするくらいのことは考えるだろう。でもそもそもドノヴァンには、情が移るなどということが起こりえないのだ。

「それで、それはいつ決まるんだ」僕は訊いた。

「今晩にでもわかる」とドノヴァンは言った。「もしくは明日。遅くともあさってには確実に決まる。見張りが嫌だというだけのことなら、もうすぐお役ご免だから安心しろ」

見張りが嫌とかそういうことじゃないのだ。今となっては、そんなことは問題じゃない。もっと重大なことだ。小屋に戻ると、まだ言い合いは続いていた。ホーキンズは持ち前の口の達者さを発揮して、あの世なんかないと主張していた。ノーブルはあると言っている。僕から見ると、分があるのはホーキンズの方だった。

「あのさ、同志」ホーキンズは小憎らしい笑みを浮かべて言った。「あんたは俺と同じくらいどうしようもない不信心者なんだよ。あの世はたしかにあるなんて言うけど、あんたが来世について知ってるのは俺と同じ程度のことにすぎないだろう。何もわかっちゃいない。天国って何だ？　わからない。どこにある？　わからない。何も知らないんだ。さっきも訊いたけど、天国の住人は翼を生やしてるのか？」

「そうくるのか。なら、わかった」ノーブルが言う。「生やしているさ。それでいいか？　天国じゃ、みんな翼がある」

「どこで翼なんて手に入れるんだ？　どうやって作るんだ？　翼を作る工場でもあるのか？　伝票を渡してアホったれな翼を受け取るような、受付みたいなところがあるのかな？」

「ほんとに口だけは減らない奴だな」ノーブルが応ずる。「いいか、そもそもな――」

こんな調子で延々と議論は続いた。

僕らがすべてを片づけて床についた頃には、優に真夜中をすぎていた。ろうそくを吹き消すときに、僕はノーブルに例の話をした。ノーブルは静かに僕の言うことを聞いていた。床に入って一時間ほどしてからノーブルが、あのふたりにこのことを言っておくべきかと訊いてきた。その必要はないだろう、と僕は言った。英軍がこちらの捕虜を処刑するとは思えなかったのだ。万が一、向こうの処刑が実行されたとしても、隊の幹部は第二大隊にもちょくちょく顔を出していて、あのふたりのこともよく知っていたから、彼らの銃殺を望むとは思えなかった。「そうだよな」とノーブルが言った。「今連中にそんなこと教えてびくつかせるのは、かえって気の毒だしな」

「いずれにしても、ドノヴァンにはこういうことはちゃんと言っておいてもらいたいかったよ」と僕は言った。

でも翌朝になってみると、ベルチャーやホーキンズと面と向かうのが辛く感じられた。僕らは一日中小屋の中をうろつくだけで、何も話さなかった。ベルチャーは何も気づいていないようだった。いつものように灰の中に足を伸ばして、じっと何かが起きるのを待っているようだった。ホーキンズは僕らの様子が変なのに気づいたが、前の晩の言い合いでノーブルをこてんぱんにやっつけたせいだと考えたようだった。

「議論の結果をちゃんと受け入れたらどうだ?」ホーキンズは厳しい口調で言った。「まずあんたの方は、あんたの大事なアダムとイヴだ。俺は共産主義者。それが俺だ。共産主義だろうが、無政府主義だろうがたいしてかわらない」。そう言いながら家の中を歩き回ったかと思うと、突然つぶやき出す。「アダムとイヴ! アダムとイヴ! こいつらは糞リンゴを摘むしか能がないんだよ!」

3

どうやってその日をやり過ごしたか記憶にないくらいだが、とにかく一日が終わってほっとした。お茶の道具も片づけられ、ベルチャーはいつものおとなしい口調で「なあ、同志、やるか?」と言った。僕らはテーブルを囲んで座り、ホーキンズがカードを用意した。ちょうどそのとき、ジェレマイア・ドノヴァンの足音が入り口に近づいてくるのが聞こえ、嫌な予感がした。僕は立ち上がって、ドノヴァンが入ってくる前に扉の前で待ち伏せた。

「どうしたんだ」僕は訊いた。

「おまえの仲良しの、あのふたりの身柄をもらう」ドノヴァンは赤くなっていた。

「ジェレマイア・ドノヴァン、あんた、こんなやり方をするのか?」

「そうだ。今朝、俺達の仲間が四人処刑された。そのうちのひとりは十六歳だった」

「ひどいな」僕は言った。

ちょうどそのとき、ノーブルも外に出てきた。僕らは三人並んで歩き、小声で話した。この地区の情報将校のフィーニーが門のところに立っていた。

「どうするつもりだ」僕はジェレマイア・ドノヴァンに訊ねた。

「お前とノーブルとで、あのふたりを連れて来い。また移送されるんだと言えばいい。そうすればおとなしく従うだろう」

「俺ははずしてくれ」ノーブルがかろうじて言った。

ジェレマイア・ドノヴァンはじっとノーブルのことを見据えた。

「わかった」ドノヴァンが答えた。「お前とフィーニーは物置から道具を持ってきて、湿地の向こう端に穴を掘れ。ボナパルトと俺とは後から行く。道具を持っているのを見られるなよ。話が漏れるのはまずいから」

僕はフィーニーとノーブルが物置の方に行くのを見届けると、小屋に戻った。説明するのはジェレマイア・ドノヴァンに任せた。ふたりを第二大隊に送り返せという命令が来たのだとドノヴァンが言った。ホーキンズはさんざん悪態をついた。何も言わないベルチャーも、動揺しているのは見てとれた。婆さんはふたりに、構わずここにいればいいと言い、それがあまりにしつこいのでついにジェレマイア・ドノヴァンは堪忍袋の緒を切らし婆さんを怒鳴りつけた。ドノヴァンは怒るとかなりきついのだ、と僕は思った。この頃には小屋の中は真っ暗だったが、誰もランプをつけようなどとは思わなかった。闇の中でふたりのイギリス人は上着を手に取り、婆さんに別れを告げた。

「こっちがせっかくこの血なまぐさい場所を居心地良くしてやったのに、こんどは扱いが楽だからどこかよそに送ってしまえと言う馬鹿が上層部にいるんだろう」ホーキンズはそう言いながら婆さんの手を握った。

「ほんとにありがとう、おかみさん」ベルチャーは言った。「世話になったなあ」もういいよ、という言い方に聞こえた。

僕らは小屋の裏に回って湿地の方に歩き出した。そのときになってはじめてジェレマイア・ドノヴァンがふたりに告げた。興奮のあまり、身体が震えている。

「今朝、コークで俺達の仲間が四人、処刑された。報復に君たちを処刑する」

「何言ってるんだ？」ホーキンズがかみつくように言った。「こんなふうに連れ回されるだけでもうんざりなのに、くだらない冗談はやめてくれ」

「冗談じゃない」ドノヴァンが言った。「ホーキンズ、悪いけど、ほんとのことだ」そうして任務のたいへんさだの、それに伴う苦痛だのについて長々と話し始める。任務についていろいろ言う人間に限って、平気でその任務をこなすものだ。

「もういいよ！」ホーキンズが言った。

「ボナパルトに訊いてみろ」ホーキンズがなかなか話を信じようとしないので、ドノヴァンが言った。「な、ほんとのことだろ、ボナパルト？」

「ああ」僕がそう言うと、ホーキンズが立ち止まった。

「なんだよ！　おい、同志」

った。

「本気だ」僕は言った。

「本気だとは思えないけどな」

「こいつが本気でなくても、俺は本気だ」ドノヴァンは自分を奮い立たせるように言った。

「俺達のどこが気に入らないんだよ、ジェレマイア・ドノヴァン？」

「気に入らないなんて言ってない。だいたい、どうしてお前たちの軍は、血も涙もなく俺たちの仲間の四人を処刑したんだ？」

ドノヴァンはホーキンズの腕をとって歩かせた。いくら言ってもホーキンズは僕らの言葉をまじめにとろうとはしなかった。僕のポケットにはスミス・アンド・ウェッソンの拳銃があり、引き金には指をあてていた。もしこのふたりが襲いかかってきたり、逃げ出したりしたらどうなるだろうかと僕は考えていた。抵抗するのでも逃げるのでもどちらでもいいから、やって欲しいと神に祈った。もしふたりが逃げ出しても、僕には撃てないとわかっていた。ホーキンズが、ノーブルもこのことを知っているのかと訊いたので、僕らはそうだと答えた。どうしてノーブルが自分のことを殺そうとするのかとホーキンズは訊く。どうして僕らはホーキンズのことを殺そうとするのか、と。彼が僕らにいったい何をしたのだ、と。みんな同志じゃないか？　ホーキンズのことをみんなは理解していたし、ホーキンズだって僕らのことをわかっている。英軍の何とかいう部隊の、何とかいう幹部に命じられたからといって、ホーキンズが僕らに銃を向けるなんてことがあると思うか？

この頃には僕らは湿地に着いていた。あまりに気分が悪くて、僕にはホーキンズの言葉に答えることもできなくなっていた。闇の中を湿地の端に沿って歩いた。ときおりホーキンズは立ち止まってまた始めるのだった。まるでねじを巻いたように、みんな同志だろ、などと言い出す。実際に墓を目にするまで納得しそうになかった。僕はその間ずっと、何かが起こってくれないかと願いつづけていた。ふたりが逃げ出すとか。ノーブルが僕に替わってくれるとか。ただ、ノーブルの方が辛いだろうなという感じはした。

4

ついに向こうの方にランタンの灯が見えてきたので、僕たちはそこをめざして行った。ランタンを持っていたのはノーブルだった。フィーニーは背後の闇の中にいる。湿地のただ中で、ふたりがそうしてじっとものも言わずに動かずにいると、あらためてこれは冗談じゃないんだと思い知らされた。僕の最後の希望も吹き飛んだ。

ノーブルがそこにいるのがわかると、ベルチャーが言った。「よお、同志」いつもの静かな口調である。が、ホーキンズはすぐさまノーブルに食ってかかった。いつもの言い合いだ。ただ、こんどばかりはノーブルは何も言い返さず、脚の間にランタンをぶらさげたまま、俯いて言われっぱなしになっていた。

かわりにジェレマイア・ドノヴァンが問いに答える役を引き取った。もうかれこれ二十回目くらいになるか、まるで心に取り憑いて離れないかのようにホーキンズは、自分がノーブルに銃を向けられると思うか、と訊いてきた。

「ああ、向けられるさ」ジェレマイア・ドノヴァンが言った。

「向けるもんか」

「向けるさ。そうしなければ自分が処刑されるからだ」

「向けない。二十回処刑されたとしても、向けない。ダチを撃つことなんかできない。ベルチャーだってそうだ。だろ？　ベルチャー」

「ああ、そうだよ、同志」ベルチャーは言ったが、これはあくまでホーキンズが訊いてきたから答えたというだけで、自分から話に加わろうという態度ではなかった。まるで、自分が長いこと起きるだろうと思っていた未知の何かが、今ついに起きるのだと覚悟しているような様子でもあった。

「とにかく、俺が処刑されなかったら、かわりにノーブルが処刑されるなんてことあるわけないだろ？　俺が奴の立場だったらどうすると思う？　この寒々しい湿地のど真ん中に放り出されて」

「どうする？」ドノヴァンが訊いた。

「奴が行くとこなら、どこまでもついていくさ。有り金もぜんぶ差し出してどこまでも一緒に行く。俺はダチを見捨てたりはしないんだ」

「もういい」ジェレマイア・ドノヴァンは言うと、拳銃の打ち金を起こした。「何か最後に言い遺すことはあるか？」

「ないよ」

「最後の祈りは？」

そこでホーキンズは何とも残酷な言葉でノーブルに食ってかかった。端で聞いている僕までぞっとするようなセリフだった。

「いいか、ノーブル」ホーキンズは言った。「俺たちは同志だ。お前が俺たちの側に来ることはできないようだから、俺がそっちに行く。わかるか？　ライフルを渡せ。そうしたら俺はお前らみんなの仲間になる」

誰も答える者はいなかった。そんなことは無理だと誰もがわかっていた。

「俺の言うこと、わかるか？」ホーキンズは続けた。「もう決めたんだ。逃亡兵になりさがっても何でもいい。お前らのやってることはわけわからんが、俺たちのやってることだって大差ない。な、それでどうだ？」

ノーブルが頭をあげたが、ドノヴァンが口を開いたので返事をせずにふたたび俯いた。

「もう一度だけ訊く。何か言い遺すことはあるか？」ドノヴァンは冷たさと興奮との混じった声で言った。

「黙れ、ドノヴァン！　お前にわかるか。だけど、こいつらはわかってるんだ。こいつらはダチ同士に殺し合いをさせるような奴らじゃない。こいつらは資本家の手先なんかじゃないんだ」

そこにいた中でドノヴァンがウェブリー銃をホーキンズの首の後ろに持ち上げるのを見たのは僕だけだった。僕は目を閉じ、祈った。ホーキンズがまた何か言おうとしたところでドノヴァンが撃った。銃声に目をあけると、ホーキンズが膝をついて崩れ、ノーブルの足下にだらりと転がるところだった。ゆっくりと、まるで子供が眠りに落ちるように静かな様子だった。ランタンの光がその細い脚と明るい色の農作業用の長靴とを照らしていた。僕たちはみな黙って立ちつくし、ホーキンズが最後の苦しみをへて静かになっていくのを見つめていた。

するとベルチャーがハンカチを取り出し、自分の目の周りに巻きつけはじめようとした(僕らは動転していて、ホーキンズにこれをしてやるのを忘れていたのだ)。ところがそのハンカチでは長さが足りなくて、ベルチャーは僕に一枚貸してくれと言ってきた。僕が自分のハンカチを差し出すと、ベルチャーは二枚を結びあわせ、足でホーキンズを指し示した。

「まだ息があるよ」ベルチャーは言った。「もう一発撃ってやれよ」

たしかにホーキンズの左膝が上にあがるところだった。僕は屈んで自分の銃をその頭にあてた。それから、はっとして起き上がった。ベルチャーには僕が何を考えているのかわかるようだった。

「まずはあいつを何とかしてやれよ」ベルチャーが言う。「俺はいいから。かわいそうに、相当苦しいはずだぞ」

僕は膝をついて撃った。このときにはもう自分が何をしているのかわからなくなっていた。ベルチャーはしばらくハンカチの用意をするのに手間取っていたが、銃声を聞くと笑い声をあげた。考えてみると、ベルチャーが笑うのを聞くのははじめてだった。背筋に冷たいものが走った。まるで場違いな笑いだった。

「かわいそうに」静かに言った。「昨日の夜はあいつ、〈あそこ〉はいったいどんなだ、なんて言ってた。なあ同志、いつも思うんだけど、変だよな。いまじゃ、あいつも〈あそこ〉がどんなかすっかりわかっちまった。つい昨日まではまったく知らなかったのに」

ドノヴァンはベルチャーが目の周りにハンカチを結わえるのを手伝っていた。「ありがとう、同志」とベルチャーが言った。ドノヴァンが何か言い遺すことはあるかと訊いた。

「いや、ないよ、同志」ベルチャーが答える。「俺はいい。ただ、ホーキンズの母親に知らせてやってくれるか。あいつのポケットに母親から来た手紙があるはずだ。あいつと母親とは、仲の良い「同志」だったからな。俺のかみさんは八年前に出て行った。子供を連れてよその男の所に行った。わかっていたかと思うけど、俺は暖かい家庭というのに憧れてる。でもあんなことがあった後じゃ、もう一回やろうという気にはならない」

何とも不思議だった。この数分の間にベルチャーは、ここ何週間で僕らに話したよりもずっと多くのことを語っていたのだった。まるで銃声を聞いて、ベルチャーの中に言葉があふれだしたかのようだった。一晩中、そうやってどんどん自分のことを話していられそうだった。ベルチャーにはもうこちらが見えないから、僕たちはただ馬鹿みたいに彼を囲んでつっ立っているだけだった。ドノヴァンがノーブルを見たが、ノーブルは首を横に振った。それで、ドノヴァンは自分のウェブリー銃の銃口を持ち上げたが、ちょうどそのとき、ベルチャーがまたさっきのような妙な笑い声をあげた。僕らが彼をどう処理するかで話し合っていると思ったのかもしれない。それとも僕がさっき考えたように、自分が急におしゃべりになったことに気づいて、妙だと思ったのかもしれない。

「あのさ、同志」ベルチャーが言った。「何だか俺、ずいぶんおしゃべりになったよ。馬鹿みたいだ。家庭的だとか何とかぺらぺらしゃべっちまった。急にこうなったんだ。悪いな。仕方ないよな」

「祈りを捧げなくていいか？」ドノヴァンが訊いた。

「いい」ベルチャーが言った。「祈ってもしようがないだろ。覚悟はできたさ。さっさ

だ。

ベルチャーは頭を盲人のように上げた。のどと鼻先だけがランタンの光の中に浮かん

「これは任務なんだ。わかるだろ?」ドノヴァンが言う。

と終わらせたいだろ」

「俺には任務っていうのは何なのかわからない」ベルチャーは言った。「お前らみんないい奴だよ。そのことを確認したいんならな。恨みはない」

ノーブルがもうこれ以上耐えられないというようにドノヴァンに拳を振り上げると、一瞬のうちにドノヴァンは銃をかざし、撃った。大柄のベルチャーが食料の袋みたいにどさっと倒れる。こんどはもう一発撃つ必要もなかった。

どうやってふたりを埋めたか僕はほとんど覚えていないが、何しろ墓までふたりを運んでいかなきゃならなかったわけだから、これが一番たいへんな作業だったことだけは間違いない。どこもかしこも泥ばかりで、闇の中に閉ざされた僕らにあるのはたったひとつのランタンの光だけだった。銃声にびっくりしたフクロウの声やら甲高い鳥の声やらが周りから聞こえてきた。ノーブルはホーキンズの持ち物を調べて母親からの手紙を見つけると、その両手を合わせてやった。ベルチャーにも同じようにしてやる。それか

らふたりを墓に埋めると、ジェレマイア・ドノヴァンとフィーニーと別れ、物置に道具を持って帰った。途中、ひと言も口をきかなかった。台所はさっきのまま暗くて寒い。婆さんは暖炉の前に座ってロザリオ〔キリスト教で祈りを唱えるために用いる数珠〕を手に祈りを唱えていた。その前を通り過ぎて寝室に行くと、ノーブルがマッチを擦ってランプに明かりを灯そうとした。婆さんが静かに立ち上がって入り口までやってきた。いつものとげとげしい感じはなかった。

「あのひとたちをどうした？」婆さんは声を潜めて訊いた。ノーブルははっとし、手に持ったマッチの火はそのまま消えてしまった。

「何のことだよ？」ノーブルは背中を向けたまま答えた。

「音が聞こえたよ」婆さんが言った。

「何の音だよ」ノーブルが訊いた。

「聞こえたよ。聞こえないと思ったのかい、シャベルを元に戻してただろう？」

ノーブルはもう一回マッチを擦り、こんどはランプに明かりが灯された。

「あのひとたちにそんな仕打ちをしたのかい？」

そして、何ということだろう、その戸口で、婆さんは跪き祈りはじめたのだ。ノーブルもひとときその様子を見ていたが、まもなく暖炉のところで同じように跪いて祈り出した。僕は婆さんの脇をすり抜け、外に出た。扉のところに立って星を眺めながら、湿地の方で騒いでいた鳥たちの声が少しずつ静まっていくのに耳をすませた。こういうときに感じるのはほんとうに妙なことで、とてもうまく説明はできない。ノーブルはすべてのものが十倍に見えたと言う。まるで全世界にあるのはこのわずかばかりの湿地と、そこで硬くなっていく二人のイギリス人だけであるかのようだった、と。でも、僕にとっては、イギリス人たちの眠る湿地は何百万マイルも彼方にあって、すぐ後ろで低い声で祈っているノーブルや婆さん、それからあの鳥たちや忌々しい星までも、すべてがずっと遠くにあるように感じられたのだ。僕はなぜかとても幼く、どうしていいのかわからないひとりぼっちの、雪の中で迷子になった子供のような気分だった。そのあとの人生は、僕にとってはまったく別のものになってしまったのだった。

ある独身男のお話

年とった独身男なら必ず、ひとつくらいは恋物語をほじくり出せるものである。ただし、これは容易なことではない。独身男というのは周りの人間を易々とは信用しないし、その人が独り者だとわかる頃には、独身であることの原因が道徳上の何か、もしくはほとんど神聖なもののように祭り上げられていて、こうなると本人でさえその原因を直視するのがはばかられる。万が一、その原因とやらがかさ上げされていた、などとなったら困るからだ。ましてやその人が事情を打ち明けたときに、はっきり口に出す出さないにかかわらず、それはちょっと大げさだなどとこちらが仄めかしでもしたらたいへんである。実際、僕とアーチー・ボーランドの友情が終わったのはこのせいだった。

アーチーは役所の幹部である。大柄で、大きな赤ら顔に輝く青い目。世慣れた身のこなしで、気難しそうにも見えるが、ひと皮剝くとなかなか愛すべき面があり、楽しい男だった。人のあら探しばかりしているように見せていたが、彼の根の良さを僕がわかっていると察してからは、宗教や政治にかかわることで彼の譲れない点に触れない限りは、たいていは構えを解いてくれた。帰り道をともにするという習慣は何年も続いた。僕らはふたりとも歩くのが好きで、また帰り道に、運河にかかる橋の近くにある、いい黒ビールを出すパブに寄るという趣味も共通していた。知り合いの女性に遭うと、アーチーはたいへん礼儀正しく、時代がかって見えるほどの愛想を振りまいた。大げさな身振りで帽子をとり、今にもキスせんばかりに握りしめた相手の手に向けて身をかがめるのである。いや、ちょっとけしかければキスぐらいしたに違いない。でもそのあとで、上目遣いになって意味ありげに笑い、本人が聞いたら嫌な思いをするような、女性たちの家庭の事情についてあれこれ僕に教えてくれるのだった。それからいたずらっぽい表情になって、言いたいことはわかるよな？　とばかりに目配せするのだが、僕の方はたいていは何のことかわからなかった。

「君が何を考えてるかわかるよ、デレーニー」ある晩、ふたり分のビールを注意深くテーブルに置き、深々と椅子に腰をおろしながらアーチーが言った。「みっともない負け惜しみだって言うんだろ」

「何も考えてはいないよ」僕は言った。

「うん、まんざら外れているわけでもないんだよ」歩み寄ってくるようでもあったが、それはあくまで、彼が勝手にこしらえた僕についての思いこみに対してなのだった。

「でも、それだけじゃないんだ、デレーニー。他にもいろんな事情があった。君くらいの年頃のときにさ、僕はひどい目にあったんだ。それであまりに傷ついたから、こんなのはもう二度とごめんだと思った。理想を求めすぎたのかもな」

自分は理想を求めすぎなのだといささかなりとうぬぼれていない独身男には、いまだかつて僕はお目に掛かったことはない。そして、雨模様の秋の夕暮れ、この運河沿いのパブの奥の席で、思いきって飛びこむようにして彼は、自分の女嫌いの元となった出来事を僕に話してくれたのだ。僕もそこに足を突っ込んだが、結局は彼に嫌われる羽目になった。まあ、僕もまだ若かったのだ。

アーチーは若い頃、大のサイクリング好きだった。アイルランド一周旅行を二度もやっていたし、さまざまな史跡や古戦場、城、大聖堂などを見るためにはるばる自転車で出かけていくこともしょっちゅうだった。学問があるというわけではなかったが、物事の背景を勉強するのは好きだったし、相手の無知を思い知らせることにも躊躇はしなかった。「な、ジェームズ、君、ほんとにその場所のことを知ってるんだよね？」仕事場で誰かがうっかりぼろを出すと、アーチーは意地悪そうに言ったものだった。「もし知らないんなら、教えてあげてもいいけど」。むろん、彼は同僚からは疎まれていた。

ある晩、アーチーがコネマラ地方の田舎の村を訪れたとき、ちょうどそこに四人の女性教師が滞在していた。ゲール語〔アイルランド土着の言葉。英語が普及する以前に話されていた〕を勉強しているという。夕食の後、彼はこの女性たちと話をし、それからみなで浜辺沿いに散歩をした。その中にマッジ・ヘイルという若い娘がいた。ほっそりして青みがかった目を持ち、面長できめの細かい肌をしている。物静かだった。まもなくアーチーには、マッジが他の女性たちよりもずっと知的であることがわかった。彼が少しでも興味深いことを言うと、その顔は子供のように生き生きと輝くのだった。

　次の日、女性教師たちはアラン諸島を訪れることになっていたので、アーチーも一緒に行くことにした。小さな礼拝堂を見物したが、彼女たちには背景知識がなかったので、アーチーが島の修道院の起源や初期中世の隠遁僧の生活などについて、例のように詳しく解説してやった。マッジにはそれがとてもおもしろかったようで、教会がどんな様子だったのかについていろいろ質問をしてきた。アーチーは得意になって、それでは明日は自転車で一緒に出かけ、もっと後の時代の修道院を見物しないかと誘った。マッジはたいへん喜び、一も二もなくそれに乗った。他の女たちは笑い、マッジも笑ったが、他の女たちがなぜ笑ったのか、マッジにわかっていないのは明らかだった。

さて、これはアーチーのような人間にとっては、ぴったりの出会いだった。彼は女性がパーティや映画に行きたがったり、化粧をしたり、山のようにアスピリンを飲んだりするのを嫌っていた。彼のようにしっかりした趣味を持った人間からすると、女性というのはあまりにつまらないことにかかわりすぎるのだ。しかし、そうしたつまらなさと無縁でどこまでもまともな娘と、ついに彼は出会った。

翌日の小旅行はとてもうまくいった。アーチーはマッジに、修道院付きの教会が中世の寺院となり、それから礼拝を行うための教会へと変化していく歴史を説明してやった。その晩戻ると彼は冗談交じりに、自転車を借りて一緒にダブリンまでサイクリングして帰らないかと言った。こんどはさすがに彼女もためらったが、それもほんの一瞬で、その方が合理的だと考えた。また目を輝かせ、声をあげて「足手まといにならないならね、アーチー」と言った。

こうなると、たしかにマッジはアーチーにまといついた格好ではあったが、まさにアーチーに引きずられてもいた。アーチーはたいへん古くさい考え方の持ち主で、連れの女性にお茶一杯たりと代金を払わせるような真似は断固としてしなかったし、立ち小便は猥褻行為の一歩手前だと考えるくらいで、ましてや田舎宿にかわいい女性と泊まるとなれば地獄の業火に焼かれるような苦悶にさらされるほどだった。宿の受付では、みなが彼についてとても表だって言えないようなことを考えているに違いない気がして、どうしても連中に、その汚れた想像のことでいろいろ説教してやりたいくらいだった。しかし、このことについてもアーチーはマッジにたいへん感心した。他の娘だったら、自分が田舎宿に男性と泊まるなどと知ったら親や友達は何と言うだろうなどと悩むところだが、彼女の頭にはスキャンダルの「ス」の字もないようだった。彼女に道徳心がないとか、軽薄だというわけではないことも、アーチーにはちゃんとわかった。マッジにはただ、自分とアーチーの間でやましいことが起きるなどということが想像もできないだけなのだった。

これでアーチーの心は決まった。マッジは、自分にとってこの人しかいないという女性なのだ。しかし、マッジが彼の言うなりになるしかないときにそのことを打ち明けるなどということは思いも寄らなかった。アーチーには昔ながらの騎士道精神がある。賤しい誘惑に負けるわけにはいかなかった。ふたりは自転車でクレアからリメリックへと南部を移動し、大西洋を見下ろす崖にも立った。天気は良く、リンゴの栽培が行なわれる平地を巡ってからカッシェルへと抜け、土地のパブでビールとレモネードを飲み、最後は丘を越えてキルケニーへとたどり着いた。ここでふたりは最後の晩を、夕暮れの中、中世の寺院や住居の廃墟を訪れたり、彫像や紋章を見て回ったりして過ごした。その間、アーチーは一度たりとマッジの手を取ったり、愛について語ったりということはしなかった。アーチーはそのことを言うときに、まるで僕があさはかにも彼のそうした態度をあざけるとでも思うのか、不機嫌そうな顔をしてみせたが、そんな気はさらさらなかった。僕にはわかった。純粋で内気な人というのは、誰かと一緒にいるだけでうっとりとした気持ちになるのだ。そうした気持ちの方が、恋人同士の熱烈な愛撫よりもずっと思い出に残るものなのだ。

ラスマインズ〔ダブリンの近郊〕までたどり着いてマッジの下宿の外で別れるときに、アーチーはついにあの話を持ち出してもいい時がきたと思った。夏の夕暮れはすっかり深まっていた。アーチーはさよならを言うときにマッジの手を取った。

「なかなか楽しかったなあ。君は?」アーチーが訊いた。

「ええ、楽しかったわ、アーチー」マッジは声をあげ、嬉しそうに笑った。「すばらしかった。こんな楽しいお休みははじめて」

アーチーはこの言葉に勇気がわいて、マッジの手を放さないでいた。

「僕も同じだ」そう言って、頬を赤らめた。「君が困るかもしれないと思って今まで言わなかったんだけど、君みたいな女性に会ったのははじめてだ。だから、もし僕でもよければ結婚してもらいたいと思う」

ほんのひととき、マッジの顔が陰ってすべての喜びが消え去ったかのように見える間、やっぱり困らせてしまったかとアーチーは思った。

「それ、本気なの、アーチー？」マッジはおずおずと訊いた。「だって、まだ会っていくらもたたないでしょ。何日間かそういう気分になったからって、相手のことをちゃんとわかってるとは限らない」

「そういうことはすぐに何とかなるさ」アーチーは意味ありげに言った。

「それにしばらくは辛抱しないといけないわ」マッジが付け加えた。「うちは家計が苦しいの。ふたりの弟がいて、面倒を見なきゃならないし」

「僕だって役所でしっかりした地位につくまでにはしばらく時間がかかる」アーチーは明るく答えた。「思い通りにできるようになるのは、君と一緒で、まだ先だ。でも、そういうことだって、いつかは何とかなる。それに、はっきり目的があれば、何とかなるのも早まるはずだ。僕には自分の性格がよくわかってる」彼は思いにふけるような口調で言った。「心の支えになると思うんだ。僕は気が変わったりはしない」

マッジはまだ迷っているようだった。断ろうとしていると見えた刹那もあった。でも、彼女は思い直した。今までの明るい顔つきが戻り、甲高い声で笑った。

「いいわ、アーチー」マッジが言った。「ほんとにあたしでいいなら、あたしの方はいい」

「僕は君がいいんだ、マッジ」アーチーはまじめな声で言い、それから帽子を振り上げると、門の外の木陰に立って手を振るマッジを後にして、自転車を押していった。アーチーがそのときのことを描写してみせたとき、僕はつくづく彼の振る舞いは立派だと思った。いかにもアーチーらしい。そういう約束の言葉は、きっとどんな愛情表現よりも彼の心には残るのだろう。たしかにすばらしい。でも、これは愛ではない。こういうとき、人は我を失うものだ。もし失わないとしたら、それが意味するのは――そしてアーチーはまさにこの例に当てはまることになるのだが――今後、我を失う可能性は小さくなりこそすれ、大きくなることはないということだ。

しかし、アーチーはあまりに純真だったから、そんなことは考えもしなかった。彼にとっては女の子と付き合うというすばらしい出来事がそもそも奇跡で、それは言葉も風習も分からない複雑な古代文明のただ中にいきなり放り込まれるのに等しい経験だったのである。たしかにアーチーはマッジに歴史を教えてやったかもしれないが、マッジのおかげで彼はオペラや演奏会の世界を知ることとなった。まもなく彼は音楽についても、まるで子供の頃からずっと熱中してきたかのように、いろいろとうるさいことを言うようになった。アーチーは生まれ持っての理屈屋なのである。僕が彼と知り合った頃でもまだ、君、ワーグナーなんて聴いてちゃ駄目だね、と首を振ったりしたものだ。聴くべきはバッハなのだった。で、いつの間にかバッハは楽しみのために聴くというよりは、聴かなきゃいけないものになっている。彼の言い方を借りれば「信念をしっかり持つ」ためには、これは不可欠のことなのだ。

秋になると、天気の良い日曜にはお昼を食べてから、徒歩で山を越えエニスケリーまで行ったり、ボイン渓谷を下ってドローエダまでサイクリングしたりもした。マッジはたいへん穏やかな性格だったので、喧嘩することも滅多になかった。これはアーチーにとっては特筆すべき事態だった。というのも彼は怒りっぽくて、口喧嘩となると譲らないし、自分の理屈を押しつけようとするところがあったからである。たしかにマッジがアーチーと会うかわりに昔の友達を訪れたり、ミルタウンに住む身体の悪い叔母さんを見舞うということはあったが、そんなことは気にならなかった。やさしい娘なら、当然のことだと思った。信念をしっかり持った人間としてアーチーは、自分がこれから結婚しようとする娘も同じように強い信念を持っていると思いたかったのだ。

もちろん、これでは話がうますぎる。こんなにうまくいくからには、引き替えにきっと何かうまくないことが待っているはずだと、ものわかった人なら考えるだろう。しかし、アーチーは理想主義者だった。自然の女神はすべてを自分に都合よく取りはからってくれるものと思いこんでいた。そしてある日、自然の女神が、彼の手をちょんちょんと叩いて、右の靴と左の靴を履き違えているよと教えてくれることになった。

町でアーチーは、いつかコネマラに遊びに行ったときに遭遇した教師グループのひとりとばったり出くわした。彼はお茶でもいかが、と丁重に誘った。グラフトン通りにアーチーが好んで行く、太陽の決して差しこまないマホガニーを使ったインテリアの喫茶店があった。アーチーは習慣になるとそれを守りぬく人間である。この店は彼がダブリンに来てはじめて昼食を食べたところで、今後結婚などというちょっとした事件でも起きて彼の人生が一変しない限りは、ずっと彼はこの習慣を守ってこの店に通い続けることになるだろう。

「マッジと仲良くしてるみたいね」この教師はまるでふたりだけの罪深い秘密みたいにして、楽しそうに言った。

「ああ」アーチーの方は、秘密めかした様子もなく言う。「おかげさんで、今後もずっとこうしていくと思うよ」

「らしいわね」明るく言う。「マッジのためにもよかったと思う。ただ、あの子が婚約してた人はどうなったのかしら」

「え？」アーチーは訝《いぶか》しがったが、相手がこちらの様子を窺おうとしていることがわかったので、内心の動揺を見せはしなかった。「誰かと婚約してたの？」

「え、聞いてないの！」教師はことさら驚いてみせるふうだった。そして「間違ってるのかしら」申し訳なさそうに付け加える。「婚約してたわけじゃないのかも。同じ教師だと思うけど。サウス・サイドに住んでる人。何ていう名前だったかな」

「僕が聞いて教えてあげるよ」アーチーはつまらなそうに言った。どうするか、もう少し考えてみるつもりだった。それまではあくまで知らんぷりを通す。

とはいえ、アーチーはたいへん不愉快な気持ちになった。彼は誰とでも率直さをもって接するよう心がけていた。たとえそれが相手に嫌な気持ちを引き起こしても、である。

僕がアーチーと知り合ったときに彼にほとんど友達がいなかったのは、このためもあるだろう。たとえば、マホーニーという男がいたとする。この男からアーチーが、デヴィンズという男が自分について、言い合いになると口が悪くなると言っていた、と聞いたとする。まあ、当たっていなくもないわけだが、アーチーの方はこうなると、すぐにデヴィンズのところに行って、どういうことだ？　と真意を質さずにはおられない。デヴィンズにしてみると、そんなことをアーチーに告げ口して自分を陥れようとしたのは誰かが気になる。で、三人目の人に、マホーニーが犯人か、と訊くと、こんどはさらに四人目の人がマホーニーに彼が疑われていると告げる。こうしてアーチーの詮索のせいで、職場のみながいがみ合う結果になるのである。

今回の話とは関係ないので省略したが、アーチーはもちろん、自分の後ろめたい過去についてはすべてマッジに告白しておかなければ気が済まなかった。で、マッジが何も話さない以上、彼女の方には何も話すことはないのだと考えた。アーチーはこのときになってそれが大きな誤りであることに気づいた。誰だって言わなきゃいけないことくらいあるのだ。とくに女には。

職場の人間にするのと同じようにマッジに直接真相を質してもよかったのだが、アーチーにしてみると、それだけではどうも手ぬるいように思えた。自分では気づいていなかったが、アーチーはひどく自尊心を傷つけられていたのだ。こんな大事なことを黙っているマッジは自分を侮辱していると感じた。侮辱となると、アーチーは自分の受けたものをそっくりそのまま相手に返さずにはいられなかった。そこで、ふつうならはっきり本人に問い質すところ、アーチーはこの女を酷い目に遭わせてやろうと考えた。何事もなかったかのように今までどおり付き合いを続け、実際にあったこともそうでないことも含めて、嘘がもとで起きた身内同士のいさかいの話を少しずつ持ち出した。マッジを怯えさせるのが目的で、狙いどおりの結果になった。それから彼は学校教育課の友人を飲みに連れ出した。

「ヘイルって子?」友人は少し考えた。「聖ジョセフ校の助教員と婚約してるんじゃなかったっけ? ウィーラーっていう。たしか足が悪い。そう聞いたけど。どうして? ひょっとして、彼女に気があるの?」

「うん、まあ、わかってるな」アーチーはゆったりと笑って見せた。

「いや全然」友人は言った。「ただ、本気なら、急いだ方がいいぜ。今思い出したけど、ふたりは彼がどこかの校長になったら結婚するつもりだから。いい青年だと思うよ」

「らしいね」アーチーはそう言うと、顔には笑みを浮かべ、心には怒気を隠し持ったまま帰っていった。こういう有能で率直な男たちというのは、いったん妙な考えにとりつかれるとたいへんややこしいことになる。十二年間役所で働いてその仕事ぶりで非の打ちどころのない評判を得たなんていう男と比べたら、オセロだって形無しだろう。アーチーは、マッジとはあいかわらず付き合ってはいたものの、今までとは違って、彼女が叔母さんや昔の友達と過ごすと言った晩に、ほんとうはどうしていたかと問いつめて彼女を苛めるようになった。彼が突っついてもマッジが困った風もなく顔色も変えないところを見ると、どうやらほんとうに言葉通りに過ごした晩もあったようだが、必ずしもそうではない晩もあったらしい。彼女のたじろぎぶりにそれが表れていた。アーチーはそのあたりを集中的に攻めた。

「君が出てくるのを待ってるよ」彼は表向きやさしく言ったが、そこには煮えたぎる感情があった。

「でも何時になるかわからないから」彼女は答えながら、頰を紅潮させ、しどろもどろになった。

「いいさ。十時半くらいになったとしても――ま、その年の人ならそんなに遅くはならないとは思うけど――それでもちょっと散歩するくらいの時間はある。もちろん、天気が良ければの話だけど。昔からの友達への義理立ても大事だけど、君だって少しは息抜きもいるだろ」

「約束はできないわ、アーチー。無理よ」マッジはちょっと怒ったようでもあったが、アーチーはそれを見てほくそ笑んだ。今にも自白しようかという相手を前にした練達の取り調べ官の、満足気な笑いだった。

マッジが住んでいた界隈には、ダブリンの南の丘にあちこち見られるような、幅の広いヴィクトリア朝風の道があり、歩道に沿って街路樹が植えられ、広い庭のある棟続きの堅固な商館が何組もならんでいた。地下室は深く掘られ、階段の一段一段が高かった。

翌日の夜、アーチーは脇道へと折れる角のところで物陰に身を潜ませ、刑事になったような気分でマッジの家に目を光らせていた。十分もたたないうちにマッジが現れ、階段をおりてきた。庭から表に出てくると、丘を登る方角に折れた。アーチーがそれを追う。導いたのは、街灯の下を足早に過ぎていく彼女の姿よりも、はっきりと音を響かせるハイヒールの足音だった。

坂を登り切ったところにバス停があった。そこで一人の男がマッジに話しかけた。若い男のようだった。明るい色のツイードのコートを着ていた。帽子はかぶらず、やせて、片足を引きずっていた。男がマッジの腕をとると、ふたりはドダー堤の方に歩き出した。アーチーの耳に、マッジの楽しそうな陽気にはしゃいだ笑いが聞こえてきた。まさに自分が笑い者にされているような気分になった。

アーチーはあまりに惨めでどうしていいかわからなくなった。目指していたものを見つけ、紛れもない女の罪の証拠を得たというのに、さて、それでは次はどうしたらいいのか。ふたりを追いかけていって、暗闇に沈む土手で問い詰めるという手もある。でもウィーラー――もしこれがウィーラーだとすればの話だが――はおそらく彼のことをほとんど知らないだろう。彼がウィーラーのことを知らないのと同じだ。そんなことをしても話がややこしくなるだけに思えた。とにかく対決すべきは、あのとんでもない女なのだ。彼はゆっくりと元の場所へと戻り、近くのパブに入った。椅子に腰をおろし黙ってウィスキーを流しこんでいたが、まもなく別の客が、彼のお得意の政治ネタにたまたま触れた。飛び上がらんばかりに興奮した彼は、誰も意見など訊いてないのに、その場の人々の奴隷根性をなじりながらひとしきり演説をぶち、自分の義憤に満足しながら悠々と店から引き揚げた。

こんどは三十分以上寒さと湿気の中で待つ羽目になった。いよいよ怒りは募る。しばらくしてから彼女の足音が聞こえた。男とはさっき待ち合わせたところで別れたらしかった。こうしたことをするのはまったく自然で、下宿の人間にとやかく言われたくないというだけなのだろうが、アーチーにはすべてが欺瞞に満ちた悪巧みだと思えた。アーチーは道を渡って門のわきの木の下に立った。その姿は完全に隠れていたため、自分の前に彼が歩み出てくるまでマッジは気づかなかった。彼女ははっとした。

「誰?」おびえた低い声でマッジは言った。そして目をこらしてから、嬉しそうな、ほっとしたような声を出した。「何だ、アーチーだったの」しかし、アーチーがそこで彼女を睨みつけていると、再び彼女の声の調子が変わった。うろたえているのがアーチーにはわかった。

「こんなところで何してるの?」

「待ってるんだ」アーチーの声は彼の心と同じようにうつろだった。

「待ってる?　何を?」

「説明を」

「どうしたのよ、アーチー」マッジは子供っぽくむずかるように言った。「そんな言い方はやめて」

「じゃ、どういう風に話せっていうんだ？」アーチーは怒りをあらわにして食ってかかった。「叔母さんのところに行ってたっていうわけか？」

「ちがうわ、アーチー」マッジは観念したように言った。「叔母さんのところじゃない。友達に会ってたの」

「友達？」アーチーが繰り返した。

「正確には、友達というのともちがう」彼女は弱々しく言った。

「正確にはちがう、か」アーチーは苦々しい満足感とともにその言葉を反芻した。「婚約者だろ？」

「そうよ、アーチー」彼女は認めた。「否定はしないわ。でも説明させて」

「説明なんて、もう遅い」アーチーは崇高な口調で怒りを炸裂させた。ついさっき、説明しろと言ったのは彼の方だったのだが。「説明すべきだったのは三カ月前だ。三カ月以上、君は嘘にまみれた人生を送ってきた」

この言葉はアーチーが考えたものだった。パブでウィスキーを飲みながら、自分で思いついたのだ。ほんとうはお手本がなかったわけでもない言葉だが、本人はそれには気づかなかったのかもしれない。相手を傷つけるのが目的の言い方だった。たしかにその目的は果たした。

「ひどいこと言わないで」マッジは狼狽していた。「本当のことを全部言ったわけではないのは確かだけど、騙すつもりじゃなかったのよ」

「もちろん騙そうなんてつもりは君にはなかったさ」アーチーは言った。「わざわざ苦労して騙す必要もなかったんだから。むしろ本当のことを言うときの方がたいへんだったただろ」

「あたしは本当のことを言ってるわ」マッジは怒りとともに言った。「あたしは嘘つきじゃないの、アーチー。嘘つきなんて言わないで。パットとは婚約せざるを得なかったのよ。彼にそう言われて、断れなかった」

「断れなかった？」

「そうよ。だからね、説明させてって言ったでしょ。前に一度あったのよ、だから二度と繰り返したくない」

「何があったんだ？」

「話せば長くなるわ、アーチー。昔、田舎にいた頃、ある男の子に付き合ってくれって言われて断ったことがあるの。そうしたら彼は死んだ」

「死んだ？」アーチーは信じられないという声を出した。

「自殺したの。ほんとに恐ろしいことよ。でもあたしのせいじゃない。あたしは若くて、何もわかってなかった。どんなことになるかわからなかったの。単なる遊びだと思ってた。彼のことをどんどんけしかけて、おもしろがってた。男の子が何考えてるかなんて、わかるわけないじゃない」

「ふん」アーチーはとまどいながら声を出した。こんどもまた、マッジの考えが先に行ってしまって彼は置いてけぼりにされた気分だった。この何週間積み上げてきた彼の堂々たる怒りが、わけのわからない話の中に霧散してしまいそうな気がした。「で、君は、僕のことも、断るわけにはいかないと思ったわけだな？」

「まあ、そういうことよ、アーチー」マッジが言い訳がましく言った。「そう思ったの」

「何言ってやがる！」アーチーが声を荒げた。

「ほんとうよ、アーチー」マッジは慌てて言う。「あなたのことをほんとうに好きになったのは何週間かしてからなの。今みたいに好きになったのは。最初にふたりで過ごしたときは、そういうふうにあなたがならなければいいなと思ってた。だから、ショックだった。だって、あたしはもう婚約してたみたいなものだし。あなただって、こういうときどんなに困るかわかるでしょ。ふたりの女の子と同時に婚約なんかしたら」

「で、僕が自殺するとでも思ったわけだな？」アーチーは信じられないという調子で言った。

「だって、わからなかったのよ、アーチー。あなたのことがわかるようになったのは、もっと後になってからだもの」

「わからなかった、か！」アーチーは怒りのあまり言葉も出ないようだった。自分がそんなにひ弱でだらしない人間だと思われたことが心外だった。「わから、なか、った、か！　何てうぬぼれだ。馬鹿馬鹿しい。その間ずっと君は、自分のせいで自殺したとかいうやつのことは何も言わなかったわけだ」

「言えるわけないじゃない、アーチー」マッジは絶望したように言った。「女にとっては思い出したくもないことなのよ。口に出したくもない」

「それはそうだ」アーチーは深く息をついた。「じゃ、君はこれからも自分の前に現れるまじめな気持ちの人間たちを次々に欺き、出し抜いていくわけか。お慈悲ゆえに。とんでもないでっちあげだな」

「でっちあげじゃないわ、アーチー」マッジは強い声をあげた。「本当のことよ。そんないろんな人とあったわけじゃない。パットとあなたと、それからあと、田舎にいる若い子だけ。ただ、その子は別の子と付き合いだしたみたいだから、もう大丈夫だと思う。パットだって、あなたがもう少し我慢してくれれば、きっと何でもなくなったと思うわ」

自分と婚約していたはずの女性に、もうひとり三人目の男がいるという構図はアーチーには耐え難いものだった。この嘘つき女には、口ではとてもかなないそうにない。

「マッジ」彼は思いにふけるようにして言った。「女性のことを面と向かって罵倒するなんてことはしたくはない。ましてやいったんは素晴らしいと思った女性を。だけど君が信じられないんだ。君の言うことは何も信じられない。君は僕を騙し、侮辱するような振る舞いをした。もう信用できない」

そうしてアーチーは振り向き、ゆっくりと歩み去っていった。ほんの数カ月前、まさにこの場所で、希望に満ちて彼女と別れたときのことが思い出された。そうして皆が女について言うことが、ほんとに嫌なことに至るまですべて正しいのだということがよくわかった。もう二度と女は信用しまいと彼は思った。

「結婚しようなんて思ったのもそれが最後だったよ」アーチーは苦々しそうに言った。

「もちろん、彼女は手紙を送ってきて、もし自分の言うことが信用できないなら、かわりに証言してくれる人がいるからと二人ほどの名前を書いてよこしたけど、返事を書く気にもならなかったよ」

「アーチー」僕はびっくりして言った。「まさか、それで彼女のことを捨てたのか？」

「捨てた？」彼はそう言うと、不快そうな顔をした。「その女とは二度と口もきかなかった。道であって帽子を取ったくらいだ。その後どうなったのかも知らない。結婚したのかどうかとか。僕にだってプライドってものがある」

「だけどさ、アーチー」僕はがっかりしたように言った。「彼女が言っていたのが、ほんとのことだったら？」

「ほんとのことだったら？　それで？」アーチーは怖ろしい剣幕で訊いてきた。

それから僕は笑い出した。我慢できなかったのだ。そのせいでアーチーが怒りに震えているのはわかったけど。外の運河に雨が降り注いでいた。僕が笑っていたのはアーチーに対してではなく、自分自身に対してだったのだ。というのも、こんな経験ははじめてだったが、僕は話で聞いただけのこの女性と恋に落ちてしまったのだ。まるで中世の騎士物語みたいだ。何とも言えない気持ちだった。女性の純粋なエキスみたいなものがどこかにあって、生身の女性を離れてそれだけを味わうことができるような気がした。

「だけどさ、アーチー」僕は声をあげた。「君自身が、彼女はちゃんとした考えを持った女の子だって言ってたじゃないか。それに、今の話からするとすごく気だてのいい子でもある。彼女はさぞ辛かったろうよ。ひとつの町の中でふたりの男と同時に婚約して、少なくとも片方がもういいって気分になって彼女を捨て、晴れて君と結ばれるときがくるまで、ふたりにともにいい気分でいてもらおうとしていた」

「晴れて結ばれるどころか、そうしたらあの三人目の男が現れて同じことの繰り返しになるんだよ」アーチーはあざけるように言った。

僕も正直、その三人目の話には驚いたので、しばし二の句が継げなかった。でも、そのときの僕みたいに幻影と恋に落ちてしまった人間というのは、ちょっとやそっとでは諦めない。何とか自分の正しさを認めさせたかった。

「だけどさ、アーチー」僕は言った。「そういう女性と結婚するのは、まさにそのためだろ？　何か危ない気がするからこそ惹かれるんじゃないのか？　な、アーチー、自殺うんぬんなんか関係ないんだよ。いい女っていうのはみんな、過去にそういう自殺沙汰でも起こしたように見えるものなんだよ。だから彼女だって、いい女だという気がする。

ちゃんと理屈で説明するのは難しいけど、そういうことなんじゃないかな。アーチー、君はもったいないことをしたと思うよ」

「理屈で説明できないどころか、どうやっても説明なんかできないさ」アーチーはもういいというように言った。「そんなことする女には、品性がないんだ。そんな女と結婚するくらいだったら、ガスオーブンに首でも突っ込んで死んだ方がましだ」

そしてその晩から、アーチーは僕とも縁を切った。友達には、僕が道徳的な感覚を持っておらず、いつかはひどい目に遭う、と言ったようである。あるいはアーチーは正しいのかもしれない。彼の言うとおり、僕はひどい目に遭うかもしれない。だけど、僕が彼に言ったのはたぶん、明け方が近くなって辛くなるような時間に、彼が自分で自分に言ってきたことばかりなのだと思う。彼が僕に求めていたのは、励ましだったのだ。自分で自分につきつけてきた宣告をあらためて他人の口で下してもらおうなんて思ったのじゃない。だけど、さっきも言ったように、僕はまだ若くそういうことがわからなかった。今なら、僕は彼に同情し、危ないところで助かったねとねぎらうだけで、馬鹿なことをしたもんだとなじるのは彼自身に任せておくことだろう。

あるところに寂しげな家がありまして

女は小道の行き止まりに立っていた。右手を門に載せ、左手でブラウスの襟をいじっていた。顔には小皺が目立つ。とくに口とおでこのあたり。あまり笑わないが、柔和な顔だった。ふくよかで温かみがあった。白髪が多く、離れたところからだとふけて見えるが、近くに来るとまったく逆の印象を与えた。まだ十分に若さをたたえていることがはっとするほど鮮やかに伝わってくる。そのせいか、この人は以前に辛いことがあったに違いない、などと思わせた。

男は口笛で舞踏曲《リール》（スコットランド高地人の舞踏曲）を吹きながら道を歩いてきた。曲はきびきびと歯切れが良く、水ためにしたたる雫《しずく》のようだった。女には男の足取りが遠くから聞こえていた。口笛の奏でる甘い音色と少しずれる歩調。女は門の脇に繁ったサンザシをかきわけ、男の様子を陰からうかがった。それから、これならよし、と思ったふうで、門をおさえていた石を足で動かすと、男がちょうど通りかかったところで道に出ていった。女を見ると男は立ち止まり、トネリコのステッキをくるっとひねって地面に置いた。女は顔をあげなかった。

「こんちは」男は快活に声をあげた。

女はようやく顔をあげた。頰に赤みが差したのが、それまでの計算ずくとも見える行動とはまるで対照的で、全身からはあっという間に目を見張るほどの生気が立ちのぼった。「こんにちは。気をつけてね」女は低い声でこたえた。

「バリーシーリィまではまだあるかな」

「七マイルよ」

「七って、アイリッシュ・マイルで？」〔一マイルの標準的な値は五二八〇フィートだが、英語圏の中でもさまざまな値が混在している。アイリッシュ・マイルは六七二〇フィート〕

「イングリッシュ・マイル」

「よかった」

女は唇を舌でなめて湿らせた。男は若かった。身なりは悪くない。わざと荒っぽくぞんざいにしゃべる。帽子はかぶっておらず、黒い髪はぼさぼさ。独特の長い顔が、六月の日差しにすっかり日焼けしているのが印象的だった。鼻は高く、突き出しすぎているほどだった。歯は不揃いで変色し、分厚い唇はひび割れしている。二つの青い目は小さな骨張った額の下でずいぶん離れており、まるでこめかみに沈みこむかと見えた。でこぼこで頬骨の高い顔は山あり谷ありだが、青い目がせわしなく動くたびに思いがけない陰りが浮かぶと、たいへん敏捷な感じもした。二十六歳か二十七歳ってところかしら、と女は思った。

「なかなか上手だったじゃない」

「え、どういうこと？」

「口笛が聞こえたのよ」

「褒めてもらうと元気が出るな……。ところでさ、ちょっと訊きたいんだけど、このあたりでお茶を飲めるところある？」

「誰だってお茶くらい飲ませてくれるわよ」

ほとんど少女のようなはにかみが露わだったが、男にはわからなかったようだ。困ったような、がっかりしたような顔になった。

「じゃ、もう少し行ってみるよ」男はよそよそしく言った。

「急がなくてもいいんでしょ？」

「足がつっちゃって」

「うちで休んでいってもいいわよ」

「ほんと。そりゃどうも」男はこたえた。

ふたりは小道をともに歩いていった。丘を登ったところに家はあった。裏はもう山で、ところどころ岩が露出している。あたりには木が生え、家の前はフクシアの垣根に囲まれた細長い庭になっている。わきを川が流れていた。リンゴの木が四、五本と、菜園のとなりには黄、赤、白とキンギョソウの咲き乱れる花壇がいくつかあった。

女はヤカンをかけてふいごを回した。台所は泥炭独特の青い煙で満たされ、男は扉のわきに腰掛けたが、夕日を浴びて螺旋状に立ちのぼる輝く埃の柱の向こうにかすんで、その姿はほとんど見えなくなった。ただし、膝に置かれた男の手にはたっぷりと光があたっていた。大きな茶色い手。関節はよく磨いた石のようだ。女はその手に魅了され、じっと見つめていたが、食卓の用意をするときにはつい惹かれるままに手を触れてしまいそうになった。泥炭の煙のように青い、男の荒々しい目は台所にあるものをすべて見て取った。樅《もみ》のテーブル。椅子。食器棚。すべて真っ白く磨かれていた。デルフト焼きがもったいぶったこぎれいさでしまわれているのが、いかにもひとり身の女らしかった。

「すてきな、いいところだね」男は言った。

「静かなのよ」

「ほんとだ。みんな出かけてるの？」

「あたしひとり」

「そうなんだ」

「お使いがいるくらい」

「そうか」

男はそれだけ言うと食べ始めた。温かいパンをぼろぼろとむさぼるように口にする様子を見ながら、よっぽどお腹がすいてたみたい、と女は思った。女の灰色の目がじっと向けられているのを見ると、男は声をあげて笑った。

「憑かれたみたいに食っちゃった」

「ええ。お腹すいてたみたいね。もうひとつ卵をゆでてあげればよかったかしら」

食事が終わると男は息をつき、椅子の上で身体を伸ばしてからパイプに火をつけた。

「靴を脱いでもいいかな」男はおずおずと訊いた。

「もちろんよ。どうぞ脱いでちょうだい」

「足が痛くて」

女は屈んで男の脱いだ靴を引き寄せた。

「これじゃあね。直さないと」

女がことさらに気を遣うような言い方をしたので、男は笑った。

「直す？　直すって言った？　もうとっくにご臨終だよ」

「そうね、たしかに。じゃあね……奥に何年も履いてないのがあるけど。もしサイズが合えば、今のこれよりはましかも」

女はその靴を持ってきた。しっかりした良い靴だったが、硬くて、男の足にはやや大きかった。でも、男にとってはそれで十分だった。

「立派な靴だな。すごい。ちょっと手を入れたら新品同様だ。いや、新品よりいいくらいだ。だって、こんないいものは、俺には買えないもの。ちょっと待って」男は子供っぽいおおげさな仕草でポケットの中をさぐると、上着の裏から一片の皮を切り取った。それを奇術師の手つきでかざしてみせた。「さあご覧。いい、見てる？」皮はちょっとあいた穴をふさぐのにぴったりの大きさだった。男は喜びの声をあげた。女は靴型とかなづちを見つけてきた。男はチョッキのポケットの紙袋から金具を取り出し、まるで職人の手さばきで靴の修理をはじめた。

「本職なの？」女は不思議そうに訊ねた。

「仕事のうちのひとつだよ。靴直し、大工、配管工、庭師、屋根葺き、ペンキ屋、詩人。ありとあらゆる仕事をやった。長くやってるものはないけどね。でも一番よくやるのは靴直しだ」

男はその靴を履くと子供っぽい無邪気さで台所を歩いた。なんだか幼いところがあるみたい、と女は思った。そこがいい。暖炉の上方には煙が充満し、使い古した目覚まし時計があった。男はそれをのぞきこみ、ため息をついた。

「もっといたいところだけど」残念そうに言う。「もう行かなくちゃ」

「そんなに急がなくてもいいじゃない」

「七マイルだよ。二時間はかかる。もっとかな。早めに到着しないと、安宿だと寝る場所がない」

そう言いながらも男はもう一度腰をおろし、パイプに火をつけた。

「もちろんさ、俺がその気になったら、誰にも文句なんか言わせないで自分の居場所くらい確保するさ。でも、酒でも入らないかぎり、場所取りのために喧嘩するなんてことは俺はしない。ぜったい。酔っぱらうと怒りっぽくなるけど、しらふのときに誰かを殴ったのは一度きりだ。そいつはランティっていう暴れ者のグループの一味で、狡賢い野郎だった。ランティの連中は、ほんと凶暴なんだ。あのさ、目の見えないちっこいおっさんがいて、横になって寝ようとしてたんだけど、おっさんがうとうとするたびにその野郎が髭を引っ張りやがる。それで俺は頭にきちまって、立ち上がって、「ちょっとごめんよ」も言わないでそいつの顎先に思い切りパンチをお見舞いしてやったら、暗い中からばっと血が噴き出してきたよ。そう、血がばばっとこっちにかかったんだ。すっごいパンチだった」。男はどうだと言わんばかりに女の方を向いて、女がいかにも女性らしく肩をすくめて怖気を震っているのを確認した。ヒーロー気取りだった。

男が出ていこうと立ち上がったときにはすっかり暗くなっていた。遠く左手に丘が連なり、その上に月が出ていた。家のわきを流れる小川の音が、あたりの静けさの中で際立って耳についた。

「どこかに納屋か離れがあったら……」男はまるで独り言のようにしてつぶやいた。

「……そこには寝床があるもの」女が答えた。男はびっくりして女の方を振り返った。

「泊めてくれなんていうつもりはないよ」男は声をあげて言った。

すると急に女の態度が変わった。今までの輝きが、それを輝きと言ってよければだが、失せていくように見えた。物憂げで、元気がなく、ふさぎこんだ様子になった。

「どうぞご自由に」女はぴしっと言った。まるで男のことを頭から追い払うように。でも男は行かなかった。もう一度腰をおろす。暖炉の両側からふたりはお互いを見つめ合った。言葉はなかった。男の方も、今までのようなおしゃべりはやめてしまった。台所は闇に沈み、ねずみ色の蚕めいた灰の中で少しずつ消えていく泥炭の火と、半扉〔上半分が開くようになったドア〕から漏れるかすかな月明かりだけが見えていた。それから男は笑い声をあげ、膝の間で手を擦り合わせた。

「だけどさ、そりゃ願ってもないよ」男は遠慮がちに言った。

「何？」

「泊めてくれるっていうなら、願ってもないっていうこと」

「ご自由に」

「ねえ」女が驚きを募らせていくことなどおかまいなしに男は続けた。「俺のこと、信用して大丈夫だよ。誓ってもいい。あんたはそうは思わないかもしれない、しゃべり方も乱暴だし、生き方もこんなだからな。でも俺に金の詰まった鞄を預けてくれれば、いくら入っていたかなんて確かめなくても、ちゃんと大事に中味を守っておくよ。他のことだって同じさ。図々しいことはしない。間抜けな神父は折角のチャンスを無駄にする、なんて言うけど、俺にもそういうところがあるんだ。あつかましさが足りなくて損してる」

するとこんどは驚くのは男の方だったが）女が笑った。男の言ったことに対してというよりは、ほっとしたためのようだった。女は立ち上がってドアを閉め、ランプをつけて重たいヤカンを吊した。男は椅子にゆったりと腰かけ、心地良さそうに大きな息をついた。そうして足を火に伸ばすと、女にどこか懐かしいところがあるような気がしてきた。男は思いがけない好意をありがたく受け入れた。人生というのはこうした甘い話で前へと進むものなのである。

翌朝目覚めると、男がすでに起き出しているので女はびっくりした。暖炉には火が入れられ、ヤカンの湯が沸いていた。男の髭がだいぶ伸びていたので鍋に水をはってやった。男が石鹸で顔を洗い始めると、女はかみそりと革砥《かわと》とブラシを出してやった。それらを渡されると男はたいへん喜び、とくにかみそりについては感情をこめて大げさに褒め称えた。

「あげるわよ」女は言った。「ぜんぶ持っていっていいわ。役に立つなら」

「そりゃ大助かりだよ。役に立つとも」男はありがたそうに言った。

朝食の後、男はパイプをつけて深く腰かけ、最後のひとときをたっぷりと味わった。これだけもてなしを受けたのだから、さっさと出ていくのも失礼というものだった。

「早く行かないとね」女はうかがうように訊ねた。男はたちまち赤くなった。

「そうだな」とこたえた。立ち上がり、外を見た。曇った静かな朝だった。緑が見えるのは垣根までで、その向こうには灰色の靄がかかり、ところどころ薔薇の花が顔をのぞかせていた。「いや、急ぐわけじゃ、ないんだ。急いでるわけじゃないんだけどさ」

男は辛そうに言った。

「勘違いしないでね」女は慌てて言った。「せかすわけじゃないのよ。お昼を食べてったら？　いいのよ」

「何かあんたといると、楽しくてね」男はそうこたえると、閉じかけた瞼の下から女の方を上目遣いでおずおずと見た。「何か俺にできることがあればさ、それなら喜んでもうちょっといるよ」

やることはあった。他にもいろいろ。たとえば、離れには漆喰を塗る必要があった。男は口笛を鳴らしながら嬉しそうにその仕事に取りかかった。女はそばに来て、仕事ぶりをながめた。いったんいなくなったが、また戻ってきて、すぐわきに物も言わずに立っている。陽の光を浴びながら微動だにしない姿は妙なものだったが、見張られているという感じは男にはなかった。昼食までには終わらなかったのでお茶の時間までいたが、その後もまだ、男は出ていく様子は見せなかった。男は自分の詩のいくつかを歌って聞かせた。マロー競馬についての歌。子供の頃好きだった女の子の歌。その子は「天地創造以来、ケリーではもっとも可愛い子だった」と、無邪気に男は言った。こんな始まりの歌である。

俺は相手にしない　王妃も女王も貴婦人も
　はるか昔の優美な女たちも
アジアやメソポタミアの美女も
　愛しいのはアニー・ブラディ、ダンモイルの薔薇よ

信頼関係のようなものがふたりの間にはできた。話をしたり歌をうたったりするうちにあっという間に夕方はすぎていった。口笛も吹いた。男はほんとに口笛が上手で、ダンスの伴奏もできた。通夜〔アイルランドの通夜はしばしば宴やお祭り騒ぎを伴う〕や結婚式では引っ張りだこなんだと男

は言ったが、それももっともだと女には思えた。

話が途切れたときにはもうすっかり暗くなっていた。男はまた、そろそろ、という素振りを見せたが、女はまたしても、あの控えめでよそよそしい調子で、泊まっていったら、と勧めた。男は泊まった。


その後の数日は、ふたりともまるで何かに取り憑かれたかのようだった。弁解に次ぐ弁解、延期に次ぐ延期でついに一週間がたった。毎朝男は先に起き、女が起きて新しいことを言いつけるのを待った。庭の草むしり。芋掘り。キッチンに漆喰を塗る作業。ふたりとも、言ってみれば目先の一時間をやりすごしているだけだった。ただ男には、自分と同じように女もまた、この関係から思いがけない恩恵を受けているかもしれないなどということは思いつかなかった。

ダンは「お使い《ボーイ》」とはいっても、仏頂面で頭の鈍い片眼の老人だったが、このダンがいないときにはかわりに男が村まで用を足しに行くことがあった。それが嫌だという素振りは女は微塵も見せなかったが、自分が帰ってくるとどことなく高揚するので、男はそのたびにあらためてびっくりするのだった。こうした高揚は、はしゃぎとでも呼んでいいところだが、はしゃいでいるというのはとてもこの女には似つかわしくない言葉である。感情の昂ぶりはすぐに消え、沈んだ物憂さに取って代わられた。

終わりがいつか来ることは女にもわかっていた。そしてとうとうそれが来た。ある晩、男は使いから戻ると、村で亡くなった人がいる、と言った。女があまり関心のなさそうな様子だったので、男はびっくりした。通夜には行かない、という。でも、行きたければ男がひとりで行けばいい、とのこと。男は行くことにした。男が仲間を欲していることは女にもわかった。そういう性格なのだ。靴を磨きながら男は、いろいろ試みた仕事の中にトラピスト修道会の僧侶というのがあった、と打ち明けた。でも、続いたのはほんの数カ月。夏の間は悪くなかった。ただ冬はやってられない。他の僧侶たちは男に、一年の六カ月間だけ神のお召しを受けるような魂を持つ者がいるのだと言った(男にはこの皮肉がぜんぜん通じなかった)。

夜半には戻ると言って、とても嬉しそうに男は出かけていった。この頃には、男なりに女のことがわかったつもりだった。あそこにひとりで住んでいるというのはわけがあるはずだった。誰も訪れる者がいないというのはただごとじゃない。女はミサには行かないのだが、ある日曜日に男が杖を忘れて戻ってみると、寝室でロザリオを手に祈りを唱えていた。どうも何か変だ。でもそれが何なのか、男にはわからなかった。

女は元気がなく、それにつれて夜も陰鬱なものに感じられた。長い日照りの後の静寂だった。ツグミのくちばしが石をとんとん叩くのが聞こえる。妖精の金槌のようだ。天気の崩れる気配がした。西北の方で、風に吹かれた紫色の雲が折り重なって巨大なアーチの道をつくり、さながら廃墟と化した歩廊のようだった。そこを抜けた先の方に、羽根の形をした小さな雲の切れはしが、紫や金に染まって重なり合っているのが見える。冷たい風が立った。木が音をたてた。鳥が飛びすぎていき、その翼は恐怖におののくように大きくふくらんでいた。女は日が暮れるまでずっと、冷たい風に吹かれたまま空を見つめて立ちすくんでいた。寂寞として、嫌なことが起こりそうな雰囲気があった。

女が家に戻ったときにはすっかり暗くなっていた。女は暖炉の前に座って待った。十一時半になるとヤカンをおろし、お茶をいれた。帰ってきはしないと自分に言い聞かせたが、それでも待った。十二時半になると扉のところに立って、足音に耳を澄ませた。風が強くなっていた。女は子供っぽくむせび泣いたり、家のわきを流れる小川の音に耳を澄ませるだけで、何も考えられなくなっていった。それから雨が降り出した。一時まで待とう、と女は思った。一時になると気を変えて、あと三十分と思った。やっと明かりを消して寝たのは二時になってからだった。もう彼とはおしまいだ、と思った。

一時間かもう少ししてから男が歩いてくる足音が聞こえ、女ははっとした。男はひとり、酔っている。女にはわかるのだった。前によく、酔っぱらった年寄りの足音を待ったものだった。しかし、以前よくそうしたように扉のところに駆けていくかわりに、女はただ待った。

男は眠そうにうめくような声をあげた。どすんという音がして荒い息をつくのが女にも聞こえた。しばらくの間、すべてが静かになった。それから玄関でばんという音がして、それが家中に拳銃の一撃のように響き渡った。外の板石の上に何かが落ちた。もう一度、ばんという音。そしてまた静寂。女は恐怖は感じなかった。ただ、冷たい気持ちになっただけだった。

それから男がよろよろと立ち上がろうとすると、砂利の擦れる音がした。女は窓の方を見た。男の頭の輪郭が窓の向こうにある。手が窓枠にかかっている。突然男が涙声をあげ、女はぞっとした。

「最後の審判で魂はどうする？　な、最後の審判で魂はどうするんだ？　お前たちに言う、「私の元から去れ、永遠の業火に焼かれるがいい。悪魔とその部下のために用意された火だ。去れ、去るのだ*」

それは苦しみの叫びのようにも聞こえたが、そのすぐ後に意地の悪そうな低いくすくす笑いが聞こえてきた。女は服の下で拳を握りしめていた。「二度といや」女はひとり声に出して言った。「もう二度といやよ！」

「俺だよ。見える？　俺だよ」男が叫んだ。

「見えるわよ」女は自分にささやくように言った。

「お前たちのために、お前たちのために灯を点したのだ」男はつづけた。また泣き声になっていた。「お前たちのために、お前たちのために穴を掘ったのだ。お前たちは、丘の上の薄汚い女を、私のためにこらしめてくれ、お前たち悪魔よ。永遠に、永遠に。お前たち悪魔よ、集まれ、集まるのだ。男を殺したあの薄汚い女を火あぶりにするのだ……聞こえるか？　どうだ？」

「聞こえるわ」女はささやいた。

「聞け」

その年老いた男が眠っているとき

女は寝床から起きて
男がひとり眠る寝室に忍びこみ
残忍にも男を殴り殺した
金槌を使ったのだ
女に天罰が下されますように
そして女は……女は……

「続きはどうだ？　わかった、こうだ」

それから女は死体を運び出し
干し草の中に隠した

突然、石が窓を突き破り、その後に冷たい風が吹きつけた。「二度といや」女は叫び、ベッドの枠を拳で叩いた。「もう二度といや」女は足音がよろよろと去っていくのを聞いた。男が走っているのがわかった。子供っぽい悪意と、子供っぽい怖がり方だ。

女は立ち上がって窓を布きれで塞いだ。夜が明けようとしている。寝床に戻ったときにはすっかり身体が冷え、震えが来た。女は眠るのを諦め、起きてろうそくを灯して暖炉の火をつけた。

しかしそれでも、女の心には今まで感じたことのないような感情がうごめいていた。自分で自分のことがどうにもならなくなっていくような気がする。チェスの駒みたいにあちこち動かされていく。女はため息をつくと重たい靴に履き替え、年季の入ったコートを羽織って玄関に向かった。敷居を越えるときに何かに躓《つまず》いた。靴だった。もう片方が少し離れたところに転がっていた。何かが自分の中で硬くなるように思えた。女は靴を内側に置いて扉を閉めた。が、ふたたび心の中でわずかながらも、脈打つものがあった。それはあまりにかすかでまるで生えたての翼の羽ばたきのようでもあったが、にもかかわらず非常に強力でもあり、頭の先からつま先までが震撼させられるようでもあった。女は扉をほとんど閉じる間もなくふたたび開け、動転し身体を震わせたまま、音もなく降る冷たい雨の中に出ていった。男のことをものすごくやさしい声で呼ぶ。まるで聞かれまいとするかのような呼び方だった。そして、掌でろうそくの灯火を覆いながら、家のまわりを一周した。

男は自分が漆喰を塗った納屋の中で寝ていた。女はしばしそのわきに立って男のことを見下ろしていた。愛想をつかせたような険しい表情が浮かんでいた。それからろうそくを置き、男を抱え起こした。女の並々ならぬ力のうかがえる所作だった。抱えるように、うながすようにしながら何とか男を玄関のところまで連れてきた。戸口の上がり段のところで男が立ち止まって何か言うと、間髪入れず、女は男の口のあたりを力をこめて平手で打った。男はよろめき罵りの言葉を吐いたが、女はふたたび男を捕まえ、敷居の向こうに押しこんだ。そして、ろうそくを取りに戻り、男を着替えさせて床につけた。すべてが終わった頃にはすっかり夜が明けていた。

*

その日、男はいつまでも床にいて、起きて台所に来たのは午後の二時頃だった。ばつが悪そうな沈んだ顔をしている。元のぼろの靴を履いていた。

「俺はもう行く」男は堅苦しい口調で言った。

「どうぞ」女は冷淡にこたえた。「その方がいいかもね」

男は拍子抜けしたようだった。女が何も言わないせいで、かえって自分が正しくないのだとさりげなく思い知らされるような具合になった。それももっともで、女の方も自分が急にわけもなく、何でも受け入れられる平然とした気分になったことにびっくりしたくらいだった。

「それで?」男は訊いた。まるで「女っていうのはとんでもない!」とでも言うかのような表情になった。実にわかりやすい反応だった。

「それで、って何?」

「何か言うことはないのか」

「言うこと?」女は言い返した。「夕べの悪態だけで、もう、うんざり。二度とあんな真似したら、追い出すからね。いい? ほんとよ」

男は顔を赤らめた。

「それはおかしい」男はむすっとなった。

「どこがよ?」

「お前みたいなのが、俺にそんなこと言う権利があるのか?」

「お好きにどうぞ。出て行きたければ、出口はそっちよ」

それでも男は行こうとはしなかった。もう男が自分の思い通りになることが女にはわかった。先ほどまでの、どうでもいいという態度が女から消えた。

「お前、まともじゃないよな」男はパイプを取り出して火をつけた。「俺みたいに誠実な人間によくそんな図々しい態度がとれるな。恥ずかしくないのか」

「あなたこそ、よく恥ずかしくないとか言えるわよ」女が苦々しそうに言った。「自分が夕べどんなだったか見せてやりたいくらい。牛みたいに自分の汚物にまみれて。そのくせ、一人前のつもりなのね。石投げるなんて最低よ!」

「傷ついたんだ」男はすねたように言った。

「違う。単なる酔っぱらいよ」

「ほんとに傷ついたんだ。この世の悪を見せつけられて、誰に言いつけていいかもわからない孤児みたいな気分だった」

「あたしだって孤児だった。でもね、あんたみたいにこの世の悪とやらについてわめき散らしたりはしなかった」

「ああ。お前がやったこととときたら。知らなかったのは、この俺だけだったんだ。まるで馬鹿みたいだ。喧嘩して相手から血が噴き出したなんて話して、まるで自分がとんでもない暴れ者だと思ってた。きれいな女がひとりで住んでたら、何か変だって思うべきだった。アイルランド中の誰もが目をそらすような女だから、こういうことになったんだって」

自分が最後に言った台詞の、ちょっとした褒め言葉が女を元気づけ、いい気分にさせたのが男にはわかっていなかった。女が強い口調で言い返すことばかりが胸に刺さる。男の中では、やましさがどんどん強くなっていたのだった。女が何も言わないせいでそれがよけいひどくなった。何か言い訳をしてくれれば、勝ち誇った気分になれただろう。少なくとも男にはそう思えた。まさか女がこんな風に何も言わずにいるとは思っておらず、その磁力に引き寄せられるような気分になった。出て行く決心はつかず、でも女の恐ろしさを知った今、ここに居続けることもできない。そんな風にしてその日は過ぎていった。夕暮れになると、女がこちらを向いて訊いてきた。

「どうするの。行くの行かないの?」

「行かない。いいかな」男は弱々しく言った。

「あ、そう。あたしはもう寝るわ。徹夜は一晩でたくさん」

女はそう言って出て行き、男はひとり台所に残された。とっぷり暗くなっても女がそこにいたら、男はとてもこの家にとどまることはできなかっただろう。女の方はそんなことには露ほども気づいていなかった。周りが自分のことを嫌うのは理解できたが、自分が怖がられるなどと考えたことはなかったのだ。

一時間ほどしてから女はろうそくがないことに気がついた。男の部屋に置いてきたのだ。起きていき、ドアをノックしてみた。返事はない。もう一度ノックし、それからドアを押し開けた。男を呼ぶ。女はあわてた。ベッドはもぬけの殻だった。ろうそくに手をのばすと(それはドアわきの洋服ダンスのところにそのままあった)、男の声が聞こえた。しゃがれて恐怖におののいている。

「あっちに行け！　あっちに行けというんだ！」

やっと男の姿が見えた。部屋の隅に立って、白いシャツが腿のあたりにかかっている。手に何かを握っているが、よく見えなかった。しばらくして初めて、どういうことかがわかってきた。女は急にやるせない気持ちになった。

「どうしたの？」女はやさしい声で訊いた。「ろうそくを取りに来ただけよ」

「こっちへ来るな」男は叫んだ。

ろうそくをつけると、今までになかったような、辛そうな女の表情が浮かび上がり、それを見て男の恐怖も消えた。女はすぐに出て行った。ドアがぴしゃりと閉まった。そのときになってようやく、常軌を逸した恐怖のために、取り返しのつかないことをしてしまったことが男にもわかった。罪悪感がひしひしと感じられた。男はやむにやまれぬ気持ちで狭い部屋の中を行ったり来たりした。

三十分ほどしてから、男は女の部屋に行った。ベッドわきの椅子にろうそくの火がともされていた。女は枕の上に身体を起こし、妙に冴えた目で男の方を見た。

「どうしたの？」女が訊いた。

「ごめん」男は答えた。「俺、出て行くべきなんだ。ごめん。俺、変だ。朝になったら出て行く。もう迷惑はかけない」

「いいのよ」女は言って、男の方に手を伸ばした。男は近づいてきてその手を取った。

「わからないわよね」

「まったく」男は言った。「おかしくなっちまった。おかしくなっちまったんだ。あんたすごくよくしてくれたのに、こんな仕打ちをするなんて。自分でもわからないんだ。眠れなくて」

「わかるわよ」女は男を引き寄せた。頭が枕に載る。女の隣に横たわる格好になった。

「だめだった。だめだったんだ」男は女の耳元に向けて言った。「おかしくなっちまった。だからあんたが部屋に入ってきたとき思ったんだ……」

「わかるわよ。わかる」

「ほんと思ったんだ。俺、どうなっちまったのか」

「わかる」女が全身を震わせているのが男にもわかった。

女は掛布をのけて男をいれてやった。男はしゃべりたいのだった。女に自分のことを話したかった。若い頃のこと。父と母の死。貧しい生活。教会との関係で困ったこと。詩のこと。諸悪の根源は、自分が荒れていたことだった。どの仕事も長続きしない。酒をやめることができない。

「あんたも荒れてたんだろ」男が言った。

「十五年前ね。今はおとなしいわ、ほんとに」

「その話をしてくれよ」男は熱心だった。「俺に話してくれよ。悪いのは奴の方だって、言ってくれよ。とんでもない叔父さんだったんだろ。殴られたんだろ。何日もあんたのことを閉じこめて、な、そうやって若い男といちゃつけないようにした。悪いのは奴の方だったんだ。さもなきゃ、あんなことするわけない、まだ若い娘が」

それでも女は話そうとしなかった。男が眠りに落ちたとき、すでに太陽の光が部屋に差しこんでいた。女は長いこと横になっていた。肘を枕に載せ、左の手で左の胸を覆い、男を見つめていた。男の口は開いたままで、かすかな笑みとともに並びの悪い歯がのぞいている。はにかむような様子が何とも言えない魅力を放っていた。女は男の寝顔をうっとりと見つめた。やがて男が目覚めると、女からは恍惚としたものは消え去り、いつもの物静かな頑なさを取り戻していた。

それからというものは、女は以前の小部屋に男の寝床をこしらえるのをやめ、ふたりは共に寝ることになった。ふたりの間柄が変わったわけではなかった。ひとときわかりあったあとも、ふたりの間を険しい、決してやぶられることのないたじろぎがふさいでいた。孤独な魂同士のたじろぎだった。そのせいでどちらかの神経にさざなみが立ったとしても、それが表に出ることはなかった。せいぜい妙に過敏なやさしさが、それぞれの心の中の変化を示すくらいだった。女は何かと男にやらせるための作業を見つけてきた。もう出て行くなどという話にはならなかった。男は朝から晩まで働きつづけ、その熱心で周到なことに女も驚いたほどだった。ただ、男が人恋しくなっていることは女にもわかった。それで、ある晩、庭で仕事をしている男のところに行った。

「村にでも行ってきたら」女が訊いた。

「何しに？」しかし男もちょうどそんなことを考えていたのは明らかだった。

「一杯呑んで、おしゃべりしてきたらいいじゃない」

「まあな」男は同意した。

「行ってくれれば」

「俺がか。でも、気が引けるな」

「どうして？　気が引ける理由なんかないでしょ。誰も何も言わないわよ。言ったとしたって、だいたいあんた、ここで働いてるだけじゃない？」

男がそんなふうに考えたことがなかったのは明らかだったが、そんな説明で納得するような人間がいたらそれはそれで間が抜けていると女が思っていることも間違いなかった。しかし結局、男はコートを着て出かけていった。

男の帰りは遅かった。ちょっと飲み過ぎに見えた。顔が紅潮し、へらへらと上機嫌になっていた。この二日ほど、食器戸棚にはウィスキーのボトルが立っていたが(女にとってはかなりの変化だった！)男が気づいていたのかどうか、少なくともそんな素振りは見せなかった。ところが今日はまっすぐに歩いていって、グラスに一杯注ぐのだった。

「見つけたわね」ちょっと意地悪さをこめて女が言った。

「何だよ」

「見つけたわねって言ったの」

「まあな。一緒に飲めよ」

「いらない」

「一口だけだよ」

「飲みたくない」

男は女の方に歩いていって、椅子の後ろにしばらく立っていた。それから屈んでキスをした。来るだろうなと思っていたが、実際にされると不快だった。

「二度としないでよ」女は口をぬぐいながら、訴えるように言った。

「いやじゃないだろう?」男は女の後ろに立ったまま薄ら笑いを浮かべた。

「いや。あなたが酔っぱらってるときはいや」

「ま、乾杯」

「飲むのはもうやめて」

「乾杯」

「乾杯」

「ちょっとだけでも飲めよ」

「いやだって言ったでしょ」女は怒った口調になっていた。

「飲めよ、こいつ」

女の首に腕を巻きつけると、わざと胸の間にウィスキーをこぼした。女ははじかれたように立ち上がると、男を突き飛ばした。胸の中にあった思いも、嫌悪感に呑みこまれてしまった。

「馬鹿」女が激しく言った。

「ごめん」男はすぐに反応した。「こんなつもりじゃなかった」男は早くもおびえていた。

「こんなつもりじゃなかった、か」女はあざけるように言った。「じゃ、誰にやれって言われたの。ジミー・ディック？　あたしのこと、何だと思ってるの？　パブで一晩中飲んであたしの噂をして、帰ってくればくるで、パブで噂のネタにした通りに軽い薄汚い女にしてみせようっていうわけ」

「誰が噂したなんて言った」

「あたしにはわかる」

「噂なんかするもんか」

「してるわ。あんたのすることはお見通しなのよ。あそこで座って、みんなにいい奴だって言われるんでしょ。あの連中はあんたが自分たちと同じ種類の人間だと思ってるからね。で、あたしはどうしようもない女っていうわけ。あんたはあそこじゃ、わざわざ口を開いて嘘をつく必要もなくて、ただ座って、ぽかんと口をあけて誇らしげにしてるだけ。あんたはそういう人よ」

「そんなことない」

「それからもったいぶった歩き方で戻ってきて、べろべろに酔っぱらって、それであたしにキスでもしようとする。そうすればまた、パブでの話のネタになるからね」

女の目は怒りのあまり涙でうるんでいた。村に行かせたらこういうことになるとわかっていたはずなのに、今、それを思い出すことはできなかった。誰でもそうだが、予想したことがほんとになるというのは耐えられないものなのだ。男は椅子に腰をおろし、不機嫌そうな重々しさで頭をかかえた。女はろうそくに火をともし、寝室に向かった。

女はいったん眠りに落ち、それから台所の男の気配で目が覚めた。起きてドアをあけると、さっきと同じところにまだ男が座っていた。

「寝ないつもり？」女が訊いた。

「うるさくして悪いな」男が答えた。酔いは醒めているようで、すまなそうにしょげていた。「もう寝る」

「そうした方がいいわ。何時だと思う？」

「まだ怒ってる？　悪かった。ほんとにごめん」

「いいわよ」

「そのとおりなんだ」

「何が？」女はすっかり忘れていた。

「あんたが言ったこと。みんなあんたの噂をしてた。俺はそれを聞いてた」

「ああ、それね」

「ただ、あんたもさすがに言い過ぎだよ」

「かもね」

女が足を踏み出した。こっちが何のことを言っているのかわかったのかなと男は訝った。

「あんたのこと、すごく好きだった」

「そうね」女が言う。

「好きだったんだぞ」

「うん」

女はまるで夢の中にいるようだった。いつも同じような空っぽの感情を内側に持っていて、いつもチェスの駒みたいにあちこち動かされている。はじめて男のことを家に招き入れたときもそうだった。男は女を抱き寄せてキスをした。女は身体を震わせ、男に抱きついた。女の中で急に命がうごめきはじめていた。


それから数週間たったある日、男は故郷に戻って会いたい人がいると言い出した。会いたい親類がいるとか。まあだいたいそんなことだった。女は別に意外には思わなかった。ここしばらく、男が何となく落ち着かない様子だったのはわかっていたし、親類うんぬんというのも嘘かもしれないと思った。女は男のために食べ物を詰めてやった。このちょっとした気遣いの女らしさに、男はじんとした。

「すぐ戻る」男は言った。本気だった。こんなふうにすればどこかに行くのも簡単だ。女には男の気持ちがよくわかった。自分みたいな女と付き合っていてもおもしろくないだろう。十八歳くらいの元気な娘と結婚すればいい。人の家に連れて行って見せびらかしたりできるような子と。

「いつでもどうぞ」女は言った。「自分の家だと思っていいから」

男は小道を歩きながら「俺はあの人を捨てたんだ！　俺はあの人を捨てたんだ！」とつぶやいた。ただ、女がどんな様子でいるかを見たら、男の感じていた哀れみもやわらいだことだろう。

女はせわしなくしていることもあれば、だらだらと時を過ごすこともあった。あるとき庭で歌をうたいながら作業をしているかと思うと、長いこと動かずに黙って日向ぼっこしていることもあった。数週間がたち、秋になって雨の日が多くなってくると、ほとんど気づかないほどゆっくりとだが、ある驚くべき変化が女に起きた。心というよりは身体の変化だった。女の顔立ちからこわばったものがなくなっていき、その身体は以前よりもくつろいだ、やさしい曲線へとほぐれていった。男のことはほとんど考えなかったといっても言い過ぎではないだろう。考えたとしてもせいぜい、男がいなくなってひとりに戻り、少し楽になったと思ったくらいだった。女は自分のことだけで手一杯だった。

ある秋の晩、男が戻ってきた。ここ何日か、男が戻ってくるような気がしていた。帰ってくるはずだ、まだふたりの関係は終わっていない、と急に悟ったのだ。しごく冷静に女はその事実を受け入れた。

離れていたのは短い間だったが、男は年をとり成熟したように見えた。言葉遣いよりも、物腰にそれが表れていた。腹を据えたように見えた。遅ればせながら大人になりつつあるのだ。女はその変化を密かに嬉しく思った。男は自分の放浪についていろいろと話してくれた(例の架空の親類については一切触れなかったが)。女は食事の用意をしながら男の話を聞き、笑みを浮かべた。まるで話など聞いていないようにも見えた。はじめて会った晩と同じくらい男は腹を減らしているようだったが、すべてがあのときよりは気楽だった。男は居心地良さそうにしていたし、女も楽しそうにもてなした。

「俺が戻ってきて、よかっただろ?」男が訊いた。

「そりゃそうよ」

「戻らないと思ったか?」

「最初はね。戻ってくる気なんかなかったでしょ。だけどね、あとになってから、きっと帰ってくるって思うようになったの」

「あんたみたいな女は、どうしても気になっちまうんだよな」男は冗談めかして不平を言った。「あんた、魔法使いか？」

「どうして？」女の笑みにはこちらを惹きつけるものがあった。

「どうなんだよ？」男はふざけた調子で女の腕をつかんだ。

「ちがうわよ。あたりまえでしょ」

「どうも怪しいんだよな。白状しろよ。わかってるんだろ？　な？　黄金の壺の夢を三回見た奴の話を聞いたことあるか？　俺にもさ、そういうことがあったんだ。あんたの夢を三回見た。何の徴《しるし》だと思う？」

「飲みすぎっていう徴よ」

「ちがう。俺さ、それが何の徴かわかるんだ」

男は椅子ごと女に近づいていって、手をかけた。顔を引き寄せてキスする。男が変わったのがよくわかった。首に手をすべらせ、それから胸へ。女のなま温かい香りがこぼれだした。

「はい、そこまで」女が言った。素早く立ち上がると男の腕を振り払う。男がキスをしたあたりに、咲いたばかりの花のような、何とも言えない楽しそうな笑みが残っていた。「疲れてるの。あなたのベッドは用意してあるわよ」

「俺のベッド？」

女はうなずいた。

「嘘だろ。嘘に決まってる。こいつ、とんでもないな」

男は手を伸ばして女の後を追いかけた。十六歳の少年のように笑っている。捕まえようとするが、追い払われてしまう。男の表情が急に変わった。むっつりとして、悔しそうだった。

「何だよ」

「別に」

「あんた、変わったな」

「そうね」

「どうして？」

「特に理由はないわよ。理由なんかどうでもいいでしょ？」

「俺がいなくなったからか？」

「かもね」

「そうなのか」

「わからない」

「約束どおり、帰ってきたじゃないか」

「帰ってきたわよ。自分の都合のいいときにね」

「なんだよ、クソ」男は不機嫌そうに言った。

その後でまた続きをやろうとした。こんどは静かに、説き伏せるように。前よりも大人の男らしくなったが、それでも女はことごとく誘いをはねのけた。男は強烈な不満を感じた。自分の中に今までになかったような男っぽい欲望が芽生えてくるのを感じ、女を組み伏せようと試みたが、女の方もまた一層守りを固めていて、歯が立たなかった。男はいつまでも女のことを考え、眠れないでいた。翌朝起きるとふたりの間の壁はなくなったかのようだった。これまでと同じように女は従順で刃向かう様子はなかった。少なくとも昼の間は、自分の望むとおりだった。キスをしても受け入れてくれた。女の気持ちはたしかに自分に向いている。でも言うことを聞かせることがどうしてもできなかった。

その晩、床に着くとまた悶々とした。いらいらは募り、とても眠れそうにない。男は起きて女の部屋に行った。

「何？」

「いったい、いつまでこんなことしてるつもりだ？」男はこもった声で訊いた。

「これだよ。いつまで俺のことを避けるんだよ？」

「ずっとかしら」女はやさしい声で、まるでその光景をありありと思い浮かべるように言った。

「ずっと？」

「そうね」

「ずっとだと。よくわからないな。そもそもおびき寄せたのはそっちだろ。それで、こんどは履き古した靴みたいに捨てようとしてる」

「あたしがおびき寄せた？」

「そうだよ。あのときはうまいことだましたつもりだろうけどな、俺はあの後ずっと考えてたんだ。俺が最初に通りかかったとき、あんたが道に出てたのは偶然じゃないだろ」

「そうね、おびき寄せたかも」女は認めた。男がいつの間にかずいぶん大人になっているのに、女はあらためて感銘を受けた。「でも、だからって、文句を言う筋合いはないでしょ？」

「今なら、文句を言ってもいいはずだろ？」

「それとこれとは別よ」

「どうして？　あんたを捨てたからか？」

「あたしのことをほんとうに大切だと思わなかったから」

「嘘だ。前にもそんなこと言ってたけど、そんなことないってわかるだろ」

「それなら、ちゃんとわかるように形にしてよ」

男はベッドに腰掛け、女の方に顔を近づけた。

「無理に決まってるだろ」

「無理じゃない」

「無理だよ」

「どうして？」

「そもそも金がない。あんたもな」

「お金ならある」

「どこに？」

「そんなことどうでもいいじゃない。あるものはあるの」

男は、女をじっと見つめた。

「用意周到だな」男がやっと言った。「あんたの叔父さんは金を貯めこんでたって、みんな言ってた……。なんてこった。あんたなんかと結婚できない！」

「こんなおいぼれ婆さんじゃなくて、むちむちした若い子と巡り会えるといいわね」

女は荒っぽく言い返した。

男はベッドの縁に腰掛け、大きな手で女の頬とむき出しの肩とを撫でた。

「ほんとのことを言ったらどうなの？」女が訊いた。「あたしのこと、ほんとうに大事だと思ってないでしょ」

「何でそればかり言うんだ？」

「だってほんとのことだから」それから女は声の調子を変えて付け加えた。「あたしもあんたがいなくなるまでは、自分に自信が持てなかった。どうするかはあなた次第……。ちょっと、やめなさいよ！」

「聞いてくれ」

「なら、やめなさいよ！　あたし、前よりはおとなしくなったけど、調子に乗るとひどい目に遭うからね」

男の中に自分に対する怯えがよみがえってくるのが暗がりを通して女にもわかった。その頭に手を伸ばして引き寄せ、耳元にささやいた。

「ね。わかった？」女が言った。

何日かしてから男は荷車を出して、馬に引き具をつけた。三マイル離れた町までふたりは馬車に乗っていった。村を通るときに人々が戸口まで出てきて、ふたりの後ろ姿を見送った。町外れで荷車を停めると、土地の習慣に従っていったん別れ、神父の家の玄関で待ち合わせた。神父はちょうど家にいて、男の話を驚きとともに聞いた。

「あなたの出身教区の神父に知らせないわけにはいきませんね」神父は厳格に言った。

「わかってますよ」男は言った。「何もやましいところはないです」

神父は動揺していた。

「それで、この人はあなたにすべて話したのですか？」

「いえ、何も。でもわかってます」

「この人の叔父さんのことも？」

「ええ、叔父さんのことも」男は繰り返した。

「それでもこの人と結婚しようというのですね、ぜんぶ知ったうえで？」

「はい」

「わかりませんね」神父は困ったように言った。「いいですか」神父は女に言葉をかけた。「全能の神はあなたに対して、たいへんなお慈悲を示された。神がその果てしないお慈悲をもってどれほどの恵みをあなたに与えたのか、ちゃんとわかってるでしょうね。あなたはほんとうに罪深い人なのに」

「わかっています。これからは毎週ミサにも行きます」

「あなたにはほんとに」神父は力をこめて繰り返した。「ちゃんとわかってもらいたい。もしほんの少しでも軽い気持ちがあなたにあると思えたら、もし一瞬でも私から見てあなたがこの人にとって良き妻となりえないと思えたなら、私はとてもこの結婚を認めることはできないですよ。おわかりですね？」

「大丈夫です」女は目を上げずに言った。「良い妻になります。彼もわかっているはずです」

男はうなずき、「はい」と言った。

神父は女の話しぶりがたいへんまじめなので感心した。女は自分を今まで支えていた力が、自分からわきにいる男へと移っていくのを感じていた。未来はこの男にかかっている。

神父の家を出ると、ふたりは医者のところに向かった。中に入る前に女が結婚指輪をつけた。診察の間、男は腰掛けて待っていた。服を着ると、女は目を輝かせた。逞しさが自分から失われていくのがわかったが、それでいいのだと思えた。女は金貨を一枚テーブルにのせた。

「ほお」医者が声をあげた。「どうやってそれを手に入れた？」男はびくっとしたが、女は笑っていた。

「一生懸命働いたの」女はこたえた。

医者は金貨を窓にかざして検分した。

「へえ」医者はつづけた。「こんなもの、なかなかお目にかかれないな」

「もっと見られるかもしれないわ」女は陽気な笑い声をあげた。医者は上目遣いでそちらを見やってから、同じように笑った。女の明るさにはこの世ならぬ不思議な魅力が感じられた。

「かもね」医者がこたえた。「あと何カ月かしたらな。ね？　あんたのみたいな金貨で釣りが出せなくて悪いな。まあ、とにかくお大事に。何かあったら、いつでも来なさい」

＊　聖書には、神による最後の審判の様子が描かれている箇所がいくつかある。それによると、神は生前正しい行いをした者は右側に集めて祝福し、永遠の命を約束する一方、罪を犯した者たちは左側に集め、地獄へと追い落とす。「マタイオスによる福音」には次のような記述がある。

それから、王は左側にいる人たちにも言う。「のろわれた者ども、ここを立ち去り、悪魔とその手下のために用意してある永遠の火(地獄を暗示)に入れ。お前たちは、わたしが飢えていたときに食べさせず、のどが渇いたときに飲ませず、旅をしていたときに宿を貸さず、着る物がなかったときに着せず、病気のとき、牢屋にいたときに、わたしを訪ねてくれなかったからだ」

(『新約聖書』、「マタイオスによる福音」二十五章・四十一―四十三節、共同訳)

はじめての懺悔

すべての発端はじいさんの死だった。じいさんが死んで、父方のばあさんがぼくたちと同居することになったのだ。ただでさえ一つ屋根の下で親類が暮らすなんて面倒がつきものなのに、ばあさんは昔ながらの田舎の人で、都会の生活にはまるで不向きだった。太った顔は皺だらけ。母さんが嫌がったのは、ばあさんに家の中を裸足で歩き回られることだった。靴なんて履いてたらまともに歩けやしない、って言う。ばあさんの夕飯は黒ビール一杯と鍋にもったイモ。あとは塩漬けのタラをつまむくらいだった。イモは食卓で鍋からどさっとあけちゃう。フォークなんか使わない。手で、おいしそうにゆっくりと口に運んだ。

だいたい女っていうのはああだこうだと細かいことでうるさい。そのせいで、ぼくはとんだとばっちりだった。ねえさんのノラは、ばあさんが毎週金曜にもらう年金目当てに、何かとおべっかを使っては小遣いをもらっていた。ぼくにはとてもそんなことはできない。ぼくは正直だった。それが弱点だと思う。ビル・コネルのお父さんは軍で曹長をしているが、この子と遊んでいるときに、坂をえっちらおっちらばあさんが上ってきて、肩掛けから黒ビールの容器がのぞいているなんてことがあった。げっとぼくは思った。それでいろいろ言い繕って、ビルがうちに来ないようにした。だって、ばあさんが何をしでかすかわからないから。

母さんが仕事で遅く、ばあさんが夕食をつくるときは、ぼくはぜったいそのご飯に口をつけなかった。一度、ノラが無理矢理食べさせようとしたことがあった。ぼくは机の下にもぐりこんで、パンナイフで武装して抵抗した。ノラはいかにも怒ったふうになって、ぼくをつかまえようとした(もちろんノラは怒ってなんかいなかった。母さんには、自分がほんとうは母さんの見方だとわかるはずと計算して、とりあえず表向き、ばあさんについて見せただけだ)。ぼくがパンナイフで立ち向かうと、ノラはやっとあきらめて引き下がった。ぼくは母さんが仕事から帰ってきてご飯をつくってくれるまで机の下に居続けたけど、そのあとで父さんが帰ってくるとノラはさもたいへんだという調子でこんなふうに告げ口した。「ねえ、パパ。ジャッキーが夕御飯のとき、何したか知ってる?」

そう。それでぜんぶばれちゃったわけだ。ぼくは父さんにぶたれた。母さんはとめてくれたけど、そのあと、しばらく父さんはぼくに口をきいてくれなかった。母さんのほうも、ノラとほとんど口をきかない。それもこれも、ばあさんのせいだった。まったくとんでもない話だ。

しかも、災難は続くもので、ぼくにははじめての懺悔と聖体拝領とが待っていた。ライアンっていう婆さんが教育係だった。ばあさんとはだいたい同い年。家は金持ちで、モンテノッテの大きな屋敷に住んでた。黒いコートに黒い帽子をかぶり、毎日、ぼくらが下校する三時になると、学校に来ては地獄の話をした。地獄だけじゃなく、天国のことも何か言ってたかもしれないけど、たまたまだろう。この人、頭の中は地獄のことでいっぱいだったから。

ライアン婆さんは蠟燭に火をつけて真新しい銀貨を取り出すのだった。そして言う。学校のあの時計で五分間、自分の指を一本、この炎にかざす勇気のある子がいたら、この銀貨をあげる、と。「指一本でいいのよ！」ぼくは何事にも挑んでいくタイプだったので、やる、と言いたかったけど、がめつい奴だと思われるのも嫌だったからやめておいた。そうするとライアン婆さんは、こんなちっぽけな火にたった五分間指をかざすのが怖いぼくたちが――「指一本だけなのに！」――永遠に灼熱の業火で全身焼かれるのが怖くはないのか、と訊いてきた。「永遠にですよ。考えてごらんなさい。ひとの一生なんて、それに比べたら一瞬ですよ。苦しみの海原から見たら、一生なんて、ひと滴《しずく》みたいなものなのだから」。この人は地獄のことを話し出すとほんとうにとまらない。でも、ぼくの目は銀貨の方に釘付けだった。話が終わると、ライアン婆さんはその銀貨をしっかり財布の中にしまった。がっかりだ。こんなに信仰心が厚いんだから、銀貨のひとつやふたつ、構わず放っておけばいいのに。

ライアン婆さんはこんな話をすることもあった。ある神父様の経験だという。夜、神父様がふと目覚めると、知らない人がベッドの端からこちらに身を乗り出している。怖い、と思ったそうだ――当然だ。そこで、どうしたんですか? と神父様は訊いた。すると、その人は低いしゃがれた声で、懺悔をしたいと言った。こんな時間に懺悔っていうのも何だから、朝になってからにしませんか、と言うとその人は、前に懺悔したとき、自分はひとつだけ、犯した罪を言わずにいた。とても口にできなかったから。でもそれがずっと気になっている、ということだった。これはたしかにいけないと神父様は思った。この人は嘘の懺悔をした。地獄に落ちるような大罪だ。神父様は身支度を整えることにした。そこへ、ニワトリの鳴き声が外から聞こえた。すると、なんということだろう。神父様はあたりを見回したが、もうどこにもその人の姿は見えなくなっていた。木の焦げる臭いだけがする。ベッドを見ると、ふたつの手の跡が、焼け焦げとなって刻印されているではないか。こんなことになったのも、正しくない懺悔をしたためなのだ。この話にはぼくもぞっとした。

でももっとひどかったのは、ライアン婆さんが、どうやって自分の良心をチェックするか教えてくれたときだ。私たちの神である主の御名を汚すようなふるまいはしていませんか？　お父さんやお母さんのことを尊敬していますか？（ばあさんのことも尊敬しなきゃいけないんですかとぼくが訊いたら、そうだと言われた。）隣人を自分のように愛していますか？　隣人の持ち物をむやみと欲しがったりしませんでしたか？（ノラが毎週金曜にばあさんからもらってる小遣いを見て、ぼくがどう思っているかが頭に浮かんだ。）どうやら、あれやこれやで、ぼくはモーゼの十戒はみんな破っているのだ。ぜんぶばあさんのせいだ。きっとあの人が家にいる限りは、ぼくはずっとこんな調子にちがいない。

ぼくは懺悔が死ぬほど怖かった。クラスのみんなが教会に懺悔に行った日、ぼくは歯が痛いふりをした。ぼくがいないことに誰も気づかなければと思った。だけど、三時になって、そろそろ大丈夫かな、と安心した頃、ライアン婆さんからの伝言を預かった人がやってきて、土曜に教会に行って懺悔をし、それからみんなと一緒にミサに出るようにと告げられた。しかもなお悪いことに、母さんはその日は一緒に来ることができなくて、ノラが代わりについてくることになった。

ノラの奴、母さんのあずかり知らないところでぼくにいろいろいじわるをする。このときも、坂をくだりながらぼくの手を取り、悲しそうな笑みを浮かべて、まるでぼくがこれから病院で手術でも受けるみたいな言い方で、可哀想にねえ、と言った。

「ほんとにねえ」ノラは嘆いた。「いい子にしてたらよかったのに。ジャッキー、ねえ、あたし、ほんとに悲しいわ。あんた、思い出せないくらい、いろいろ悪いことしたものね。神父様には、おばあさんのすねを蹴ったことも言わなくちゃだめよ」

「放せよ」ぼくはノラの手を振りほどこうとした。「懺悔なんて、ぜったい、したくない」

「だめ。行かなきゃ、ジャッキー」ノラは相変わらずの悲しげな調子で言った。「行かなかったら、きっと神父様は家にまで来て、あなたのことを見つけようとするよ。あたし、ほんとのほんとにあんたのこと、可哀想だと思ってるんだからね。だいたい、あんた、あたしのことをパンナイフで刺し殺そうとしたんだからね。テーブルの下で。あたしの悪口も言ったよね。神父様、いったいどうするんだろう。ね、ひょっとしたら、司教様送りかもよ」

ところが実は、ノラが知ってることは、ぼくが懺悔しなきゃならない罪の半分にも満たないのだ。そう思うと、よけい嫌な気分になった。ぼくにはきっとぜんぶを言うことはできない。だから、ライアン婆さんの話に出てくる人がどうして正直な懺悔をできなかったのかも痛いほどよくわかった。みんながあの人を責めるのはひどい。教会に下りていく坂は急だった。谷間には川が流れていて、その向こうの斜面には陽がさしていた。家と家の間からのそんな光景を見ながら、アダムがエデンの園から出ていくとき、最後に目にした風景もきっとこんなだったんだろうな、とぼくは思った。

さて、いよいよ教会の敷地だという長い石段の所までぼくを連れてくると、ノラは急に声色をかえた。いよいよ本性をあらわして、いじわる心をむき出しにした。

「さあ、着いたわよ」教会の扉を開けてぼくを先に押しこんだ。ざまあみろ、という様子がありありだった。「神父様、たっぷりと悔い改めの祈りを唱えさせてくれるといいわね。ほんと、あんた、減らず口ばっかりなんだから!」

もうこれまでだとぼくは思った。あとは永遠の裁きを受けるしかない。色つきガラスをはめた扉が後ろで閉まった。陽の光にかわって、深い影があたりを覆った。外をひゅうひゅうと吹きすぎる風のせいで、中の静けさは足元でかちんかちんに凍った氷みたいな音を立てるように思えた。懺悔の部屋のわきにぼくは座った。ノラは前の席だった。ノラの前に何人かの婆さんがいた。それから、ひどくしょげたふうな子がやってきて、ぼくを通せんぼするみたいに座ったので、もしぼくが覚悟を決めて逃げようとしても、もう無理だった。この子は手を合わせて屋根の方に目をやり、苦しそうに救いを求めて呟くように祈っていた。この子にもばあさんがいるのかな、とぼくは思った。こんなひどい目に遭うからには、きっとばあさんがからんでいるにちがいない。でも、ぼくよりはましだ。この子はちゃんと自分の罪を懺悔できる。ぼくは犯した罪をちゃんと言えないまま、夜の闇の中で死んで、そのあと亡霊になり、戻ってきてはひとのベッドに焼け焦げをつくるんだ。

ノラの番になった。懺悔の部屋の中で、何かががしゃんと音をたてた。それからバターをしゃぶっているようなノラの声がする。またがしゃんという音。そうしてノラが出てきた。まったく、女っていうのはほんとに偽善的だ。伏し目勝ちに頭を前にかたむけ、お腹のあたりで手を合わせている。御堂《みどう》の端の通路を壁際の祭壇まで歩いていく様子はまるで聖者気取りだ。見事な信心。家を出てからのぼくに対するノラのいじわるの数々を思い出すにつけ、いったい信仰の篤《あつ》い連中っていうのはみんなこんなもんなのかとぼくは思ったものだ。いよいよ天罰を受けるんだという思いで、ぼくは懺悔の部屋に入った。扉はひとりでに閉まった。

中はまっくらだった。神父様も何も見えない。それからぼくは猛烈に恐ろしくなった。暗闇の中では神様と一対一だ。神様が圧倒的に有利だ。神様にはぼくが何をしようとしているのかが、ぼくがじっさいにそれをはじめる前からお見通しだ。ぼくには勝ち目はない。今まで懺悔のやり方について教わってきたことがぼくの頭の中でぜんぶごっちゃになっていた。ぼくは壁に向かってひざまずき、言った。「主よ、ぼくを祝福してください。ぼくは罪を犯しました。懺悔するのは今回がはじめてです」。それからしばらく待った。でも、何も起こらない。そこで反対側の壁に向かって同じことをやった。こんども何も起こらない。だめだ。ぜんぶばれてるんだ。

ちょうどそのときだったと思う。ぼくは自分の頭くらいの位置に台があるのに気づいた。ほんとはそれは、大人がひじをつくための台だったのだけど、ぼくは取り乱していたから、そこにきっとひざをつくんだと思ってしまった。その台は高い所にあったし、それほどせり出しているわけでもない。でもぼくは木登りが得意だったので難なくそこによじ登った。ただ、登ったはいいけど、そのままそこにいるのはひと苦労だった。何しろ狭い台なので、ひざをつくのがやっと、つかまえられるのは、ちょっと上にある木製の飾りだけだった。これにぼくはしがみつき、さっき言ったセリフを、もう少し大きめの声で繰り返した。すると、やっと反応があった。小窓の引き戸が開けられ、部屋にちょっとだけ光がさした。声があった。「誰かいるのかね」

「はい、神父様」。神父様がぼくに気づかず、またいなくなってしまうとたいへんなので、ぼくは慌てて言った。声は飾りの下からする。ぼくのひざのあたりだった。それで、ぐいっと飾りをつかんで頭を下げて言った。びっくりしてこちらを見上げている若い神父様と目があった。神父様は一方に頭を傾けないと、ぼくが見えなかった。ぼくも頭を傾けないと神父様のことが見えない。そのため、ぼくたちは上下さかさまに対面していた。こんな風にして懺悔するのは何か変だなと思ったけど、ぼくはそういうことをあれこれ言う立場にはない。

「ぼくを祝福してください、神父様。ぼくは罪を犯しました。懺悔するのは今回がはじめてです」。ぼくは息をぜいぜいさせながら一息にまくしたてた。それから神父様がぼくと話しやすくなるように、さらに頭をさげてみた。

「そこでいったい何をやってるんだ？」神父様は怒った声で言った。ぼくはとにかく礼儀正しくしなきゃいけないという思いから必死に木の飾りにしがみついていたのに、神父様がそんな乱暴な声を出したのがショックだった。ぼくは思わず手を放し、下に転げ落ち、したたか扉に身体を打ちつけた。気がつくとぼくは御堂の廊下に仰向けに転がっていた。懺悔の順番を待っていた人たちは、あんぐりと口を開いて立ち上がっていた。神父様は自分の部屋の扉を開けて出てくると、帽子《ビレッタ》を持ち上げた。よくわからないけど、すごく怒っているみたいだった。そこへノラが大急ぎで走ってきた。

「まったくもう、このうそつきのトンチキ！」ノラが言った。「こういうことをしでかすに決まってたのよ。こっちこそいい恥よ。ちょっと目を離すとこれなんだから」

ぼくは防御の構えをとろうと立ち上がりかけたけど、その前に身体を低くしたノラが耳のあたりに平手打ちを食わせてきた。ぼくははっとした。あんまりびっくりして泣くのを忘れていたんだ。みんなぼくが怪我ひとつしてないと思ってるかもしれない。一生ものの大怪我をしたかもしれないっていうのに。それでぼくはわっと泣き出した。

「こらこら」神父様は小声で言い、前よりもっと怒った様子で、ノラをぼくから引き離した。「なんてことするんだ、だめだよ」

「だって、神父様、こんな子と一緒に悔い改めなんかできません」ノラは声をあげて、恨めしそうに神父様を睨んだ。

「いいから、残りのお祈りをしてきなさい。足りないなら、もっと唱える祈りを指定してあげるぞ」神父様はそう言うと、ぼくによしよしと手をあげた。「懺悔をしにきたのかな、ボク」ぼくは訊かれた。

「そうです」ぼくはべそをかきながら言った。

「そうか」神父様は親身になってくれた。「君みたいに大きいのは、きっとたくさん罪を犯したにちがいない。懺悔ははじめて？」

「そうです」ぼくは答えた。

「それじゃなおさらだ」神父様は重々しい声で言った。「これまでの一生分を懺悔するんだね。今日だけで済むかどうかわからないぞ。とりあえず、ここにいる大人の分が終わるまで待っていなさい。この人たちはそんなに悪いことしてなさそうだろ？　すぐ終わるさ」

「わかりました」ぼくは気を取り直して言った。

　ぼくはほんとうにほっとした。ノラは神父様のうしろから、あっかんべえをしてきたが、そんなことどうでも良かった。神父様が口を開いた瞬間に、あ、この人はふつうの人よりもずっと賢いなってわかったのだ。後から考えてみても、ぼくのこの直感は正しかったと思う。七年間分の懺悔をする人間には、毎週懺悔してる人間よりもたくさん言わなきゃいけないことがあるに決まってるんだ。「一生分」とはよく言ったものだ。まったくこの人の言うとおり。まさにそれをやりに来たわけだ。あとは婆さんとか女の子とかに、地獄だ、司教様だ、悔い改めの祈りだとわあわあ騒がせておけばいい。あいつら、そうやって騒ぐしか能がないんだから。ぼくは自分の良心が痛んでいないか、たしかめてみた。ばあさんとのことはたしかにいただけないけど、他はそんなに悪くないじゃないか。

　次に懺悔の部屋に入るときには、神父様が自分でぼくを導き、神父部屋と信者部屋との間の仕切りをあけたままにしておいてくれた。おかげでぼくには、神父様が格子の向こう側に入ってきて座るところが見えた。

「さて、と」神父様が口を開いた。「ふだんはみんなに何て呼ばれてるのかな？」

「ジャッキーです、神父様」ぼくは答えた。

「で、どうしたのかな、ジャッキー」

「あの神父様」神父様が怒り出さないうちに全部済ませてしまえるかもしれない、とぼくは思った。「ぼくはばあさん殺害計画を立てました」

神父様はそれを聞くと、一瞬たじろいだようだった。黙ってしまった。

「へえ」しばらくしてやっと、神父様は言った。「それは怖ろしいことだね。どうしてそんなことしようと思ったの」

「神父様」ぼくは自分がかわいそうな子に思えてきた。「うちのばあさん、とんでもないんです」

「ほお。そうなの」神父様が言った。「どんなふうに?」

「だって、うちのばあさん、黒ビール飲むんですよ、神父様」。母さんの言い方だと、黒ビール飲むなんて地獄に落ちるような罪のはずだった。これを言っておけば神父様が味方になってくれるかもしれない、とぼくは期待した。

「へえ」神父様が言った。その様子からして、なかなか効き目があったみたいだ。

「しかもかぎタバコを吸うんです、神父様」ぼくはさらに言った。

「それはよくないな、ジャッキー。君の言うのももっともだ」と神父様。

「しかも裸足で歩き回るんです、神父様」ぼくはわかってくださいとばかりに次々に言った。「それでばあさんはぼくに嫌われていることもわかってるから、ノラにだけは小遣いをあげて、ぼくにはくれないし、父さんはばあさんの味方をしてぼくをぶつし。それである晩ぼくはばあさんを殺そうって決めたんです」

「で、殺した後、死体はどうするつもりだったんだい？」神父様は興味津々という風に訊いてきた。

「バラバラにして、ぼくの手押し車に乗せれば運び出せるかなと思いました」

「すごいな、ジャッキー」神父様は言った。「君はとんでもない子供だよ」

「わかってます、神父様」自分でもそう思っていたところだった。「ぼくはノラのことも殺そうとしたんです。パンナイフを使って、テーブルの下で。うまくいかなかったけど」

「それはさっき君のことをぶっていた子かな？」

「はい、神父様」

「誰かがいつかパンナイフであの子のことをやっつけてくれるさ。こんどはきっとうまくいく」神父様は何か意味ありげに言った。「勇気を出さなきゃできないぞ。ここだけの話だけど、君と同じように私だって殺してやりたいと思っている連中はたくさんいる。だけど、なかなか思い切れないんだ。絞首刑になるのは怖いしね」

「え、そうなんですか、神父様」ぼくはぐっと興味を惹かれた。ぼくは絞首刑と聞くとぞくぞくする。「誰かが絞首刑になるのを実際に見たことありますか?」

「たくさんね」神父様は重々しく言った。「みんなうめき声をあげながら死んでいったよ」

「すげえ」

「ひどい死に方さ」神父様は満足そうに言った。「絞首刑になった人の多くは自分のおばあさんも殺してる。でもみんな、やらなきゃよかったって言ってたぞ」

ぼくたちは懺悔の部屋で十分くらいは話していて、それから教会の外まで神父様がぼくを送ってくれた。神父様とお別れするのがほんとうに残念だった。だって、教会で会う人の中ではずぬけておもしろい人だったから。教会の中が暗かったせいで、外に出ると太陽の光がまるで浜辺の波みたいに押し寄せてくるように見えた。目がくらくらする。凍りついた静けさがようやく溶けた。路面電車の音を聞くと、ぼくの気持ちは晴れ晴れとした。もうこれで夜の闇の中で死んで、戻ってきては母さんのベッドに焼け焦げの跡をつけるなんてことにはならない。母さんの心配の種をこれ以上増やさなくてすむ。

ノラが手すりに腰掛け、ぼくを待っていた。神父様が一緒なのを見ると、いかにも嫌な顔をした。羨ましかったんだ。ノラは神父様に送ってもらったことはないから。

「で」神父様がいなくなってから、ノラは冷たく訊いた。「何を唱えろって?」

「「愛《め》でたし」の祈りを三回唱えろって」ぼくは答えた。

「「愛でたし」を三回? それだけ?」ノラは信じられないというように繰り返した。

「ちゃんと懺悔しなかったんでしょう」

「ぜんぶ言ったよ」ぼくは自信満々で言った。

「おばあさんのこととか、みんな?」

「ばあさんのこととか、みんなさ」

(うちに帰ったら、ぼくが嘘の懺悔をしたってみんなに言いつけようとしているのがありありだった。)

「あたしをパンナイフで襲おうとしたって、ちゃんと言った?」ノラはおもしろくなさそうだった。

「もちろんだよ」

「それで、「愛でたし」を三回唱えるだけ？」

「それだけ」

ノラはどうも腑に落ちないというふうに手すりからゆっくり降りた。ノラには、とても理解できないのだ。大通りまでの石段を登っていくとき、ぼくをうたぐり深い目で見ながら言った。

「何食べてるの？」

「ハッカ飴」

「神父様にもらったの？」

「うん」

「まったくねえ」ノラは悔しそうに声をあげた。「ずるいわ。一生懸命いいことしてもこれなんだから。あんたみたいに悪い子にしてたほうがよっぽどよかったわよ」

花輪

フォガティ神父は友人のディヴァイン神父の訃報をダブリンの療養院で知り、たいへん驚いた。フォガティの性質として、どうにもならないことだとわかっていても、なかなか受け入れられなかった。その晩は、神学校時代の古い写真を取り出して暖炉の上に置き、ずっとながめた。ディヴァインの賢そうで色の白い小ぶりの顔は、他の学生にくらべて秀でたものを感じさせる。まだ鼻眼鏡をかけていなかったこと以外は、年を取ってからとほとんど変わらない。ディヴァインとフォガティは田舎の町でともに少年時代を過ごしたのだった。ディヴァインの父親は学校の先生で、フォガティの母親は店をやっていた。その頃からディヴァインは神父になるのに向いていると思われていた。頭が良く、おとなしく、とても品が良かった。一方、フォガティが神父になるのを決めたのはずっと後で、周りも自分も、まさかと驚いたほどだった。

ふたりはずっと友達でいた。ともに過ごすときは仲良くし、離れると文句や当てこすりを言う。この一年はふたりだけで会うこともなかった。ここのところ、ディヴァインにはつきがなかった。以前のギャログリィ司教が生きている間は何かと庇ってもらえたのだが、新しい司教のラニガンに替わると嫌われた。これはディヴァインの自業自得でもあった。いちいち余計なことを言う癖があったのだ。機転が利いて、皮肉屋だったから、周りの人について何でも思ったことを言ってしまう。言われた方にはやり返す才覚などない。フォガティはディヴァインが自分について言ったことを今でも覚えていた。君はいろんな人格の持ち主だなどと言ってみせてから、わざと白々しく感心した風で、

「今やってるのはネロかい？　それともナポレオン？　アッシジのフランチェスコ？」

と訊ねてきたのである。

すべてが甦ってきた。ふたりでしばしば遠出したこと。外国に行く計画も立てたが、ついに果たせなかったこと。フォガティにもともとあったディヴァインを思いやる気持ちや好きだと思う感情があふれてきて、生きている限り二度とこうしたものを表す機会はないのだと思うと、涙がこぼれた。フォガティは感情的になると、まるで子供のように単純になるのだった。機嫌がいいときには悪ふざけをしたりするくせに、いったん落ちこむと、ひどいことをしたと何日もふさいでいる。何かをあっさり忘れることもあるが、急に思い出して、しかも話が何倍にも膨らんでいる。そうして、自分の欠点を必要以上にきつく責める。本人はこんなことを誰かに指摘されたらさぞかしたまげただろう

が、ほんとうのところは、ネロになったりナポレオンになったりと忙しいわりに前よりよほどものわかりはよくなっていた。かつて頭の良かった人たちの方がよほどだめだった。フォガティは四十になって、二十年前よりも立派で賢い人間となっていたのだ。

しかし、フォガティには、どうにもならないことを受け入れるだけのものわかりはなかった。誰かに話さないと気がすまない。仕方がないので助任司祭をしているジャクソンに電話をかけた。同じくディヴァインの友人だった男である。フォガティはジャクソンのことがあまり好きではなかった。ジャクソンには俗っぽくて、冷笑的で、出世主義的なところがあり、フォガティは彼のことを他の人には使わないようなひどいあだ名で呼んだものである。そのあだ名とは「イエズス会士《ジェズイット》」〔カトリックの最大会派のひとつ。敵対する勢力からは、陰謀屋とされることもある〕というものだった。フォガティは何度かディヴァインに、ジャクソンのことをどう思うか訊いたことがあったが、はっきりした答えは得られなかった。「ま、僕はあのロヨラ野郎〔イグナチオ・ロヨラ。イエズス会の創設者〕のことはあまり信用しないようにしてるんだ」フォガティはそう偉そうにディヴァインに言ったことがあった。もう偉そうに振る舞う余裕もなかった。

「ディヴァインはほんとに気の毒だったな、ジム」フォガティは言った。

「そうだな」ジャクソンはいつもの慎重で抜け目ない調子で、ゆっくりと言った。そんなことでも、うっかり言質をとられないようにしているかのようだった。「彼にしてみると、やっと解放されたというところかな」

フォガティは、ジャクソンのこういう言い方が嫌だったのだ。まるで長いこと家で飼っていたペットを獣医に送ったあとのような言い方だ。

「そうだといいが」フォガティは乱暴に言った。「町に行って、葬式の一団と一緒に戻ってくるつもりだ。あんたは来ないよな？」

「うん、ちょっと無理かな、ジェリー」。ジャクソンは少し困ったような言い方をした。

「向こうに行ったのは、つい一週間前だから」

「まあ、僕は行くから」フォガティが言う。「ディヴァインがどんな様子だったか知ってるかい？」

「うん。いつも元気がなかった」ジャクソンは軽い口調で言った。「もうちょっと気をつけるべきだったと思う。いずれにしても、例のオ・リアリとは相性が悪かったからな。仕方がないのかもしれない」

「仲良くするつもりもなかったのさ」フォガティはぼそっと言った。いつもの無頓着な言い方だった。

「え？」ジャクソンが驚いた。「いや、まあ」ふだんの世慣れた調子に戻って言う。「もちろん閑職じゃなかったのはわかる。気分が悪くなることがしょっちゅうあったみたいだ。最後はミサの途中だった。そこまでになると、もう手遅れだろう。先週会ったときには、もうだめだとわかった」

「え？　先週会った？」フォガティはオウム返しに訊いた。

「ほんのちょっとだけどな。話すのも辛そうだった」

フォガティはあらためて自分の至らなさを思い知った。芝刈り機ほどにも感情を持たないと思っていたこのジャクソンがディヴァインと連絡を取り合い、最後のときにはわざわざ会いにまで行っていたのだ。その一方で自分ときたら、ディヴァインのことを思いやる親友のつもりでいたのに、実際には彼のことなどすっかり忘れ、今頃になって彼を失った悲しみに暮れている。

「僕はほんとうにだめな人間だ、ジム」フォガティは神妙に言った。「病気だってことさえ知らなかったくらいだ」

「僕も葬式には行きたいけど」ジャクソンが言った。「もし何とかなりそうだったら電話するよ」

その「何とか」が何とかなり、ジャクソンも一緒に行くことになった。その晩ふたりはフォガティの車で町に向かった。宿泊先は表通りから路地に入ったところにある古いホテルで、ポーターや給仕はみなふたりのことを知っていた。夕食はジャクソンが居心地の良いレストランに案内してくれた。ジャクソンの様子を見ていると、フォガティの心には前から持っていた不信が再び芽生えてきた。ジャクソンは背が高く痩せて、取り澄まして用心深い、いかにも聖職者然とした空気を漂わせていた。メニューとワインリストを読むのにたっぷり十分はかける。ボーイ長が調子よく注文に口を出してくるのは、何か下心があるか、客が格上だと見ている証拠だった。

「僕の方は大丈夫だよ」フォガティは面倒くさいのでそれだけ言ってすませた。「ステーキにする」

「フォガティ神父はステーキだ、パディ」ジャクソンは慇懃に言うと、眼鏡越しにボーイ長の方を見た。その様子はまさにフォガティ言うところの「イエズス会士」そのものだった。「焼き加減はレアで。それからスタウト〔アイルランドの黒ビールの一種〕かな。この辺の連中はみんなスタウトだ」

「スタウトは君たちに残しておいてやろう」フォガティはいかにも冗談を言ったとい

う風だった。「僕は赤ワインでいいよ」

「パディ、いいか」ジャクソンは口調を変えずに言った。「フォガティ神父は赤と言ったのだからね。ここはアイルランドだってことを忘れないように」〔キリスト教のミサでは赤ワインが使われるため、神父と赤ワインとの結びつきは強い〕

翌朝、二人は教区の教会に行った。棺は祭壇の前の架台に載せられている。そのわきに大きな薔薇の花輪があるのを見てフォガティは驚いた。ふたりがひざまずいて祈りを唱えたところで、ディヴァインの叔父のネッドが息子を連れてやってきた。ネッドは幅広の顔で、黒い髪の神経質そうな男だった。血筋なのか青白い顔をしている。

「ほんとにたいへんでしたね、ネッド」フォガティが言った。

「お気持ちありがたいです」とネッドが言う。

「ジャクソン神父のことは知ってますか。ウィリー神父とはとても親しかったのです」

「名前をうかがったことがあります」ネッドが言った。「おふたりのことはウィリーはよく話題にしていました。大の仲良しだったそうですね。ウィリー神父はほんとうに可哀想なことをした」ため息をつきながら言った。「友人はほんとに少なかった」

ちょうどそのとき、教区の司祭が入ってきて、ネッド・ディヴァインに話しかけた。

マーチンという人だった。背が高く、厳しそうな、つるっとした無表情をしていた。まるで赤ん坊のように素直な青い目だった。マーチンはしばらく棺のわきに立っていた。そして棺のプレートと花輪に目を向け、名札をじっと見つめる。それからようやく、二人の年下の神父を扉の方に呼び寄せた。

「あれをいったいどうしたらいいと思います?」マーチンは事務的な口調で訊ねた。

「何のことですか」フォガティはびっくりして聞き返した。

「あの花輪です」マーチンが肩越しに顎で指し示す。

「あれがどうかしましたか」

「決まりに合わないんです」この教区司祭は、まるで法律を調べた警官のように偉そうな態度で答えた。

「え、何言ってるんですか。決まりなんて関係あるんですか」フォガティは苛々しながら言った。

「もちろん関係あります」マーチンは厳しい眼差しをしていた。「それに、そもそも習慣としてもいただけません」

「ミサに金をかけすぎることになるってことですか?」フォガティはあざけりをこめ

て言った。

「ミサに金をかけすぎるとかそういうことを言っているのじゃありません」マーチンがいちいち言葉通りに問いに答える言い方は、弁護士の手紙のようだった。無表情な印象がより強くなった。「私が言いたいのは、花というのは異教的なものの名残りだということです」マーチンは先ほどと変わらず、不安気で邪気のない無表情で、自分より若い神父たちを見つめた。「だいたい私は毎週のように、花はよそうと訴えてきたんですよ。それが自分の教会にこんな大きな花輪が堂々とある。しかも神父の棺に添えてある。何と言えばいいんですか」

「別にあなたの意見なんか誰も求めてないじゃないですか」フォガティは苛々していた。「彼はあなたの教区の人間じゃないのだし」

「それはいいです」マーチンが言った。「これだけでも十分厄介だけど、でもそれで全部じゃないんです」

「え。それは花輪が女性からのものだから、ということですか?」ジャクソンが軽い調子で会話に割りこんできた。ふつうの人ならここで拍子抜けするところだったが、マーチンの重々しさは崩れなかった。

「そう、その通り。女性からのものだからです」

「女性！」フォガティは驚きの声をあげた。「そう書いてあるんですか」

「そうは書いてありません」

「じゃ、わからないでしょ」

「赤い薔薇なんですよ」

「赤い薔薇だったら、女性からということになるんですか」

「他にどういう可能性がありえるんです？」

「僕が思うに可能性としてあるのは、あなたの勉強したのとは別の花言葉の体系を勉強した人がいて、その人が送ってきたということじゃないですか」フォガティがまくしたてる。

ジャクソンが傍らで「よせ」と言っているのが空気でわかるような気がしたが、実際にジャクソンが口を開いたときには、その冷たさと無頓着さとの矛先は教区司祭に向けられていた。

「まあ、いいですよ」ジャクソンは肩をすくめた。「残念ながら、我々には何もわかりませんよね、神父。ご判断はお任せします」

「本人のことを知らないのに、余計な口出しをするつもりは私にもありません」マーチンはつぶやくように言い、それ以上は邪魔をしないつもりのようだった。花輪は葬儀係の者が棺を運ぶ車の上に置いた。フォガティは苛立ちを抑えきれなかった。車のドアを乱暴に開け、エンジンをかけるときには顔が紅潮していた。運転しているときも頭を前に屈め、額が目の上から岩のように突き出していた。ディヴァインが、「ネロばりの顔」と呼んだのはこれだった。大通りを抜けると、フォガティは声を荒げた。

「こういうことがあるとほんとに情けなくなるんだよ、ジム。花は異教の名残りだと！　しかもみんなあいつの言うなりになるんだ。言うなりだぞ。余計な口は閉じて黙れって言うかわりに、あいつの説教に耳を傾けるんだ」

「まあさ」ジャクソンはなだめるように言い、パイプを取り出した。「そこまで言うものでもないさ。それに、ディヴァインのことを知らないわけだから」

「よけい悪い」フォガティは熱くなっていた。「僕たちがいなかったら、あいつはあの花輪を捨ててたぞ。それでどうなるっていうんだ！　あいつのしょうもない薄汚れた猜疑心を満足させるだけのことじゃないか」

「それは言い過ぎだろう」ジャクソンが顔をしかめた。「僕もあの人の立場だったら、誰かに持っていってもらったと思うね」

「君が？」

「君ならどうだ」

「いったいどうして」

「だって、そりゃ変な噂が立ったらまずいだろう。僕はそんなに度胸がある方じゃないから」

「変な噂？」

「どう言ってもいいんだが。とにかく、女性が送ったのは確かなわけだから」

「まあな。ディヴァインが昔世話になった女中の婆さんかなんかだろ」

「女中の婆さんが葬式に赤い薔薇の花輪を送るなんて話、聞いたことあるか？」ジャクソンはそう言うと、眉をあげ、頭を突き出した。

「ほんとうのことを言えばさ、僕だって死んだディヴァインに花輪くらい送ってたかもしれない」フォガティは子供っぽいほどの正直さで打ち明けた。「そんなことが問題になるなんて、夢にも思わなかっただろう」

「むしろ女中の婆さんなら、これはまずいかしら、くらい思うんだよ」

フォガティはジャクソンの方をじろっと向いた。ジャクソンはまっすぐ視線を返した。フォガティは角を一つ曲がり損ね、ぶつぶつ言いながらバックした。二人の左手にはウィクロウの山々が南の方へと連なっているのが見える。雲が散り散りになった空の下、灰色の塀の間にでこぼこの緑の野が輝いていた。

「本気で言ってるわけじゃないだろ、ジム？」フォガティはしばらく口をつぐんでから言った。

「いやさ、何かあったなんて言ってるわけじゃない」ジャクソンはパイプを振り回しておおげさに否定の身振りをした。「女というのはいろいろ考えるんだ。わかるだろ」

「こういうのは、何でもないものなんだよ」フォガティは何とも言えない厳粛さで言った。それから再び苦い表情になると、その男性的で骨張った顔に赤みが広がった。頭の中だけの経験しかない人の常で、フォガティの場合も、外の世界で実際に何かが起きると、ひどくびっくりしたり衝撃を受けたりする。頭の中のことは、それが想像の産物に過ぎないから受け入れられるだけなのだ。ジャクソンの想像はそれに比べればもっと抑制されたおとなしいものである。発馬寸前のサラブレッドみたいに物事に突進していくことも決してないから、フォガティのことを珍しいものでも見るように、いくばくかのうらやましさとともに見つめた。自分がこんな風に、少年のような驚異の念と興奮とで想像を逞しくしようとするのはめったにないことだった。

「信じられない」フォガティは怒気をこめて言い、頭を振った。

「信じなくてもいいんだよ」ジャクソンはパイプをいじりながら車のシートで身を動かしている。その腕はフォガティの肩の間近にあった。「だからさ、女っていうのは、いろいろ想像するんだ。だいたいは何事にも至らない。ただ、もし何かあったとして、それはそれでありうると僕は思うね。誰か自分のことを思ってくれる人を必要とするってことがあるとしたら、ディヴァインも最期の頃はまさにそういう状況だった」

「ディヴァインに限ってそれはないだろ、ジム」フォガティは大きい声になっていた。「まさかディヴァインが。僕だったらそういうこともあったかもしれない。たぶん、君でもありうる。でも、ディヴァインのことは小さい頃から知ってるけど、とてもそんなことがあるとは思えない」

「僕はそこまで彼のことを知っていたわけじゃない」ジャクソンが認めた。「そういうことを言えば、彼のことなんかろくにわかってなかった。でも、僕たちと同じように、彼にだってそういうことがあってもちっともおかしくないと思う。僕たちなんかよりも、もっと孤独だった」

「ああ。それくらい、僕だってわかっていたのに」フォガティは急に自分を責める口調になった。「酒に溺れるなら、まだわかる」

「いやあ、酒ってことはないさ」ジャクソンは蔑むように言った。「潔癖性だったからな。だいたいディヴァインがどっかの田舎神父みたいにアル中になって、ぶるぶる震えながら看護婦にからんでるなんて想像できないだろう」

「まさにそれが僕が言いたいことなんだよ、ジム。そういうことをする奴じゃなかった」

「それとこれとは違うよ」ジャクソンが続けた。「ディヴァインが知性あふれる女に惹かれたというなら想像はできる。わかるだろ、僕たちにとってディヴァインが魅力的だったのと同じように、そういう女にとっても彼は魅力を持った。田舎の町に、あんなに教養あふれる男がいたら、そういうことになる。女はせっかく知性があっても、どんな人生を送るかは知れてるだろう。せいぜい、しょうもない店の主人と結婚するか土地持ちの農家に嫁ぐのが関の山だ。哀れなものさ。女のほとんどが下手に教育なんか受けてないのはかえって幸せなんだよ」

「相手がどこの誰なのか、あてがあるわけじゃないだろう？」フォガティは呆気にとられたように訊いた。ジャクソンの言い方があまりに自信に満ちていたので、額面どおりに受け取らざるを得ない気分だった。

「いや、ほんとにそういう女がいたのかどうかなんて、僕にだってわからない」ジャクソンは慌てて言うと、恥じるような表情になった。フォガティは黙っていた。ようやく察しがついたところだった。ジャクソンが言っていたのはディヴァインのことではなく、自分自身のことなのだ。

人里から離れ、牧草地や寺院に変わってハリエニシダの藪《やぶ》や城の廃墟が目につくようになると、フォガティには自分の目が、車とともに軽く揺れる花輪に引きつけられているのがわかった。薄い緑と青と灰色の風景の中にあって、その部分だけが混じり気のない色をしている。この花輪はひとりの神父の、その人生の根本にある謎を象徴しているイメージだと思えた。考えてみると、自分はディヴァインの何を知っていたというのだろう。せいぜい、自分自身の気質から類推した程度のことではないだろうか。だいたいにおいては――ディヴァインに指摘されたようにアッシジのフランチェスコぶった態度をとっていないときは――彼が意識していたのは自分の方がディヴァインより世慣れているという程度のことだった。自分は実際家で、粗っぽいところがあり、手間はなるべく省く。それにくらべるとディヴァインはまさに聖人だった。潔癖で禁欲的、そのストレスがあの意地の悪いちょっとしたからかいの形で噴出している、と。ディヴァインが何か悩みを持っていて、そのために女とどうかなったという考えを、今、フォガティはなかなか受け入れることができなかった。が、逡巡したのと同じ分だけ、その考えを受け入れたときには確信が深くなる。フォガティは何か思ってもみなかった考えにたどり着くと、それについてしつこく思案し、熟慮の末、ついにはすばらしい啓示として受け入れてしまうのが習いだった。

「まったく、僕たちの人生はたいへんだよ」。ついにフォガティから言葉があふれた。「僕たちふたりは、たぶん誰よりもディヴァインのことがわかっていた人間だ。それなのに、僕たちでさえ目の前にあるものが何なのかわからないのだからさ」

「その方が僕たちにとっては楽なのかもしれない」ジャクソンが言った。

「ディヴァインがこのことで余計苦しんだのは間違いないと思う」フォガティは苦々し気に言った。変だった。花輪の陰に女がいるなどとまだ信じているわけでもないのに、早くもフォガティはその女のことを憎んでいたのだ。

「それはどうかな」ジャクソンが驚きをこめて言った。「誰もが、そういうものを人生に求めているんじゃないか」

「そうかな?」フォガティはびっくりした風だった。これまでジャクソンというのは冷たい奴だとばかり思っていたのに、急にそれもわからなくなってきた。何だかんだと言って、彼にもどこかディヴァインを惹きつけるようなところがあったはずだ。フォガティが感じたのは、自分に比べてずっと鋭いと見えるジャクソンもまた、同じ理由で、自分のことを見極めようとしていたことだった。お互いが、相手のいったいどこにディヴァインを惹きつけるような性質があったのかと目を凝らしていたのだ。その性質のおかげで彼らがそれぞれディヴァインの友人となったのだとしたら、彼ら同士が仲良くなっても不思議はない。どこまで気が許せるのかを、ふたりとも知ろうとしていた。そしてここでもまた、最初に打ち明け話をしたのはフォガティの方だった。

「僕には無理だったんだ、ジム」真剣な口調だった。「ひょっとしたらなんて思ったこともない。たった一度をのぞいては。相手は神学校で一緒だった男の奥さんだった。僕は夢中だった。でも彼女にとってその男との結婚生活がどんなものだったかがわかってからは、考えが変わった。旦那のことをさ、徹底的に憎んでいたんだ。彼女と結婚したって、たぶん自分も同じように憎まれるだけだとわかった。結婚がどんなものかわかった今になってはじめて、僕たちは自分が恵まれてることがわかるんだよ」

「恵まれてる？」ジャクソンはあざけりをこめてその言葉を繰り返した。

「そうじゃないか？」

「どこの神学校に行ったって、自分は恵まれてると思いこんでる人間で一杯だろう？　それでその後の人生、連中は酒に溺れて死んでいくのかもしれないけど、それでも自分たちが恵まれていると疑わないとでもいうのか？　ありえないよ。ところでさ、どうしてその女の人が君のことも憎んだだろうなんて思うんだい？」

「いや、そうは思わない」フォガティは少年のような笑みを浮かべた。「当然、自分は完璧な夫になっただろうと思うさ。そういうふうに思いこむのが人間の性だ」

「じゃ、どうしてその完璧な夫になってやらなかった？」ジャクソンがからかうように言う。「君は今のままですごくいいと思うよ。ただ、正直言うと、子煩悩なお父さんっていう方がもっと似合うような気はする」

「たしかにそうかもしれない」フォガティの顔がふたたび曇った。まるでアイルランドの空みたいに落ち着かないな、とジャクソンはその様子をおもしろく思った。「女の方はいなくても何とかなる。でも子供のことはほんとに辛い。その人には子供がふたりいた。僕のことを「フォギー神父さま」なんて呼んでた。それから僕の母親だ」フォガティが勢いこんだ。「母親は僕たち兄弟のことで頭が一杯だった。いつも他の誰より僕らが幸福になるように願っていて、そう思えないとなると泣くんだ。すぐフォガティの血の表れだなんて言う――フォガティ家はずっと馬の売買をしてきたからさ」。幸福そうだったフォガティの男前の顔が、後悔と罪の意識とですっかり陰鬱なものになった。

「母親はきっと、僕も所詮フォガティのひとりだと思いながら死んだと思う」

「万が一フォガティ一族がマーチン一族と血縁があるとしても、それはばかりはないと僕は思う」ジャクソンは半分ちゃかしつつも、心を打たれたようだった。

「母さんが亡くなってはじめて、自分にとってどれだけ大事な人だったかわかった」フォガティは思いにふけるように言った。「ヘネシーには自分で葬儀をやらない方がいいって言われてたけど、母親にしてやれるのはそれが最後のことだと思った。ヘネシーにはよくわかってたんだな。ひどい醜態をさらしたよ。子供みたいにびーびー泣いちゃって、結局ヘネシーが僕をわきに押しのけ、かわりにすべてをやってくれた。まったく、どんな葬式でもふつうにやれていたのに自分の番がくるとこれだから。あのあと何度も葬儀はやったけど、そのたびに、母親のために祈ったようなものだ」

ジャクソンは、わからないというように頭を振った。

「僕なんかよりずっといろいろ感じてきたんだな」ジャクソンが言う。「僕は冷たいから」

フォガティは強く心が揺すぶられた。ジャクソンが冷たい人間だというのは、まさに自分が今まで思ってきたことだ。しかしもう、そうは思えない。

「そのときまでは何となく、うわついたところが僕にはあった」フォガティは打ち明けた。「でもそれからはもう、自分が誰か他の女を好きになるなんてことはないとわかった」

「またそういう馬鹿なことを」ジャクソンが焦れったそうに言った。「愛というのは必ずひとつきりなんだ。半ダースいっぺんにというものじゃない。もし僕が若くて、嫁さんを欲しいと思ったとしたら、君みたいに、自分にはお父さんしかいないなんて思ってる女の子を探すと思う。君は愛が強すぎるんだ。僕は薄情だ。マニスターにいたとき、ある店の奥さんと親しくなった。おしゃべりをしたり、本を貸したりした。孤独で頭が変になりそうになっている人だった。それである朝、家に帰ってみるとどしゃぶりの中、玄関前でその人が待ってた。夜中からずっとそこにいたんだ。自分をどこかに連れて行って欲しいって言うんだ。「救い出して欲しい」という言い方をした。そのあと、その人がどうなったかわかるだろ」

「誰か別の人と駆け落ちした?」

「そううまくはいかなかった。酒に溺れて、競馬好きの連中と寝るようになった。ときどき、自分のせいでそうなった、と思うこともある。何とかしてやればよかったかな、とね。だけど、僕はそれほど愛が強くないんだ。君は逆に多すぎる。君は血の気が多いから、きっとあの人と駆け落ちしていたと思うよ」

「自分はいったい何をし出すんだろうとわからなくなることが結構ある」フォガティは恥じらいをこめて言った。

今にも泣き出しそうな気分だった。花輪のせいもあった。太陽の光を浴びて輝く花輪は、フォガティにふだんの落ち着きを失わせ、自分よりもさらに落ち着いた男に向かってこんなふうにしゃべらせてしまう。それに加えて、幼少期をすごした小さな町に戻ってきて、感情が昂ぶっていた。彼はこの町が嫌いで、あまり寄りつかなかった。自分の思考から追い払いたいような狭量さやさもしさは、この町によってこそ代表されているように思えたのだ。でも、同時にここには懐かしさや、激しいものが詰まっている。近づくにつれて感情がこみあげてきて、ほとんど窒息しそうなほどだった。まるで恋人のように町が現れるのを待ちかまえることになった。

「あ、見えてきた！」彼は勝ち誇ったように声をあげ、屋根の低いジョージ王朝様式の家や茅葺きのコテージが乱雑に並んだ端に、先をとがらせたフランシスコ会の塔がそびえる谷間を指さした。「橋のところで待っていてくれるはずだ。僕の葬式のときも、やっぱりそうやって待ってくれるんだろうな、ジム」

相当の数の人が棺を載せてきた車とともに墓地に行くために、橋の反対側で待っていた。四人の男がぴかぴかの棺を肩に担いで橋を渡り、廃墟となった城のわきをすぎて目抜き通りの坂を上っていった。店はみなシャッターをあげ、日よけもどけられていた。すべてが停止状態だった。ただ一カ所、カーテンを持ち上げ、老婆が顔を出しているのをのぞけば。

「僕の葬式で参列の人を数えたとしたら」フォガティが苦い笑みを浮かべて言った。「ディヴァインのときと比べてぜんぜん少ない、なんてみんな言うんだろうな。あれがさ」声を低くして付け加えた。「角から二軒目のあれが、うちの店だった」

ジャクソンがちらっとそちらを見た。フォガティのはしゃぎぶりには違和感も持ったが、心を打たれもした。何しろその町は、どこにでもあるふつうの市場町とまったく変わらないように見えたのだ。小道を抜けると山道になり、その先に寺院があった。ぼろぼろの塔といくつかの残された壁。聖歌隊の席のあたりと身廊とに墓石がぎっしり埋められていた。すでに棺を運んできた車は外に停められ、人々が半円状に取り巻いていた。ふたりの神父が別の車でミサ用の装束を身につけていると、ネッド・ディヴァインが急ぎ足でやってきた。フォガティには、まずいことになりそうだなという予感がした。

「ジェリー神父、ちょっと」興奮しつつも抑えた声でネッドが囁いた。「みんな花輪のことを言ってます。いったい誰が贈ったのか知ってます?」

「まったくわからないですよ、ネッド」フォガティは答えた。突然、心臓が高鳴り出した。

「シーラ、ちょっとこっちへ」ネッドが呼ぶと、背の高い、青白い顔をした若い女が、長い骨張った顔に涙の痕を残したまま、参列者から離れてこちらにやってきた。フォガティが会釈をした。彼女はディヴァインの妹で、教員をしている。未婚だった。「こちらはジャクソン神父、ウィリー神父のもうひとりのご友人だ。おふたりとも花輪のことはぜんぜんわからないそうだ」

「それじゃ、持って行ってもらいましょう」女は頑固そうな口ぶりで言った。

「どうです、神父?」ネッドがフォガティに訴えるように尋ねた。急にフォガティは、今までの気迫を失くした気がした。マーチンと言い合ったときには、中立な立場で対等にやりあっている気がしたが、こうしてみると小さな町の情念と偏見とが、彼の前に立ちふさがるように思えた。まるで自分が少年になったような気分だった。反抗しているけれど、怖がってもいるような。この土地を知っているからこそ、町中が葬式ならではのぴりぴりした特有の空気に包まれているのがよくわかった。

「僕に言えるのは、すでにマーチン神父に言ったのと同じことだけです」彼は頬を赤らめ、怒りを感じながら言った。

「マーチン神父もそのことについて何か言ったのですか?」ネッドはすかさず訊いた。

「ほら」シーラがそれ見たことかとばかりに言った。「だから言ったのよ」

「まあ、おふたりの方が頭が回るんですよ」フォガティが言った。「僕には花輪など何の問題もないと思えました」

「神父の葬式に花輪はないわ」シーラはとりすましつつもおさえた声で憤りを表した。

「こんなもの贈ってくるような人は、兄の友達なんかじゃありません」

「問題ないとお思いですか？　神父」ネッドはすがるように言った。

「言っとくけどね、ネッド叔父さん、もしあの花輪をお墓まで持って行ったら、町中の笑いものよ」シーラはいかにもやかまし屋といった口調でまくしたてた。「叔父さんにできないなら、あたしがやるわ」

「まあ、ちょっと聞きなさい。ジェリー神父に訊いてるんだから」ネッドが大きな声になって言った。

「あなたたち次第ですよ、ネッド」フォガティも興奮気味だった。彼は完全に怖じ気づいていた。自分は人前で軽率な振る舞いをしようとしている。いずれこのことは司教の耳にも届くだろう。そうしたら、もう少し慎重になるようにと言われるだろう。

「すいません、ちょっといいですか」ジャクソンが物腰もやわらかく割って入った。眼鏡越しに、警告するような視線をフォガティに送っていた。「私の関知するようなことじゃないことは重々承知の上ですが」

「そんなことはありませんよ、神父、どうぞ」ネッドが強い口調で言った。「あの子の友達だった方ですから。どうしたらいいか、とにかく教えて欲しいのですよ」

「ディヴァインさん、それはちょっと荷が重いですけど」ジャクソンは遠慮がちな笑みを浮かべていたが、フォガティにはその顔が紅潮しているのがわかった。「この町のことをよく知っている人でなければ、そういうことはわからないでしょう。私にわかるのは、自分の町ならどうか、ということだけです。もちろん私もディヴァインさんの言うことにまったく同感です」彼はそう言ってシーラに微笑みかけた。イエスの十字架への磔と同じで、これもほんとうなら避けたいのだが、と言わんばかりの口調だった。「当然ながら、私はフォガティ神父とこのことについて話し合いました。個人的には私は花輪なんか贈るのは非常識だと思います」。そこで、その聖職者らしい柔和な声に急に恐ろしい剣幕をこめて、あざけるようにジャクソンは肩をすくめて見せた。「ただ、あくまでよそ者として言わせてもらうと、もしその花輪を墓地から送り返したりしたら、あなたたちは笑いものどころか、もっとひどい目に遭いますよ。亡くなった人の名前に泥を塗るようなもので、生きている限りこのことは誰も忘れないでしょうね。……もちろんあくまでよそ者の見方なんですけど」ジャクソンは礼儀正しく付け加え、その一方で、苛立たしそうにことさら音をたてて息を吸ったりもした。

「もちろんだ、もちろん」ネッドは指を鳴らし、すぐ行動に移った。「それくらい自分たちでもわかるべきでしたよ、神父。ひどい禍根を残すところだった」

それからネッドは自分で花輪を持ち上げ、墓のそばまで持っていった。門の脇に立っていた人達の一部がそちらをいぶかしげに見やってから、その後ろに並んだ。ぴりぴりした空気が幾分やわらいだようだった。フォガティはそうっとジャクソンの手を握った。「ジム、あれは良かったよ」フォガティがささやき声で言った。「すばらしかった」

フォガティはジャクソンとともに、墓穴の頭の部分に立った。地元の神父たちがわきに並んでいた。死者を弔う賛美歌をともに唱和し、司祭服を風になびかせながら、フォガティは沈鬱な目で子供の頃から見知った人々の顔をながめた。年齢のため、また人生の苦労のために、人々の顔は変わり果てていた。人々の顔を見ては、フォガティは墓穴のわきに置かれた花輪へと目をやった。生きている者たちが去ったあと、ディヴァインの上にその花輪は、つまり彼の秘密は、留まるだろう。目が花輪をとらえるたびにフォガティには、自分とジャクソンが守ったのが単なる感傷的なしるし以上のものだという考えが、熱い思いとともにこみあげてきた。自分たちふたりをディヴァインへとつないだもの、そしてこれからは、ふたりの間をつなぐもの。それは愛なのだ。五つも六つもあるものじゃない。ただひとつのものとしての絆。母と子の絆。男と女の絆。友人同士の絆なのだ。

ジャンボの妻

1

したたか呑んだ後の朝はいつもそうなのだが、彼は黙って食事をとるとドアのかんぬきを引き上げ何も言わずに出掛けていった。その重い足取りが板石を敷きつめた歩道に金属質の音を響かせるのを聞きながら、女は怒りに震え、姿の見えない彼に向かってこぶしを振りあげた。それから古びた赤いフランネルのペチコートと黒いショールを脱ぎ捨て、ひとりだけのベッドにやっと戻っていった。眠れるわけではない。何度も甦ってくるのは昨日の夜の腹立たしい出来事で、そのとき彼に殴られてできた唇の傷に触れるにつけ、助けてと叫んで表に飛び出し、パァ・ケネフィックに連れ戻された顚末が生々しく思い出されるのだった。パァは殺された少年の弟。どういうわけか、ジャンボはこれで落ち着きを取り戻した。ケネフィック家の兄弟の兄のマイケルが警察に連行され殺されてからというもの、みな、パァに対して神父に向けるような敬意を払うようになっている。いや、それは神父に対するよりももっと熱のこもった敬虔さだ。この細身の少年が彼女を連れて戻ってくると、いつもはふてぶてしい巨漢のジャンボが、こそこそ物陰に隠れた。「あっち行けよ」と言うが迫力はない。「なんだよこのざまは」パァがすかさず言い返した。「酔っぱらったでくの坊が、こんなすてきな奥さんをぶったたくなんて、みっともないにもほどがあるぞ」。ジャンボはそれ以上は言い返さずに、「そいつに構うな、放っておけ。あっち行けよ、おとなしくするから」とだけ言った。「そうだ、おとなしくしろよ」パァが言う。「さもないと俺がただじゃおかないからな、このごろつきめ」。そうしてパァは、ジャンボが酔った勢いで次々に壁に投げつけて割った陶器のかけらを蹴散らした。「わかったよ、こいつにはもう何もしない」。ジャンボはその通り、パァが行ってしまうと、まったくおとなしくなったのだった。

ただ、彼女がほんとうにみじめな気持ちになったのは、殴られたせいでも、自分の大事にしていたわずかばかりの陶器を投げつけられたせいでもなく、何よりも殺された少年のあの弟に会ったせいだった。それまでも彼女はジャンボから逃げ出そうとしたことはあったし、かっとなって、やっつけてやると思ったこともあったが、このときほどジャンボのせいで自分の人生が狂ったと痛切に感じたことはなかった。パァに会ったおかげで、自分はそこらのあばずれとは違うちゃんとした女だということがあらためてわかった。パァは「すてきな奥さん」と言った。パァの言葉なのだ。実際、その通り。彼女はすてきな女性なのだ。だいたい、あの役立たずのダンナに耐えながらこの家を切り盛りしてきたのは他ならぬ自分なのだ。あの男ときたら、軍隊にはわざわざ偽名で登録して留守宅手当て〔夫の軍務への報酬として留守宅の家族に支払われた金〕が彼女には届かないようにし、気まぐれだから仕事はどれも長続きしないし、あげくは自分を保育所の勤めに出し、一日一シリングの給料で果物の収穫をさせたりするのだ。

　彼女はしばしそうした自分自身の苦い感慨に浸っていたので、ふと我に返ってあたりを見回し、ジャンボが見当違いの怒りをぶつける標的となった絵や、そこに投げつけられたグラス、茶をひっかけられた画面の明るい色などを目にすると、口をふさぎ、うめくような低い声をもらしはじめた。きれいな絵だったのに――彼女はそう形容する――きれいで、堂々とした作品。岩山の上に建つ大きな城には塔がいくつも立ち、背後には雪をかぶった山が見えている。コール埠頭の市《いち》で四シリング六ペンスだった。ジャンボならその三倍の金を一晩で呑んでしまう。三倍でも、五倍でもジャンボは呑んでしまうだろう。なのに、ジャンボはコップから、小皿、大皿まで、何でもかんでもこの彼女のせっかくの絵に投げつけたのだ。贅沢だ、とジャンボは言うのだ。

郵便配達人がドアを大きく二度叩く音がした。隣で寝ていた子供が目を覚まし、起き上がった。ドアの下に手紙がすべりこむのが聞こえる。ジョニーもそれを聞きつけてベッドから這い下り、寝間着のまま駆けだしてその手紙を取ってきてくれた。手紙には王立郵便の切手が貼られている。四半期ごとにジャンボがもらう年金の通知だ。彼女はそれを枕の下にすべりこませると、あらためて怒りに駆られた。ここに置いておこう。金曜になって彼が今週の稼ぎを渡すまではずっと手元に置いておこう。そうだ、一ペニー残らずすべて渡してくれと言ってやろう。そのあとでひどい目に遭わせられたっていい。前にもやったことだ。こんどもやる。

ジョニーが腹をすかせて泣き出したので、彼女はため息をつきながら起き上がり服を着替えた。ヤカンで湯を沸かし火にあたりながら、いかに自分が不当な目に遭わされているかと再び感慨にふけったのだが、ふと気がつくと子供が彼女の股の間から縦長の封筒を突き出し、炎にかざしている。何とヤカンをかけた火にくべようとしているのだ。彼女は慌てて手紙を子供の手からひったくり頰をひっぱたくと、子供はわっと泣き出した。彼女は立ち竦んだまま手紙を見つめて何度もひっくり返し、それから、ジャンボの年金の受け取りが一カ月先であることに思い当たって、はっとした。あらためて何週間たったかを数え、確かめる。間違いない。どうして一カ月も早く送ってきたのだろう？

湯が沸くと彼女はお茶を入れ、ふたつの小さな錫のカップに注ぎ分けた。食卓につくと、まるでマニラ紙を透かしてその秘密を盗み見ようとするかのように、目の前にその大きな封筒を立てかけた。しかし、パンと紅茶の朝食をすませてもまだ謎は解けない。突如、彼女は意を決してヤカンから噴き出す湯気に封筒をかざし、時間をかけて糊づけを溶かした。中に入っていた薄っぺらい紙切れを取り出し、食卓に広げてみる。為替だった。現金為替だ。でも、いつもジャンボに送られてくるものとは違う。そこに書いてあることが何を意味するのか彼女には見当がつかなかったが、ただ、はっきりと書かれた数字はよくわかった。「2」と「5」が隅に書かれている。「2」と「5」と、その前に崩し字のサイン。ジャンボ宛てじゃない。それともジャンボ宛てなのか？　心の中でいろいろな疑いがわき起こってくる。とともに、心が弾むような興奮を彼女は覚えていた。

パァ・ケネフィックのことが思い浮かんだ。パァは物知りだから、こういうことについて尋ねるにはうってつけの人だ。この間もやさしくしてくれたし。こんな変な手紙が来たのだから、相談すればきっと真剣にとりあってくれるはず。単にジャンボの年金の支払い方法が変わっただけだとしても、だ。彼女がどれだけパァのことを頼りにしているかわかってくれるだろう。

彼女は急いでいつもの黒いショールを肩にかけると、子供の手を取った。家を出て、坂下のアーチの小道を歩いていく。そこはメランコリー通りと呼ばれていた。ここから大きな通りに出て、ケネフィックの家に向かった。ドアをノックすると母親が出た。この人の子がこのドアから引きずり出されて殺されたのだ。夫人は彼女を見ると驚きの表情を見せた。そこではじめて彼女は、まだかなり早い時間であることに気がついた。彼女はやや興奮気味の口調でパァを呼んでくれと言った。今はいない、と言う。いつ帰るかもわからない、たとえ戻ってくるとしても、ということだった。彼女がひどくがっかりした表情を見せたので、伝言があれば伝えるが、と丁寧に言われた。ジャンボの奥さんのような女性はしばしば義勇兵にとってはたいへん役に立つ情報をもたらしてくれるものだから。いいえ、と彼女は言った。パァに直接言わないと、パァじゃないといけないんです、一刻を争うんです、と語気を強めた。ケネフィック夫人は彼女を居間に通した。そこには義勇兵の軍服姿の殺されたマイケルの写真が掛かっていた。義勇兵たちにとって家にいるのは危険なのだという話だった。警察はこの地区のことをよく把握している。

どうしてマイケルがああいうことになったのかもよくわからない。逮捕された者も十人ではすまない。すべてこの一、二カ月の間に起きたことだ。ただ、ジャンボの奥さんがこんな風なのを見るのは初めてだったので、どうかした方がいいと夫人も考えた。ついに決断してパァの居場所を教えたのは娘だった。ジャンボの妻はそれを聞くや猛烈な勢いで丘を登り、拓けた牧草地へと向かっていった。

彼女は大通りから少し入ったところにある小さな農家の扉を叩いた。出てきたのはパァ自身だった。半袖シャツを着て、たらいにお湯をためてひげを剃ろうとしているところだった。またジャンボに何かされたか、とパァは言ったが、それには答えず彼女は、パァの前でしっかり振る舞おう、いい印象を与えようということだけに意識をむけながら、手紙を差し出した。パァはそれを手に取ると、しばらく差出人の住所を見つめてから、中の薄い紙を取り出した。そこに目を落としているうちに唇がぎゅっとしぼられた。頭をあげると、「ジム、ライアン、下りてこい、ちょっと来てくれ」と呼んだ。パァの口調と、上階に響く足音に、彼女は胸を躍らせた。二人の男が梯子を下りてくると、パァが手紙を差し出した。「これを見ろ」。ふたりが目をやる。何度も裏返し、消印を調べる。とても長い時間に思えた。彼女は早口でしゃべりはじめた。「みんなケネフィックさんが知ってるわ、ケネフィックさんに訊いてみて。あたしがいったいどんなひどい目に遭ってるか。あたしだってそれほどちゃんとした人間じゃないけど、でも、神様に誓って言うけど、あのひとが地獄に堕ちてその火で焼かれるまでは、地獄が満員御礼になるなんてぜったいないから。ちょっとした絵を買ったのよ、大きい絵、ケネフィックさんならわかると思うけど。四シリング六ペンスだった。それがぜいたくだって言うのよ。言っとくけどね、あのひとはね、あたしと子供の三倍、いえ六倍ものお金を自分の胃袋を満たすのに使ってる。見てよ。この唇、あの人に殴られた傷。ケネフィックさんに聞いて。血だらけにされたの」「いいかい、奥さん」男のひとりがやさしく言葉を挟んだ。「手紙を見せてくれてほんとうにありがとう。このおかげで長い間わからなかった謎がやっと解けた。だから、とにかくおとなしく家に帰って、このことはぜったい誰にも言わないでおいてくれ。もし旦那が何か訊いてもだ。手紙が来なかったか、とか」。もちろん、と彼女は答えた。何でも言われた通りにする。彼らの味方をする。この間だってケネフィックさんがさっそうとやって来て、あのとんでもないジャンボの手から救い出してくれたんだから。それにケネフィックのお母さんはお子さんを亡くしてほんとにお気の毒だし。みんな奥さんのことには胸を痛めているでしょ。

三人はようやくのことで彼女を追い出し、これでやっとジャンボと彼女はおあいこだ、などと言ったものだった。

2

昼になると食べ物の入ったカゴを手に、よちよち歩きの子供を連れた彼女は、北のスラム街を抜けて町外れの工場にやって来た。小さな川のわきの、彼女が定位置にしている芝に腰をおろし、ジャンボを待った。サイレンが鳴るとすぐにジャンボは現れ、彼女の横に腰をおろした。そしてろくに言葉もかけずに、その小さなカゴの食べ物を取り出しはじめた。早くも彼女はびくびくと居心地が悪そうにしていた。手紙のことが知れたらどうなるだろう。きっとばれるに決まっていた。みんな、ジャンボはそう長くないと言っていた。ぶくぶく太っているし。心臓が悪いとか、むくみがひどいからなにかの拍子に苦しんで死ぬだろうなどとも言われた。でもそんなことを言う連中は、実際にジャンボの重たい手で殴られたことなどないのだ。

彼女は暖かい陽光を浴びながら、子供が川の水に手をひたして遊ぶのを見つめていた。そうしているうちに、今までの腹立ちがすっかり消えていった。この二日はひどかったけど、きっと神様が何とかしてくださるという気持ちになった。一週間、いや二週間くらいは静穏な日が続いて、そうすれば家も落ち着く。ジャンボは静かに、満足げに食べていた。それを見ていると、酒乱もおさまりそうな気がしてきた。しまいにはジャンボは帽子を深くかぶり直して目まで覆うと、大きな赤ら顔を太陽に向けたままそこに寝そべった。彼女は彼に目をやりながら、その脚に手をのせた。まるで大きな、太った、へそを曲げた子供のように見えた。そのまましばらくは、ぴくりともしないで寝転がっている。それから脚を伸ばすと、ごろんごろんと芝の上を転がり落ちていった。そこで嬉しそうにうなり声をあげ、起きて座り直して、ぼうっとまばたきをしながら石炭殻を敷き詰めた道の端から彼女の方に目をやった。彼女はポケットに手を入れ、「ジム、タバコ代のお金あげようか？」と言った。ジャンボが彼女を見あげた。「俺に手紙が来なかったか？」。その問いに、彼女は重い気持ちになった。「来ないけど」弱々しい声でこたえた。「どんな手紙？」「いや、いいんだ。じゃ、酒代をくれ！」彼女が銅貨六枚を数えて渡すと、ジャンボは立ち上がって去っていった。

夕方の間ずっと、彼女はパァ・ケネフィックとその仲間たちのことが気になって仕方がなかった。もちろん彼らがいい人たちであることはわかっていたのだが。ジャンボがお茶の時間に帰ってくるとほっとした。大きな身体の彼がくつろいで部屋の一角にいると安心感があった。前とほとんど変わらないような機嫌の良さで、話をしたり、彼女がぺらぺらしゃべりすぎるとうるさがったり、昨晩一緒に散々呑んだ「ならず者たち」のことを口汚く罵ったりした。彼女が夕飯の後片づけをすませたところで、自動車がやってきた。メランコリー通りの端まで来て停まる。胸騒ぎがした。扉まで走っていって、外をのぞいた。ふたりの男がこちらに向かってくる。ひとりはマスクをかぶっていた。彼女を見ると、彼らは小走りになった。「たいへんよ!」彼女は叫び声をあげて室内に戻り、扉を閉めてかんぬきを掛けた。ジャンボがゆっくり立ち上がった。「何だ?」と彼が訊いた。「あの手紙」。「手紙?」「あの手紙をパァ・ケネフィックに見せたの。軍から来たあの手紙を」。ジャンボの額に、今にも破れそうな青筋が立つのが見えた。ジャンボはほとんど口もきけないまま暖炉まで行き、火かき棒を手にとって彼女の頭の上に振り回した。「これでこの世とおさらばだとしても、まずお前をぶっ殺してからだ」しゃがれた低い声で言う。「やめて、やめて」彼女が甲高い声をあげた。「あのひとたち、もうそこまで来てるのよ」彼女は扉にもたれかかり、背中に男が身を寄せてくる気配を感じた。ジャンボにもそれは聞こえた。彼は目を細め、追いつめられた表情で彼女を睨んだが、それから裏口へと手招きした。彼女は先に立ってつま先立ちで歩き、静かに扉をあけてやった。「早く」ジャンボが言った。「さっさとしやがれ。ここを登らせろ」。裏の塀だった。優にジャンボの背丈の二倍の高さがあったが、足をかけるところがあった。彼女が足を支えてそこにかけさせてやると、はあはあ息を切らせ、うなるような声を出しながら、少しずつその塀を這いあがっていった。ついに頭が塀のてっぺんまで届いた。それから、すさまじい怪力を発揮してゆっくりその巨体を持ち上げ、何とか塀に身を横たえるところまでもっていった。「時間をかせげ、いいか」。彼が命ずる。「これを」彼女が静かに言った。「持っていって」。彼は身を乗り出してその火かき棒を受け取った。

狭い台所は暗かった。扉のところまで行って息を殺し、耳をすませた。何の音もしない。心配と不安で胸が一杯になった。そのとき突然、ジョニーが起きあがり泣き出した。彼女は鍵を摑み、それをドアの鍵穴に差しこんで回した。音はしない。そこで扉をゆっくりとあけた。小道には人影はなかった。日が暮れつつあった。逃げ切れるかもしれない。泣いている子供を置いたままドアに鍵をかけ、アーチの道を足早に歩いていった。

自動車はさっきのところにあった。男がハンドルにもたれてタバコを吹かしていた。

顔をあげ、彼女に微笑みかける。「まだ捕まんないのか?」と訊いた。「まだ」彼女は反射的に言った。「くそ」男は舌打ちした。「とっつかまえたら、酷い目にあわせてやる」。恐ろしいほどの静寂の中、彼女は通りの端から端へと目を凝らしていた。どの家も明かりを灯しつつあったが、人影は見えない。すると、トレンチコートを着た見たことのない若い男がこちらに向かって走ってきた。「よく見とけ」と叫んだ。「逃げられた。この道とあっちを見張れ。やたらと撃つな」男はそのまま駆けていき、別の道に折れた。

車の若い男は丁寧にタバコの火の始末をすると吸いかけを上着のポケットに入れ、道の反対側に渡った。平然と壁にもたれかかり、重そうな拳銃を取り出した。彼女もそのあとについて道を渡り、男のわきに立った。年老いた町の街灯係がどこかから現れ、肩に火ともし棒をかついだまま、彼らの前を通り過ぎて次の街灯まで歩いていく。「やつは獣だからな」運転係の男はなぐさめるように言った。「俺だって当てずっぽうでしか撃てない。だけど、あそこにも街灯があればなあ」街灯係は通りの向こうに消えていき、その後には何本かの街灯が弱い光を放っていた。

何軒かの小さな家のつらなった端にある小道に目をやったまま、ふたりはじっと黙っていた。それから急に若い男が壁にもたせた身体に力をこめ、暮れゆく空に向けて左手をあげた。「見たか?」男はほくそ笑んだ。家々の並んだ向こう、煙突のわきに、人間の影が現れた。夕闇の中でかろうじて見えるかどうかというくらいだったが、彼女にはその姿は一目瞭然だった。男は銃身につばを吐きかけると、肘を曲げて銃を構えた。すると人影はまるで空中に飛び上がるようにジャンプし、家々のシルエットの向こうに消え去った。「くそ」若者が悔しそうにつぶやいた。「惜しかっただろ?」。彼女ははっとして、「ジャンボ!」と叫んだ。「ジャンボ! 死んじゃった、死んじゃった!」そうして泣きながら手で顔を覆った。男は困ったように苦笑いを浮かべた。「おいおい」と声をかけた。「死んじゃいないよ。あんた、あいつの奥さんなのか?」「何てことするのよ。馬鹿」彼女は叫び声をあげ、ジャンボの姿が消えたところまで走っていった。

道の端まで来たところで、銃を持った別の若い男が彼女を追い返した。「死んだの?」彼女が声をあげた。「死ぬわけないだろう」男は乱暴に答えた。マスクをかぶったもうひとりが家から出てきて言った。「また逃げられた。ここにいろ。おれはサムソン通りに行ってみる」。「どうやって逃げたんだ?」最初の男が訊いた。「屋根を伝って行ったんだ。このあたりは迷路みたいなもんだからな。それに誰も手助けなんかしてくれない」

その後、何時間も闇の中の追跡は続いた。まったくの静寂の中、一発の発砲もなかった。ジャンボはここに住む人々に助けられたのだ。どんな人間であろうと追われる者は必ずそうやって助けられてきた。ジャンボの妻はすっかり動転したまま、元の道に戻っていった。車のわきに突っ立っているさっきの運転係の男を尻目に、道を行ったり来たりしながらあらゆる脇道をのぞきこんだ。助けを求めに行くなどということは思いつかなかった。道の向こう側はまた細い街路で、きつい坂がそのまま町の中心まで続いている。所々、丸石を敷いた石段になっていた。ジャンボはここを逃げていくしかない。だから彼女はここで見張ったのだ。時折、下の方に広がる灯火の連なりへと目をやりながら。

シャンドン教会から十時を告げる鐘が鳴り響いてきた。彼女は震えながらその数をかぞえた。それから北の脇道から金属音を響かせた足音が聞こえてきた。カッ、カッ、カッ。足音が近づいてきた。その後を、より軽い、動きの早い足音が続いた。アーチの下から黒い影が現れた。猛烈な速さで走っている。彼女は道の真ん中に飛び出してその影に向かっていった。ショールが頭のまわりに、ダンサーのリボンのように舞った。「ジャンボ、あたしのジャンボ」彼女が叫んだ。「どけ、くそ女」逃亡者は荒々しくあえぎながら走り去った。

南の脇道のひとつめの石段を一気に駆け下りるのが聞こえた。若い男がアーチの下から飛び出してきて、慌てたようにあたりを見回した。それから彼女の方に走ってくる。彼女は道の真ん中に飛び出して、男の行く手をふさいだ。男がまっすぐ全速力で突っ込んできた。彼女は突き飛ばされる格好になったが、倒れるときにともに狭い坂道を転がりながらだぶつく黒いショールを男の頭に巻きつけた。そこはすでに石段の最上段で、男は必死になって自分に巻きついた女の汚いショールを振りほどこうとしていた。ふたりはひとつずつその石段を転がり、ついに一番下まで落ちた。男は彼女の首根っこをつかみながらも、そのしぶとい力にうめき声をあげた。彼女は男の頭から肩にかぶせたショールをがっちりつかんで放そうとしなかった。まもなく他の男たちが追いついて、男を引き離した。彼女はぜえぜえと息を切らし、地面をのたうっていた。

このときにはジャンボは、追っ手から逃げ切っていた。

3

翌朝、彼女は呆然と町を歩き回り、警官に出くわすたびにジャンボの安否を訊ねた。

丘の上の兵営まで来ると、ジャンボが警察署にいるらしいことがわかった。彼女はそれを教えてくれたイギリス人の若い士官にパァ・ケネフィックのことを話し、隠れ家の場所も説明したが、その士官は彼女がそこまでしたのに、あきれたような顔をするばかりだった。どうしてそんな態度をとられるのか彼女にはさっぱりわからなかったが、ジャンボの方は警察の休憩室で暖炉の火にあたりながら、自分の置かれた立場を思い知ることになった。彼の顔色がひどく悪く憂鬱にふさぎこんでいたので、彼女はショックを受けた。彼が見事逃げおおせたので、すっかり興奮していたというのに！　きっとひどく罵られるだろうと思ったがそれもなかったし、そもそも喰ってかかる素振りもなかった。ただ顔をあげて、諦めのまじった悔しさとともに「お前のせいで、とんだ目に遭ったよ！」とだけ言った。彼は軍隊あがりだったから、軍が自分を引き受けてくれず、かわりに警察に保護させたことに傷ついたのだった。「連中にとっちゃ、俺はもう、役立たずなんだ」と彼は言った。「どうなる俺は。ここまで協力してやったのに。とっとと失せろと思ってやがる。さんざん利用しておきながら、用が済んだらお払い箱だ」。「ぜんぶパァ・ケネフィックがやったことよ」妻が必死に言葉を挟んだ。「あの人がいけないの。うちの人があの人やあの人の家族に何をしたわけでもないのに……」。そこでまわりの警官たちはくすくす笑い出した。ジャンボは苛々して妻に黙るよう言った。「だけどね、軍隊の人にはあの人の隠れ家を教えてやったのよ」そう何も考えずに付け加えた。「何だって?」警官が急に勢い込んで訊いてきたので、彼女は丘にある小さな田舎家に、パァ・ケネフィックがいたことを教えてやった。

彼女は毎日、ジャンボに会いに行った。天気がいい日は建物の裏にある小さな庭で腰を下ろした。ジャンボが出てこられるのは暗くなりはじめてからで、それもいつも警官か兵隊の護衛つきなのだった。今では、道で遭っても彼女に話しかける者はほとんどいなかった。というのも、ジャンボが逃げきったあの晩の翌日に、パァ・ケネフィックがアジトに使っていた小屋が覆面警官たちによって急襲され、たたき壊されていたからだ。もちろんパァとその仲間たちはすでに去った後だった。彼女は周囲の人間を憎んだ。そしてジャンボの身を案ずるあまり、パァ・ケネフィックがどうにかなればと願うようになった。それではじめてジャンボは助かるのだ、と強く思いこんだのである。だいたいどうしてあの男に手紙を見せようなんて自分は思ったのだろう。パァのことでなら自分も罰を受けても仕方がないと、警官に取り入るように彼女は言った。

ジャンボの容態はどんどん悪くなった。赤茶色だった顔が土気色になった。際限なく苦痛を訴え、一日中ベッドで寝ているようになった。赤いフランネルが彼のような患者には良いと聞いたので、彼女は赤いフランネルで寝間着をつくってやったが、それを着ると今まで以上にジャンボは幽霊のように見えた。頭は白髪がまじり、顔色は悪く、太っていた手脚がぶかぶかの真っ赤な袖の中で痩せて見えた。彼は軍の管轄内にある陸軍病院に入れてもらいたいと頼んだが、にべもなく断られた。この拒絶は彼にはこたえた。自分が命をかけて協力した軍隊は、彼のことを単なる密告者としてしか見ていない。どこにでもいるような密告者である。だから用が済んだら、あとは敵の手でどうなろうともまったく構わないのだ。警察は同情的だった。彼らもまた軍隊からすると、余計な面倒を起こす連中としか見られていなかったから。しかし警察には何もできなかった。ジャンボが薄暗がりの中、警護の警官ふたりに付き添われて外出すると、みなこちらを振り返ってあざけり笑った。ジャンボの耳にもそうしたあざけりは聞こえており、警察の建物に戻ってくると、怒りのあまり長い間じっと黙りこくったり、あるいは突如、憤激を爆発させたりするのだった。

ある夏の夕方、彼女がやってきたとき、ちょうど彼がそうした憤怒に荒れているところだった。休憩室で三人の警官を相手に暴れていた。警官は彼の手から実弾の入ったカービン銃を奪い取ろうとしていた。血を見たいんだ、と彼は叫んでいた。血だ、頼むからとめないでくれ、と。とめないでくれ、とめないでくれ、と繰り返す彼によって、ひとりの警官などは暖炉に突き飛ばされてしまった。自分が撃たれてしまう前に、自分のことをあざけった奴らを二、三人殺すのだと言った。邪魔をする奴はみんな撃つ。男だろうと、女だろうと、子供だろうと。彼の怒りはあまりに激しかったため、もつれあって扉と壁の間を行ったり来たりする間、三人の警察官はいいように振り回されていた。それから突然彼は昏倒し、意識をなくして床の上に転がった。ウィスキーを気付けにして目をさまさせると、そこにいるひとりひとりの顔をしげしげと眺め、鬱々とした口調に怒気をこもらせて、あらゆる者に対して呪いを吐き始めた。神に、王に、共和派に、アイルランドに、彼の仕えた国に。

「キンバリー、ピーターマリッツバーグ、ベツレム、ブレムフォンタイン〔いずれも現在の南アフリカの町。ジャンボが英軍の兵士として当地での任務にあたったことを示唆する〕」うめくように彼が言った。「お前ら、俺はほんとに働いたんだぞ！　こんなになっちまって、どうしてくれるんだ！　どうしてくれるんだ！　俺にイギリス軍のステッキと毛皮帽と真っ赤なコートをくれれば良かった、だますのは簡単だったよな。覚えてろよ……俺の旅費を出せ、聞いてるか？　旅費を出せば、インドに行って黒人と戦ってやる」

ジャンボが誰に話しかけているのかは、はっきりしていた。

「諦めて神様のおぼしめしに従うのよ、ジム」ジャンボの妻はびくびくしながらその頭の上で告げた。こうなってしまうと、いよいよ最期のときが近づいていると思える。

「いやだ……諦めるなんてできない」

「……神のおぼしめしに」彼女はつぶやくように言った。

ジャンボはふたつの拳をつきあげると、まるで太鼓を鳴らすように胸を打った。

「病気が悪いんじゃない。俺は絶望してるんだ」叫んだ。「旅費を出せと言うんだ。ああ、死んじまったあいつらと一緒にいれば良かった、こんなふうにさらし者になるなんて……若い連中は世の中のむごさを知らずにすんだんだ、あいつらは世の中がどんな酷い所か知らずにすんだ」

軍隊は再びジャンボの陸軍病院に入りたいという希望を却下した。警官たちは彼のことをすっかり持てあましていたから、彼らの表情に安堵の色が浮かんでいるように彼には思えた。もうすぐ彼ともおさらばできるということだ。どこか町の病院に収容されて、そこではみんな彼の素性を知っていて、すぐに敵も捜し出すのだ。もう外出もしなくなった。病気のために顔つきも変わっていた。一縷の望みがあるとすれば、顔をさらに変えることだった。彼は髭を生やし始めた。

そしてこの間ずっと、ジャンボの妻はパァ・ケネフィックのことを待ち伏せしていた。何時間もぶっ続けで半扉から彼がやってくるのを見張っているということもあった。小道の前を彼が通り過ぎていくのを見かけたことが二回ほどあった。いずれのときも彼女はショールを引っかけて警察に知らせに行ったが、私服警官たちの車がケネフィック家に乗りつける頃にはパァの姿は見えなくなっていた。そのうちにパァはまったく家には寄りつかなくなったので、ジャンボの妻はその姉妹や母親の行動を見張るようになった。ジョニーに言って彼女たちの後を追わせるようにもしたが、小さい子のことなのですぐに巻かれてしまう。彼女が町の方に出掛けていくときには、表にいる女たちは家の中に入り、これみよがしに扉を閉めてしまったものだった。

ある日、彼女が警察署に行くと、門のところで係の者がしゃがれ声でジャンボはもういないと告げた。どこかの病院に移ったということだった。もし容態が悪化したらすぐに知らせてくれるということだった。男の口調から、ジャンボが移ったのは軍の病院ではないことが妻にもわかった。彼はどこかで、容姿を変え偽名を使うことだけで生き延びているのだ。もしくは――これはありえないことでもないのだが――あまりに病気が悪くて連中にとって撃ち殺すに及ばないとされること。もうジャンボと会えないとなると、彼女の心にはぽっかりと大きな空洞ができた。その空洞はもの思いにふけったり、憎悪に燃えたりすることでしか埋めることができないものだった。彼女は全身全霊でパァ・ケネフィックを呪うようになった。すべてあの少年のせいだった。愚かにも自分が手紙を見せてしまったあの少年。自分に「薄汚いシン・フェイン〔アイルランド独立を目指して、一九〇五年頃に組織された政党〕」たちをよこしたあの少年のせいなのだ。今や病んで何もできなくなったジャンボに、非難の言葉を向けていいのは自分くらいなのに。

「神よ、私に力を与え給え」彼女は祈った。「そうしたら、あの人に改心させます。神よ、お力をいただければ、私はあの人をおとなしくさせます」

彼女は家の周りを意味もなくうろついた。近所の人が顔をそむけたり、前を通るとぴしゃりと扉を閉めたりするので激しい怒りに駆られ、ショールをなびかせながら表通りに飛び出した。道を行ったり来たりして、狂ったように叫ぶ。卑猥な仕草をして飛び跳ねたり、道端で跪いて自分を侮辱した連中を呪ったり、あるいはダンスのステップを踏みながら右に左にと身体を踊らせ、元気を出そうとした。「あたしはひとりぼっちの鳥よ」叫び声をあげた。「ひとりぼっちの鳥で、まわりには鷹たちがうようよしてる！ね、善良な人、頭のいい人、すてきな人、あたしはひとりぼっちの鳥なのよ！」。そしてそれに続けて「あの連中が朽ち滅びんことを。根から枝に至るまですべて。息子も娘も。生まれし者も、これから生まれんとする者も。飢饉と疫病とが襲い彼らとその一族を滅ぼさんことを。彼らがその罪を背負わんことを」こんな風に彼女はいつもの祈りの言葉で祈願を捧げたのだった。近所の人々は静かに扉を閉めては十字を切ったものだ。一週間以上、彼女は何かに取り憑かれたような状態だった。

4

そしてある日のこと、彼女がアーチの小道に立っているとパァ・ケネフィックともうひとりの男がやってくるのが見えた。彼女は身を隠し、彼らが通り過ぎるのを待ってその後をつけた。埠頭へとずっと伸びていく広い通りで尾行を続けるのは容易なことではなかったが、彼女は目の上までショールで覆い肩をすぼめて、遠くからなら老女に見えるような格好をした。そうして相手に気づかれることなく丘の麓までやってきた。そこまで来れば、あとは人混みの中だった。二人に一人の女がショールをかけているような、町なかのごちゃごちゃした通りを追跡するのはそう難しいことではなかった。ただ、向こうの歩くのが速く、なかなか同じペースを保てない。幾度かは、彼らの知らない道筋をとって近道をして追いすがらざるをえず、その間は目を離すことになった。彼らはすでに橋を過ぎていた。彼女はだんだんと不安になった。そのあたりは知らない土地だった。あまりに歩調が速かったので、足もだいぶ疲れてきた。たっぷり二マイルは歩いたはずだ。もうすぐ追いつけなくなるだろうと思った。警官や兵隊の姿も見えない。

息を切らせながら彼女は壁に寄りかかった。肩までショールをほどいて息を吸いこんだ。「あの、すいません」通りすがりの女性に声をかけた。「この道はどこに行きます？」「これはマロー通りですよ」との答え。ジャンボの妻が何も言わないので、相手はどこか行きたいところがあるのかと訊いてきた。「いえ、違うんです」曖昧に答えた。その女性は声を低くし、同情的な様子になった。「ひょっとして病院に行きたいんですか？」ジャンボの妻はしばらくそのまま立ちつくしていたが、まもなくその問いかけがじわりと意味を持った。「病院ですって？」とつぶやく。「病院？　たいへん！」はっと目覚めたようになった。「とめて！」彼女は叫び、道路に飛び出した。「あの人たちをとめて！　人殺しよ！　人殺し！　とめて！」

すではるか前方にいたふたりの男たちは、叫び声を聞いて振り返った。それからひとりが道路の真ん中に出ていって通りすがりの車に合図を送った。ふたりが中に乗り込むと、車は走り去った。歩道にはちょっとした人だかりができたが、女が何を叫んでいるのかわかると、みな静かに去っていった。一番最初に話しかけられた女だけがそこに留まった。「あたしと一緒に来なさい、ね」と言った。「ここからほんの少し先にあるから」

路面電車を降りると、そこが病院の門だった。ジャンボの妻ともうひとりの女とは急いで中に駆けこんでいった。ジャンボ・ギーニィはいるか、と訊いたが、守衛は要領を得ない様子で、どの病棟かと聞き返してきた。「ついさっき、ふたり連れの男たちが来たでしょう」彼女は必死になって言った。「あの人たちはどこに行ったの?」「ああ」守衛が答えた。「あの人たちね。聖ジョージ病棟へ……」

その頃、聖ジョージ病棟では数人の修道女と看護婦が勤務医を取り囲んでいた。背の高い若い医師だった。彼は声を荒げて、「止められなかったんだ、止められなかった。もうご臨終の間際だと言ったのに、聞こうとしなかったんだ」。「そこに寝てらしたんです」看護婦が空のベッドを指さして言った。「そうしたらカゴを下げたあの女が入ってきたんです、行商の人みたいでした。それで彼を見つけるとじっと顔を見つめてから、向かっていって布団をめくったんです。「ジャンボ。あなた、ジャンボね？」彼女がそう言うと、可哀想にあの人、ベッドでびくんとして、大きい声で「黙っていてくれよ。な、頼むから黙っていてくれ」と言ったんです。その女性は笑みを浮かべてこう言いました。「マイク・ケネフィックに殺し屋をよこしたとき、こうなることくらいわからなかったのは失敗だったわね」。彼女がいなくなると、彼は何とか起きあがろうとしました。ここから出ていこうとして。その様子からも長くはないことがわかったので、神父様とコノリー先生を呼んだんです。彼は少し元気になって、そうしたらあの二人組が入ってきて担架を出せと言って、それで……」看護婦はそこで泣き出した。

ちょうどそのとき、ジャンボの妻が現れた。呆然として、怯えた様子だった。ショールが額から外され、乱れた髪が顔中にかかっていた。「ジャンボ・ギーニィはここですか？」彼女は訊いた。「遅かったですよ」若い医師が無情に言った、「連れて行かれたところです」。「あ、やめなさい、だめだ、戻って！」彼女が病院の裏庭に面した窓に突進していくのを見て医師が叫んだ。「そこからは出られませんよ！」　しかし、彼女は医師が制止する手を振りほどいた。医師の手には黒いショールだけが残された。彼女はひとりで庭を走り抜け、もうひとつの建物が視界を塞いで塀が見えなくなっているところへと向かった。銃声が三つ、続けざまに鳴ったのはそのときだった。門の閉まる音がする。小さなくぐり戸で、別の道へと出ていく門だった。そのわきにはひとりの男の死体を載せた担架があった。彼女は大声をあげながらその死体に飛びついた。腋の下と頭から流れる血になどまったくかまわなかった。ジャンボだった。寝間着だけを着て、髭が伸び放題で誰だかわからないくらいだったが。長い細い脚がむき出しで、まだつま先がぴくぴくと動いていた。三つの銃弾の痕が、小さな傷となって残っている。ふたつは心臓の上あたり。もうひとつはこめかみだった。安っぽいフランネルの寝間着には紙切れがピンで留められ、そこにはタイプで打った次のような文字があった。

スパイ

彼らのおかげで、ついに彼女とジャンボはおあいことなった。

ルーシー家の人々

1

ほんとうに、このくらいの大きさの町で一族の人間にいがみ合いが起きると、たいへんなことになる。一族の人間というところが困るのだ。私たちは多かれ少なかれ公の場にさらされているから、そのせいでひどい目にもあえば救われもする。まわりの目を意識するおかげで、ときには否応なく表向きだけでも仲直りすることになるけれど、それだけに、こんな諍いを起こしてはいけないのに、と思うようなもめ事が出てくると、よけい厄介だ。そういう目にあった人は、つくづく気の毒というほかない。

ルーシー家で起きたのはまさにそんなことだった。ルーシー家にはトムとベンという兄弟がいた。おそらく昔は似ている所の方が、異なる部分よりも大きかったのだろう。でもそれは、ふたりが世の中に出るよりずっと前のことだ。兄のトムは織物の商売を継いだ。ベンは役所で仕事を見つけた。ここで最初の溝が生まれ、あとは、この溝がどんどん深まることになった。ふたりとも知性と教養を備えていたが、勉強熱心なのはトムの方だった。これに対してベンは、ふん、とせせら笑い、勉強するヒマがあるのも商売を継いだからさ、などと言っていた。

トムの店には古めかしいところがあり、うちでは最上の商品しか置かないのだと胸を張っていた。値段は高く、気難しいトムは頑固に値下げを拒絶したが――トムに言わせれば値切りなど下劣なことなのだった――それでも農家の奥さん連中は必ずここに来た。ベンは兄の立派なお説を目をぱちくりさせながら聞いたが、それはたまたま手に取った本をめくるのと同じようなものでもあった。すごいなと感心するし、こういうことが通用する場所もあるのだろうとも思ったが、役所ではこうはいかない。どうしようもないことだった。賢い人間は、そういうことをいちいち口に出したりはしないのだ。ベンだってトムと同じで、役所の常識が望ましいと思っているわけではなかったが、それが世の中の趨勢なのだから仕方がない。それにベンは、そういう考えをわざわざ高潔な兄に突きつけて喜んでいるようなところもあった。

トムもベンも結婚していた。トムの子のピーターと、従兄弟のチャーリー――伯父のトムはチャリちゃんと呼んだものだったが――とは、大の仲良しだった。ふたりとも気の良い少年だった。ピーターは太って大柄、顔立ちも整っており、知らない人に話しかけられると顔を赤らめるようなところがあった。チャールズの方は横に張り出した顔で、物事に動じることはなかった。家族ぐるみの交流も盛んだった。奥さんたちはポートワインを片手に、ルーシー兄弟の性格はそれぞれが難しいのではない、ルーシー家ならではの難しい性格の、別々の面をふたりは表すのだ、などということを語り合った。兄弟たちは会えば世間話に花を咲かせる。相手の頭の回転の良さを認め合っており、こんな話は、そこら辺の連中とはできないと思っていた。

ただ、幼いチャーリーには、トム伯父さんが不思議な存在に思えることもあった。伯父さんのいるときに、ピーターのところに遊びに行くのは嫌だった。伯父さんがいると、居間で相手をしなければならないからである。ただでさえその居間には、分厚い絨毯が敷きつめられ、マホガニーのサイドボードやごてごてと飾りのついた時計、キューピッドのついた金メッキの鏡などが置いてあって、どんな元気な子供でも気が滅入るようなところだったのである。赤いカーテンだけでも陰々滅々とする。しかもガラス戸のついたマホガニーの本棚が壁一面に据えられ、全集本が並んでいた。こんなにあったら、神父でもない限りとても読み切れない。『アイルランド史』、『ローマ法王史』、『ローマ帝国』、『ジョンソン伝』、『文学全集』。

神父の客間に足を踏み入れたときと同じようなおっかなさを感じさせる部屋だった。その居間に、伯父さんはぴたりとはまっていた。小柄で、華奢。神父みたいな黒っぽい服に、やつれた面長の黄色い顔。固く結んだ口元。小さな頭は額から禿げ、すずのフレームの眼鏡をかけていた。

伯父さんとの会話は、とにかく何のことかさっぱりわからなくて困るのだが、だからこそ記憶には残る。その中でもとくにあるときの話がいつまでもチャーリーの頭を離れなかった。それはまさに、古い本なんか読んでいると頭が変になるのだとこちらに思わせるような会話であった。チャーリーは馬鹿ではなかった。むしろ逆である。しかしチャーリーの中では、みみっちいずるさと徹底的な人の良さとが同じくらいの割合で混じっていて、それがある種の愛嬌をも生み出していたが、だからといって人の心の機微を読んだり、皮肉を解したりする能力などとは結びつくべくもなかった。

「やあ、チャリちゃん」チャーリーがその「老いぼれ子犬」を玄関の洋服掛けの脚につなぐと伯父さんが言った。「どうだい？」

「うん、まあまあ」チャーリーの口は重かった。（チャーリーは、「チャリちゃん」と呼ばれるのが嫌だったのだ。何となく女々しいから。）

「座りなさい、チャリちゃん」伯父さんはやさしく言った。「ピーターもすぐ来るから」

「いいよ」チャーリーは答えた。「老いぼれ子犬のことが気になるから」

「その言い方はな」伯父さんがいつものかすれた小声で言った。「……どこか変だ。ただ犬のことはよくわからんから、まあ、そういうものなんだろう」

「うん、そうだよ」とりあえず相槌を打っておけばいいやとばかりにチャーリーが言う。

「お父さんは元気か？」

「またお腹が悪いんだ」チャールズが答えた。「お腹以外はぴんぴんしてるんだけど」

「そりゃ、困ったな」伯父さんは重々しく言った。「でな、チャリちゃん」伯父さんは鳥のように頭を傾けた。「お父さんは俺のこと、何て言ってる？」

トム伯父さんはこうして実にずるく鎌をかけるのである。ベンだって悪い。たしかにその通り、「何か言ってる」わけだから。ただ、ベンの方は町でも一番賢い人とみなされていたし、トムがみんなから少し変だと思われていたのも確かなので、ベンに陰口をたたく権利がないとも言えなかった。チャーリーはじっと伯父さんを見つめた。みみっちいずるさと人の良さとが彼の中で争っていた。伯父さんは変な人ではあるが、心を開いている。それに答えなければ嫌な思いをさせる。勝利を収めたのは、人の良さの方だった。

「ちゃんとしないと、伯父さんはしまいには救貧院行きだって、さ」みんなにどんなことを言われているか知れば、伯父さんだって少しは気をつけるだろうとチャーリーは思ったのだ。

「そりゃ、お前の父さんの言うとおりだな」伯父さんはそう言うと、椅子から腰をあげて暖炉の前の炉床に立ち、背中で手を組んで短い足を広げた。「お父さんの言うとおりだ。な、チャリちゃん、世の中には二通りの人種がいるんだ。救貧院行きの運命の人間と、牢獄行きの運命の人間……「運命の《グラヴィテイト》」って言葉わかるか？」

「わかんない」チャーリーはそれほど後ろめたい様子も見せなかった。変な言葉だと思った。

「な、チャリちゃん、「運命の」っていうのは、そっちに引かれていくって意味なんだよ。「そっちに引かれていく」っていうのがどういう意味かはわかるよな！」

「わかんない」とチャーリー。

「わかった。じゃ、これが何かはわかるよな」伯父さんは笑顔になって、硬貨を一枚見せた。

「うん」チャーリーはようやく話の方向が見えてきて、気を取り直した。「タナー〔旧制度の六ペンス銀貨〕だ」

「タナーなんて言葉は知らんな」伯父さんはぴしゃりと言った。自分がどんなまずいことを言ったのかはよくわからなかったが、とにかく伯父さんは怒って硬貨をしまいそうになっていた。「ちゃんと六ペンス玉と言おう。お前の目は六ペンスの方に向いてる《グラヴィテイト》だろ」（チャーリーはそう言われてやばいと思い、すぐ伯父さんの方に目を向け変えた《グラヴィテイト》。）「それと同じでな、人間っていうのは牢獄に向かったり《グラヴィテイト》、救貧院に向かったり《グラヴィテイト》するものなんだ。ただ、ほんとに牢獄とか救貧院にまで辿りつくのはごく一部だ。伯父さんやお父さんにとってはそれでちょうどいいかもしれないな」低い声で、いかめしく伯父さんが言った。身体を前の方に揺らしながら、唇を固く結んでいる。「伯父さんの言ってること、少しでもわかるか」伯父さんは楽しそうな笑みを浮かべた。

「わかんない」とチャーリー。

「いいよ、いいよ」伯父さんは鷹揚に言った。「正直に男らしくするのはいいことだ。

さ、六ペンスはやるぞ」

ピーターと遊びに出かけながら、チャーリーは眉をひそめて、小声でしきりに「わけがわかんない、わかんない、とんでもない」とつぶやいていた。

2

大きくなるとピーターは弁護士になるための修業を始めた。チャーリーの方は、大家族だったこともあり、父と同じように役所に勤めることにした。成長したチャーリーはなかなかの男前で、角張って威厳のある色黒の顔に、分厚い下唇とたっぷりとある巻き毛とが特徴だった。ドッグレースと女の扱いでは右に出る者はいないという評判で、どちらについても相当なものらしかった。反りの合わない連中は彼のことを「ひねくれたくそ野郎」などと呼んだ。目敏い父親はチャーリーのそんな様子を見るにつけ、自分が単純すぎると思われているのではないかなどと心配したものである。

ふたりは変わらず仲良くしていた。ただ、ピーターは職場がアスラーにあったこともあり、チャーリーが馴染めないような人間たちとの付き合いが増えていった。持っている家具と食べる物と飲むワインとで、人の価値が値踏みされるような専門職の連中である。チャーリーからすると、そんなところに楽しみを得ようとするのは馬鹿馬鹿しいことだった。高いだけでおいしくもないものを食べ、取り澄ました会話を続けながら、今にもひっくり返りそうな小さいテーブルの間をうろうろするぐらいなら、他にいくらでも楽しいことがあるはずだった。でもチャーリーには謙虚なところもあり、ピーターがものを落っことしたり、「くそ」などと言ったりしないのはすごいと思っていた。ワインやコーヒーカップや古い本の話も、犬や馬の話と同じくらいたやすくピーターはこなすのだ。

ピーターが困ったことになったと聞いたときには、チャーリーは仰天した。最初にその話を聞いたのは、刑事のマッケシィからだった。ちょうど庁舎の外で挨拶したときだった。（そのあたりはチャーリーは父親と似ていた。誰にでもちゃんと挨拶する。）

「やあ、マット」庁舎の階段から大きい声をかけた。「逮捕したいのは僕かい？　それともオヤジ？」

「今日のところは放免してやるよ」マッケシィはそう言うと、自転車のフレームに腰をかけた。それからちょっと声を落としてチャーリーだけに聞こえるように、「お前の親戚でひとり、ちょっと話をしなきゃならないのがいるけどな」と言った。

「え、何だって?」何か変だと察したチャーリーは階段を駆け下りていった。(こういうところも父親そっくりである。)「ルーシー家の誰かがやばいことになったなんて言うんじゃないだろうな?」

「何だ、ピーターのこと聞いてないのか?」

「ピーター! ピーターがまずいことしたのか! 嘘だろ、マット?」

「嘘だと聞いたらほっとするのが、ピーターのお客の中にもたくさんいるさ」マッケシィは厳しい口調だった。「仲がいいから、知ってると思ったよ」

「そりゃ、仲はいいよ。うん」チャーリーは語気を強めた。「ほら、この間だってドッグレースで一緒だった。いつだっけ? この間の木曜? 何にも気がつかなかったけど、そう言われてみると、クルーンバローグの犬にたくさん札束をつぎ込んでたな。ダリーズの調教はだめだって言ったんだけどな」

マッケシィと別れた後、チャーリーの頭は完全に混乱していた。出納係の部署を奥に進んでいくと、父は自分の席で支払書にサインをしているところだった。グレーのツイードの帽子をかぶり、グレーのツイードの上下に、茶色のカーディガンという格好である。ずんぐりとした頑丈そうな体格で、胸が広く、太って浅黒い毛むくじゃらの顔に、切れ長のからかうような目。その目を細めてみせるのが常だった。鼻からも、耳からも毛。頬骨の張ったあたりにも毛が生え、小さなキャベツ畑みたいに見えた。

チャーリーがニュースを伝えても父は何も言わず、顎を撫でながら困った顔をしているだけだった。チャーリーはすぐさま伯父さんのところに行った。助手のクイルが店番をしていた。チャーリーはどんどん歩いていって勘定台を回り込み、試着室に入った。伯父さんは奥で、身体を丸めて探し物をしているところだった。チャーリーがやってくると、わざとらしい元気さですくっと立ち上がった。いつもの黒い服と皺だらけの黄色い顔のせいで、ユダヤの律法学者《ラビ》みたいに見えた。

「ピーターのこと、聞いたんだけどさ」チャーリーが切り出した。回りくどい作法は得意ではないのだ。

「悪い話はすぐ伝わるな、チャーリー」伯父さんは乾いた小声で言った。唇をぎゅっと結んでいたので、頬から口元へと皺が刻まれている。取り乱していて、いつものように「チャリちゃん」と呼ぶのも忘れている。

「いったいいくらかかわかる?」チャーリーが訊いた。

「わからない」伯父さんは辛そうな口振りだった。「自分のやらかした泥棒沙汰を俺に打ち明けるわけがないだろ」

「どうするのさ？」

「どうするって？」伯父さんの顔に浮かんだ苦悶の皺は、まるで政治家の演説みたいに言葉を一語一語句切る、荒っぽい断続的なしゃべり方と対照的だった。「俺がどうやってあの子を育てたか、お前だって見てただろ、チャリちゃん。ちゃんと教育だってしてやった。自分では望んでも得られなかったものを、あいつには与えてやった。立派な仕事も見つけてやった。だけどこれじゃあ、もう店にお客が来ても顔も出せやしない。俺に何ができるっていうんだ？」

「まあ、まあ、伯父さん、そりゃそうだけどさ」チャーリーはきっぱりと言った。「そんなこと言っててもしょうがないだろ。今、どうすればいいか、だよ」

「ピーターが人から預かった金を盗ったっていうのはほんとうなのか？」トムは大げさな口調で言った。

「うん。そうだ」どんな怖ろしいことを言われるかと伯父さんは待ち構えているようだったが、チャーリーの言い方には屈託がなかった。「僕だって毎月同じことをしている。ただ違うのは、取ったものを返すというだけさ」

「それから、あいつは男らしく罰を受けるかわりに、逃げ出したっていうのはほんとうか?」トムは、チャーリーの言葉には反応を示さずにつづけた。

「そうするしかないだろ?」チャーリーが逆に訊いた。罪を償うことの輝かしさなど、何とも思っていなかった。「そりゃあさ、二年間の重労働の刑だなんてわかったら、僕だって一目散に逃げ出すさ」

「俺のこと古いと思うかもしれないがな、チャリちゃん」伯父さんが言った。「俺はそんな風に育ったつもりもないし、あの子だって、そんな風に育てたつもりはない」

「だけど、そういう風に育って、こういうことになったんだ」チャーリーは鼻を鳴らした。「な、伯父さん、育ちのことをうんぬんするのもいいけど、そんなこと言ってても何の救いにもならない。ピーターはどうやら失敗した。誰だってそういうことはある。だけど、僕や他の友達に相談するかわりに、わけがわからなくなってギャンブルに飛びついたんだ。だってさあ、もっと偉い人だって、そういう風になることはあるじゃないか。いったいいくらなのか、わからないの?」

「わからないんだよ」

「ピーターがどこにいるかも?」

「母親が知ってる」

「父さんと話してみるよ。何かできるかもしれない。あんなクルーンバローグの犬にいれあげるヒマがあったら、木曜に会ったときに話してくれれば良かったのに！」

職場に戻ってみると、父は席で手を組みあわせパイプをくわえていた。難しげな顔で扉の方を見ている。

「どうした？」

「アスラーに行って、幹部のツーランと話してみようよ」チャーリーが言った。「いったいピーターがいくら借金を抱えているのか調べる。帳簿を見てもいい」

「そんなこと、父親ができないのか？」ベンが陰鬱な口調で訊いた。

「伯父さんにわかると思うの？」

「そりゃさ。あいつは昔からお勉強が好きだったじゃないか」ベンは短く言った。

「あのさあ」チャーリーが言う。「今、そんなこと言ってる場合じゃないだろ」

「あいつのうぬぼれが災いしたんだよ」ベンは苛立った口調で言うと、ズボンのポケットに手を突っ込んで部屋の中を行ったり来たりした。「いつも人のアラばかり探してた。お前がここに仕事を見つけたときも、コネだとか言う。そりゃな、あいつはコネなんか使わない。それでいて、今になって、コネに頼るんだ」

「わかったよ」チャーリーが諭すように言った。「でもさ、今は昔の恨みを晴らしてる場合じゃないんだ」

「誰が昔の恨みを晴らしてるというんだ?」父が怒って声をあげた。

「そうじゃないか」チャーリーが満足そうに言った。「ドアを開けようか? みんな筒抜けになるよ」

「誰も聞きやしないさ」父は落ち着きを取り戻して言った。チャーリーは父の気勢をそぐ術を知っていた。「別に昔の恨みを晴らそうとしてるわけじゃない。いつも言ってきたことをもう一度言うだけだ。あの子はもうだめだ」

「すぐ何かしてやらないと、もっとひどいことになるんだよ」チャーリーが言った。「アスラーに来てくれるだろ?」

「だめだ」

「どうして?」

「そういうことに手を貸したくはない。だから金がからむことは避けてきたんだ。どういうことになるか、わかってるんだ。お前のために言ってるんだぞ。金を失った奴っていうのは、狂犬みたいなもんだ。感謝なんかしてくれないし、うまくいかないことが出てきたら、ぜんぶこっちのせいにされる」

チャーリーが何を言っても父の気持ちを変えることはできなかった。チャーリーも馬鹿ではなかったので、父の言うことが正しいことはわかった。トムでは、ピーターを窮地から救い出すための微妙な駆け引きはこなせない。脅したり宥めたりが必要なのだ。家族の影響力を上手に使わなければならない。といって、チャーリーひとりで何かをしてやれるわけでもない。チャーリーは意気消沈して伯父さんのところに行き、事の成り行きを告げた。伯父さんは仕方ないという素振りで、何だかよくわかっていないようだった。

一週間後、外出先から仕事場に戻ってきたベンはたいへん動転していた。ドアをしっかりと閉めると、机越しにチャーリーの方に身を乗り出した。うつむいていた。しばらく言葉が出ない。

「どうしたの？」チャーリーが冷たく訊いた。

「大通りで伯父さんに無視された」父親は囁き声になっていた。

チャーリーはとりたてて慌てなかった。父と伯父さんとの間のつばぜり合いにはずっと付き合わされてきたのだ。だいたい、父のように友人も大勢いて顔のひろい人間にとって、周りの目がどういう意味を持つのか、チャーリーにはよくわからなかった。

「そうなんだ」チャーリーは驚きもせずに言った。「何かしたの？」

「ひょっとしたら、お前にも心あたりあるかなと思ったんだが」と父。帽子の下から、困った様子をのぞかせこちらを見ていた。

「まさか、ピーターについて父さんが言ったことじゃないよね？」チャーリーがほのめかした。

「それ、それかな」父が半信半疑の様子で飛びついてきた。「あのな、まさか、俺の言葉をそのまま伝えたりしてないだろうな？」

「そんなことするわけないだろ！」チャーリーは語気を強めて言った。「それくらいわかってると思ったよ。で、伯父さんに何て言ったの？」

「別に。お前に言ったことをまた言っただけだ」父はそう言うと窓のところに行って、外を見た。窓枠に寄りかかり、落ち着かない様子で縁をたたきはじめた。彼には、今まで自分が酒の席などで口にした何気ない言葉の端々が浮かんできた。今までトムと自分との間で交わされてきたのと何ら変わらない言葉。「あんなこと言うべきじゃなかったのはわかっている。だけど、後でそれが効いてくるなんてまさか思いもしなかった」

「伯父さんらしくないな」チャーリーが言った。「ふだんは、周りの人に何言われてもまったく構わないのに」

ただ、チャーリーにしても、ときにはこの気難しい伯父さんのことがまあ何とか理解できると思うこともあるのだが、こんどばかりは自分が抱かせた希望が、自分の父親が意地悪く粉砕したその希望が、伯父さんにとってどれほどのものだったか、まったく気づいていなかった。トム・ルーシーの頭はすっかり凝り固まっていた。思いこみに固まってしまったのだ。理想主義的な人とはいっても、ひとりよがりに陥ることだってあるし、自分がそうなっていることをわかっていたりもする。伯父さんはときには泥の中でも歩みを進めることができたが、今はもうどちらに進めばいいのか自分ではわからなかった。導きの手が必要なのである。いくらでも醜態をさらす覚悟があるというのに、それができなかった。今の伯父さんなら、泥棒にだって物乞いできるくらいだった。ピーターは名前を変えて空軍に入隊したのだった。これは何よりもこたえた。家の名前が消えたのだ。ピーターは家系をたどることに興味があって、どういうわけか知らないが、自分の家系がグロスターシャーのルーシー〔名家の方は Lucy で、チャーリーたちの家は Lucey と綴る。Lucy 家は古くから続く西イングランドの地主で、かつてトマス・ルーシー卿（一五三二―一六〇〇）がシェイクスピアを「鹿泥棒」の罪で告発したのが有名〕とつながっていると思いこんだのだ。これはすでに一種の死だった。

　もうひとつの死が訪れるのにも、そう時間はかからなかった。前と同じように最初にそれを聞きつけたのはチャーリーだった。父親に頼んでピーターの母親のミンにそのことを伝えに行ってもらい、自分は伯父さんに会いに行った。晴れた春の朝だった。店には伯父さんしかいなかった。勘定台に背を向け、棚のチェックをしていた。

「おはよう、チャリちゃん」肩越しにはつらつとした声を出した。「何かいいことあったか？」

「悪い知らせなんだ、伯父さん」チャーリーはそう答えると、勘定台から伯父さんの方に身を乗り出した。

「ピーターのことかな？」伯父さんは何気なさそうに言ったが、チャーリーには伯父さんがどきっとしているのがわかった。いつもなら「あの子」というところ、「ピーター」と言ったのだ。

「そうだよ」

「死んだ、のか？」

「死んだよ。伯父さん」

「そんなことになるんじゃないかと思ってた」伯父さんが言った。「あの子の魂に神様のお慈悲を！　……なあ、コン！」上着を着替えながら、伯父さんは店の奥に声をかけた。「店を閉めてくれ。上の棚に喪章がある。忌中のカードは机だ」

「どなたがお亡くなりになったんですか？」コン・クイルが訊いた。「まさかピーターが？」

「そうなんだ、コン。そうなんだよ」それからトムは傘をさげて急ぎ足で表に出た。歩いていく間、チャーリーとトムに話しかけてくる人がふたりほどいた。もうニュースは伝わっているのだ。

チャーリーは葬儀の手はずを整えなくてはならず、家に入る前に伯父さんをひとりにしなくてはならなかったから、家の中で起きることを防ぎようはなかった。とはいえ、彼がその場にいたところで、何が変わったとも言えなかった。ベンが駆けつけたところ、ミンはほとんど自失状態だった。ベンほど女性を介抱するのに不向きな人間はいないが、それでも枕くらいは用意し、足を椅子に載せたり膝掛けをかけたりしてやっていた。そこまで父親にできるとはチャーリーも思っていなかった。ミンにはブランデーの匂いがしていた。ベンは暗くした部屋を行ったり来たりし、ポケットに手を突っ込み帽子を目深にかぶったまま、飛行機の旅の恐ろしさなどについて語った。ミンのように繊細な女性の相手には自分は向かないとわかっていたから、トムが到着したときには、よくぞ来てくれたと思ったほどだった。

「トム、こんなことになるなんて」彼は言った。

「ああ、何てことなの！」ミンが声をあげた。「みんな、あの子が家族の恥だなんて言ったけど、それだって長続きしなかった」

「こんなことになったのがうちの子のひとりだったらまだ良かったと思うよ」ベンは興奮気味に言った。「神の前でもそう言える。うちにはそれでも二人残るけど、兄さんのところはあの子しかいなかった」

ベンはトムに手を差し出した。トムはその手に目をやるとベンを見やり、わざと自分の手を背中に回した。

「俺の手が握れないというのか？　トム」ベンは訴えかけるように言った。

「握れないね」トムは苦い顔をして言った。「握手はしない」

「ねえ、あなた、お願い」ミンが苦しみに満ちた笑顔を見せながらうめいた。「息子が亡くなったっていうのに」

ベンはがっかりして手をおろした。一瞬、トムに殴りかかりそうにも見えた。ベンにはかっとなりやすい、血の気の多いところがあった。

「そんな態度に出るとは思わなかったよ、トム」ベンはそう言って、必死に自分を抑えようとしていた。

「ベン」トムは自分の小さな肩をすくめてみせた。「お前はあの子が生きているときに侮辱したんだ。もうあの子は死んだんだから、放っておいてやってくれないかな」

「侮辱した?」ベンは怒気をこめた。「そんなことしてないぞ。よけいなことは言ったかもしれない。俺だってどうしていいかわからなかったんだ。俺にそういうところがあるのは兄さんも知ってるだろ。兄さんだって慌ててたじゃないか。兄さんだって、ひどいことは言った」

「それとこれとは違うんだ、ベン」トムはかすれ声で頑固に言った。「俺がそういうことを言ったのは、あの子を愛していたからだ。お前はあの子を嫌っていたから言った」

「嫌っていた?」ベンは信じられないという調子で言った。「ピーターをか? 気でも狂ったのか?」

「ピーターが名前を変えたのは、うちの名前じゃ立派さに欠けるとあの子が思ったからだと言っただろう」トムはコートの襟をつかみ、右に左にと身体を揺すっていた。「どうしてあの子が困っているときに、あんなけちで、あざけるような、卑怯なことを言ったんだ？」

「わかった。わかった」ベンがさえぎった。「あんなことを言ったのは悪かった。認めるよ。兄さんだってうちの連中のことをいろいろ言ったけど、別にそれをいちいち持ち出したりはしない」

「お前は、ピーターのことをわざわざ助けてやる気にはならないと言ったんだぞ」トムが言った。また口元をきゅっと結び頭をさげた。「なぜだと思う。な、ベン。教えてやるよ。お前はあの子のことが妬ましかったんだ」

「妬ましかった？」ベンが繰り返した。まるで別人と話しているようだった。とてもピーターのことを話しているとは思えない。トムの人格はすっかり変わってしまったかのようだった。

「あの子のことが妬ましかったんだ、ベン。自分の息子たちにはない育ちと教養とをあの子が身につけていたから、妬ましかった。だからと言って、お前の子供達をさげすむわけじゃないぞ。とんでもない。ただ、お前はあの子のすぐれたところを認めようとしなかったということだ」

「何てこと言うんだ！」ベンは怒りに震えていた。

「俺もピーターには厳しくしてしまった」トムはそう言うと、もう一歩そろそろと足を踏み出した。きっちりした気難しげな小声がいよいよ頑固そうになった。「俺はあの子に厳しくしてしまったし、お前はあの子を妬ましく思っていた。だから困ったことになったときも、あの子には誰も頼れる人間がいなかったんだ。な、ベン、せめて哀れみをかけるのはやめてくれ」

「もういいのよ、ベン、この人の言うことなんか聞かなくて」ミンがうめくように言った。「みんなわかってるわ。あなたがうちの子のこと、認めてないなんてことないって。この人いま、ふつうじゃないのよ」

「わかってるよ、ミン」ベンはそう言うと、懸命に気持ちを抑えていた。「兄さんは動転してるんだ。ただ、そんなこと言わなくてもいいのにな。そんな風に考えなくてもいいのに」

「どうかな、ベン。どうかな」トムは不機嫌そうに言った。

3

ルーシー家の紛争はこうして始まったのだった。そしてその後何年も、同じような状態が続くことになる。チャーリーは結婚し、子供もできた。伯父さんとは相変わらず仲が良く、しょっちゅう会いに行っていた。あの重苦しい居間で腰をおろし、伯父さんのお説をしかめっつらで聞いていたのである。子供の頃と同じで、伯父さんの言っていることはさっぱりわからない。何となくわかったのは、どうやらどの政党もいい加減だということ、この国のひどい状態なのは無教養でしつけの行き届いていない連中が外から押し寄せてきているせいだといったことだった。伯父さんは前にも増してユダヤの律法学者《ラビ》のように見えた。地方の町の変わり者にありがちなことだが、だんだんと妙な癖が際だってきて、まさに奇人そのものとなりつつあった。店に来たふつうのお客さんにやたらと小難しい質問を投げかけ、その意味を説明するのもだんだん面倒くさくなって、甘んじて変人として扱われることを受け入れるようになった。ある意味ではこれはベンにとっては都合が良かった。自分とトムとの仲違いも、彼の扱いにくさの表れの一つとして、鷹揚に冗談まじりに語ればすむのだから。

そうこうするうちに、ベンは病に倒れた。チャーリーの心労は倍増した。ベンほど厄介な病人はいなかった。死ぬかもしれないというのに、そのことがわかっていないし、病院に行こうともせず、母や娘に心配をかけた。六時には起きてお茶はまだだかとうろつきまわり、それから新聞と郵便とを待ちわびる。「ミック・ダガンは遅いじゃないか？ 途中でおしゃべりしてるからこんなに遅くなるんだ。九時半になっても郵便が届かないなんて！」。しかし、そのあとは一日、何もすることがない。晩になると役所の人が立ち寄って相手をし、庁舎でどんなことが起きているか教えてくれる。青と緑の花柄の壁紙を張った、天上の低い細長い部屋にあるのは、ベッド脇のテーブルと戸棚、聖書からの絵が三、四枚壁に掛かっているだけだった。ベンの気持ちはこうしたものには向かっていなかった。気になるのは外の世界だった。みんなの知らない用事で行ったり来たりしている。これはとても辛かった。まわりの人間が言うほど、自分の状態が悪いとも思えなかった。それで医者のせいにしてみたり、薬を調合する薬剤師のせいにしてみたり。そういえばひどい間違いがあったなどと、過去の事件を思い起こしたりするのである。そしてベッドに横たわりながら、年金の額をあれこれ計算したりする、チャーリーは毎晩、見舞いに行った。父は伯父さんのことはあまり口にしなかったが、心のどこかでいつも諍いのことを気にしているのはわかった。ベンはどうしていいのかわからなかった。人を恨むということが理解できないのだった。チャーリーは、自分もまたこのことで責められるのだなとわかった。父の話はすぐ病気のことになるのだ。誰かがどこかでヘマをしたに違いない、正しい言葉が伝わるべき所に届かなかった、間違った情報が行った、などなど。だいたいチャーリーこそトムといっつも一緒にいるのだから、責任がある、という。ベンには、物事にはどうしようもないこともあるのだということが受け入れられないのだ。ある晩、それがはっきりした。

「伯父さんのところに行ったのか?」ベンが訊いた。

「行ったよ」チャーリーはうなずいた。「ここへ来る途中で寄った」

「俺のことを何か言ってたか?」ベンは横目でこちらをうかがうようにして訊いてきた。

「うん。言ってた」チャーリーは驚いた風だった。「伯父さんだってそれくらいするよ。わかってやりなよ。僕が毎日寄るのだって、ひとつにはそれがあるからさ。伯父さんだって、気にしてるんだよ」

しかし、チャーリーにも、父が訊きたいのがそんなことでないことはわかっていた。

父が訊きたいのは次のようなことだ。「お前は正しい言葉を伝えたのか？　俺がどれだけ弱っているかをちゃんと伝えたか？　それとも誤解を与えるようなことを言ったのか？　俺が回復したとでも思わせたのではないか？」こういうことはうまくやらなければならないのだ。自分がチャーリーの立場だったら、見事にやっただろう。

「ここに来るとか何とか言ってなかった？」ベンはわざと軽い調子で言った。

「いや」チャーリーは思い出す風を装った。「言わなかったと思う」

「糞くらえだ！」父が突然、辛辣さをこめて言った。チャーリーは愕然とした。父がこんな風に本音を口にするのを聞くのは初めてだった。いよいよ長くないのだ、と思った。

「たしかにさ」チャーリーは神経を高ぶらせながら片方の踵を蹴っていた。「伯父さんは変わってるよ。変な人だ！」

「な、チャーリー」父親がせがんできた。「あいつに言ってくれないか。だっておかしいじゃないか。そう思うだろ？」

「うん」チャーリーはそう言って、髪の毛をかきむしった。「だけどね、あのさ、それはできないよ」

「まあ、そうだよな」父親はがっかりした様子だった。「お前にとっては、そんなこと言わない方がいいものな」

チャーリーは父親が店のことを考えているのがわかった。このまま行けば、あの店はチャーリーのものになる。チャーリーは立ち上がって暖炉の前に立った。恰幅のいい、顔立ちの整った男が、すっかりしょげていた。

「そんなことは関係ないよ」チャーリーが言った。「おかしなことになったら、あんな店いつでも放棄できるさ。伯父さんから何かもらおうなんて思ってるわけじゃない。ただね、僕、伯父さんとはそういう話はできそうにないんだよ。今晩にでもパディをやって、言ってもらうからさ」

「うん、そうしてくれ」父親はわかったという風にうなずいた。「それがいい。それから、ジュリーにウィスキーを持ってくるように言ってくれ。グラスをふたつとな。お前も飲むか？」

「いや」

「いいじゃないか。飲めよ。ジュリーに持ってこさせよう」

チャーリーは弟のパディの家に寄り、トムのところに行ってもうベンの最期が近いことを伝えるように頼んだ。パディはやさしい、性格の良い少年で、チャーリーと同じくお人好しだったが、よけいな気を回すようなところはなかった。

「わかったよ」パディは引き受けた。「だけど、どうして自分で行かないの？　兄さんの言うことなら聞くだろ」

「それはな、パディ」チャーリーは弟の腕に手をおいて囁くように言った。「もし伯父さんが嫌だと言ったら、僕は伯父さんを傷つけることになるかもしれないからだ」

「だけど、嫌だとは言わないだろ」パディは困った様子だった。

「嫌だとは言わないと思う」チャーリーは沈んだ調子で言った。「わかってるさ」

チャーリーにはわかっていたのだ。翌日の午後、帰り道に寄ってみると、母とジュリーがチャーリーのことを待っていた。大騒ぎになっていた。パディはけんもほろろに断られていたのだ。女たちの騒ぎぶりは周りにも飛び火した。考えてみると、ここに来る途中にみんながじろじろこちらを見ていた。チャーリー・ルーシーがどういう行動をとるべきか、酒場でも話題になっていた。他人のことは放っておけよと言っても無駄だった。チャーリーはやにわに女たちに罵りの言葉を吐くと、二段飛ばしで階段を駆け上った。父親は窓に背を向けて横たわっていた。ウィスキーはまだ昨晩と同じところに置かれたままだった。その光景の方が、父親の失望ぶりよりもよほどこたえた。

「あまり調子良くないみたいだね？」チャーリーはかすれた声で言った。

「ああ、良くない」ベンはシーツから顔を覗かせた。「パディは何と言ってる？」気になるようだった。

「え、ということは、何も言ってこないの？」チャーリーはわざと驚いた風に言ってみせた。

「パディじゃだめなんだよ」父親は落胆したように言った。そしてベッドの上で辛そうに寝返りを打ったが、まだチャーリーの方は見なかった。「そりゃ、あいつじゃ、うまく言えないさ。な、チャーリー」父が弱々しい声でつづけた。「俺がピーターのことを話したとき、お前もいただろ？」

「ピーターのこと？」チャーリーはびっくりして声をあげた。

「いただろ。いたよな」父親はしつこく言った。窓の方に目をやっていた。「そうだ。あの話をしたのはお前だ。お前はアスラーに行って帳簿を調べると言った。それで俺が、何か問題が生じたら、非難されるのはお前の方だと諌めたんだ。それだけだろう？」

チャーリーにははじめ何のことかわからなかった。どうやら父親は、ベッドで延々とひとり病に苦しみながら、あのときのことを何度も思い出していたのだ。いったい何がいけなかったのだろうと考えながら。チャーリーには父親がこれまでにも増して、遠くに行ってしまったように感じられた。父の言ったことなどチャーリーには思い出せなかった。伯父さんだってたぶん、思い出せないだろう。

「何かあてこすりくらいは言ったかもしれない」父が言った。「でもそんなのはいつものことだ。あいつだって俺にそういうことを言った。それだけのことじゃないか?」

「意味のない言葉だよ」チャーリーも相づちを打った。

「それで思ったんだよ」父がここではじめてチャーリーと目を合わせてきた。「誰かが陥れようとしたんだ。この町にはそんな奴がたくさんいる。お前があいつにそう言えば、わかってくれるさ」

「わかった、わかった、言うよ」チャーリーは言った。もう、うんざりしていた。「今日、会いに行くから」

チャーリーは伯父さんのあまりのわがままぶりを呪いながら出掛けていった。町中がヒステリー状態で、チャーリーひとりに大きなプレッシャーがかけられていた。ついにチャーリーも自分がそれに感染したのがわかった。兄弟姉妹も、町なかで買い物する人達も、チャーリーが伯父さんに何らかの釈明を求めるべきだと思っていた。そして、もしそれがなされないなら、伯父さんを見捨てるべきだという。今こそ誰もが立場をはっきりさせねばならない時なのだった。チャーリーにだってそれができることは本人もわかっていた。

ドアを開けたのはミンだった。目を赤くはらし、涙のあとが見える。息にはブランデーの匂いがした。ミンもまたおかしくなりかけていた。

「お父さんはどう?」ミンは涙声だった。

「だいぶ悪いよ、伯母さん」チャーリーはドアマットで靴の汚れを落としながら言うと、ミンの脇を通り過ぎた。「今晩もたないだろう」

チャーリーの声を聞いて、伯父さんが居間のドアを開けた。出てきてチャーリーの手を取り、中に引き入れた。ミンもついてきた。伯父さんは手を放そうとしなかった。まるで女性のようにチャーリーの手に自分の指を弱々しく走らせる仕草に、伯父さんが取り乱していることがうかがわれた。

「何てこった、チャリちゃん」伯父さんが言った。

「ほんとに」ひとこと言葉を口にするや、自分の中のヒステリーめいた苛立ちが収まり、すべてをわかってやれるような憐れみの情がわき起こってくるのをチャーリーは感じた。「僕がどうして来たか、わかるだろ?」

伯父さんは手を放した。

「わかるよ、チャリちゃん」そう言うと、しゃきっと背を伸ばした。ふたりとも遠回しにものを言うというタイプではなかった。

「死に目に会いに来てくれるだろ」チャーリーが言った。これは問いではなかった。

「チャリちゃん」伯父さんはいつものように独特のやり方で口元をきゅっと結んでいた。「俺はどっちつかずの態度を取ったり、ずるずる先延ばしにするつもりはない。行かないと言ったら行かないんだ」

最後の言葉は怒ったような言い方になった。ミンが声をあげて泣き出した。

「何か言ってやってよ、チャーリー! もうたくさんよ。こんなことじゃ、一生人前に出られないわよ」

「言うまでもないことだけどな、チャーリー」伯父さんはほとんど悪魔的なまでの、勝ち誇った口調で言った。「そんなことは一向に構わない」

「わかったよ」チャーリーは気持ちをこめて言った。その目は依然として、皺だらけの年老いた顔の、尖ってほとんど透き通って見える鼻を見つめていた。「僕が今まで父さんと伯父さんのことに干渉したことはなかったよね。どんなもめ事があっても、父さんの味方をしたことはなかった。別に伯父さんから何かせしめようなんて思ってたわけでもない」

伯父さんは興奮のあまり笑みを浮かべた。自然に生まれた笑みではなかった。そこには愛情と傲慢さが混じっている。自分がいとも簡単にだまされることもあるのだということがわかっていない、理想主義者ならではの傲慢さだった。

「そんなことは考えたこともないよ」伯父さんは声を張り上げた。「一度もない。お前だってそんなことは考えてない」

「でね、伯父さんは前に同じことをやって、後悔しただろ」

「そうだ、ひどく後悔した」

「自分の子供に対して犯した間違いを、また自分の弟に対してするの?」

「忘れたわけじゃないさ、チャリちゃん」伯父さんが言った。「昨日や今日のことじゃない。いつも頭にあった」

「それに、伯父さんだって、父さんのことがどうでもいいというわけじゃないじゃないか」チャーリーは容赦なくつづけた。「父さんのことを愛してないわけじゃないんだよ。父さんはベッドで伯父さんのことを待ってるんだよ。昨日の夜、使いをよこしたのに、伯父さんはついに来なかった。父さんはベッドのわきにウィスキーとグラスをふたつ置いて待ってたんだ。父さんが求めてるのは、許してやる、という伯父さんの言葉だけなんだ……ね、伯父さん、頼むよ」チャーリーの中で激しい感情がまき起こって、声が叫びになった。「父さんのことはいい。何より、伯父さん、自分で自分に何をしてるのかわかってるの？」

「わかってるよ、チャリちゃん」伯父さんは冷たく、神経の立った声になった。「それだってわかってる。お前が言うように、お父さんのことが嫌いなわけじゃない。許してないわけじゃないんだ。あいつの言ったことなんて、ひどいことだったけど、とっくの昔に許してる。ただな、チャーリー、あのとき誓ったんだ。これからどんなに長生きしようと、二度とお前の父さんの手を親しみをこめて握ることはしまいと。こんな厚かましいこと言って、この瞬間に神様が天罰を下して俺があの世行きになったとしても、俺は考えを変えるつもりはない。な、チャリちゃん、それが俺のやり方なんだよ」伯父さんはコートの襟を摑みながらさらに言った。「今まで、こうと決めたことは必ずやった。

こんどもそうだ」

「何てこと言うのよ」ミンが声をあげた。「ケダモノだって、もっと情があるわよ」

「いつかお前には、このことを謝らなければならないと思う」伯父さんはミンには答えずに言った。

「そんなことはいいよ、伯父さん」チャーリーはてらいのない、神妙な口調で言った。

「伯父さんが謝らなきゃならないのは、自分に対してだよ」

ドアのところでチャーリーは立ち止まった。今振り返ったら、ピーターが自分の後ろに立っているのが見えるだろうという気がした。伯父さんがこんなつまらない意地を張るのも、息子の供養のために自分ができるのがそれだけだと思っていたからだった。死んだ従兄弟のピーターが、自分と伯父さんの間に立っている。ほんの一瞬チャーリーは、ピーターにとりすがって何とかしてくれと言いたくなった。だけど、霊魂だの何だのというのは、チャーリーは苦手なのだった。現実界だけで充分厄介なのだから。チャーリーはゆっくり家路についた。もうたくさんだという思いだった。

法は何にも勝る

ダン・ブライド爺さんがちょうど暖炉にくべるための薪を割っているときに、小道から足音が聞こえてきた。ダンは膝に若木の束を載せたまま手を休めた。

母親が何とか生きている間はずっと、ダンがその面倒を見ていた。母親が亡くなってからは、この家にはひとりとして女が足を踏み入れたことはない。室内の様子にはそれがありありと表れていた。家にあるものはどれもダンが自分の手で、自分のやり方で、こしらえたものばかりだった。椅子の座面は丸太を切っただけで、鋸の切り痕もなまなましく、ざらついて、太く、まるみをおびている。長年にわたって目の粗いズボンの尻で汚されすりへらされてもなお、年輪ははっきり見えていた。これにダンは隆々とした瘤を持つトネリコの太い枝を差し、脚や背もたれにしていた。松のテーブルは店で買ったのだが、何と言っても母親から受け継いだものだから、触れるとぐらつくようになってしまった今も、ダンにしてみると大切な宝物だった。壁には唐突に、額にも入れられずハエの染みのついたマーカス・ストーン〔イギリスの画家。一八四〇―一九二一〕の版画が下がっていた。扉の脇には競馬の絵をあしらったカレンダー。扉の上に掛かっている銃は古いがものは良く、ちゃんと手入れもされていた。暖炉の前には年取った猟犬が寝そべり、ダンが立ち上がるか、身動きするだけでも物欲しげに頭をあげる。

犬はまさにこのとき、足音が近づいてくるのを聞いて頭をあげた。そしてダンが若木の束を下に置き、ズボンの尻で用心深く手をぬぐうと、大きく吠えた。と言ってもこれは、自分がちゃんと番をしていることを示そうとしただけなのである。この犬はもう半分人間みたいなものだから、老いた自分にたいしたことはできないと人間が考えていることくらい、わかっていたのだった。

半扉から太陽の光が差しこみ、長方形に埃が浮き上がって見えた。ダンが振り向く前にそこに人の影が現れた。

「ひとりかい、ダン?」すまなそうな声だった。

「ああ、どうぞ、どうぞ、巡査。入ってくれ」ダンはそう言うと、ややおぼつかない足取りでドアのところまで行った。背の高い警官がノブを回して入ってきた。半分は日だまりに、半分は陰の中に立っている。こうして見ると、室内の暗さが際立った。彼の赤ら顔のちょうど半面に光があたり、その背後ではトネリコの木が空に向かって黄緑色の枝を広げていた。所々に赤茶色の岩が点在する牧草地の斜面が下へと続き、その向こうには視線の届く限り満々と水をたたえた海が、光を浴びてほとんど透明に輝きながら広がっていた。巡査の顔は丸々として生気にあふれていた。台所の薄暗がりの中から現れた老人の顔は風と太陽の色を映したが、そこには時間や大地、水、風、火といった自然の諸要素との奮闘の痕が深々と刻みこまれ、まるで岩の表面のように見えたかもしれない。

「やあ、ダン」警官が言った。「若返ったみたいだな」

「中年に戻ってるだけだ、せいぜい中年だ」老人は同意し、警官の言ったことを褒め言葉として受け取りつつも、彼のたしなみとして調子に乗るつもりはなかった。「調子はいいよ」

「そりゃいい。調子悪いなんて言ったって、誰も信じやしないさ。その年寄り犬も、相変わらず元気そうじゃないか」

犬は低い唸り声を出し、まるで警官が自分の年齢について失礼な言い方をしたことに腹を立てているようにも見えたが、実はこの犬は自分のことを何か言われると必ず唸り声をあげるのだった。人間が自分のことを話題にするときはろくなことを言わないと思いこんでいるようである。

「あんたはどうなんだい、巡査」

「まあ、他の連中と同じで、ぼちぼちってところだな。あちこちガタは来てるけど、どうにかこうにかやってるよ」

「奥さんはどうだい？　家族は？」

「おかげさんで元気だよ。みんな一月ほど留守にしてたんだ。クレアにいる女房の母親の家に遊びに行ってた」

「クレアだって？」

「クレアだ。おかげでゆっくりできたよ」

ダンはあたりを見回してから寝室に行き、古いシャツを取ってきた。それで暖炉の前にあった椅子の座面と背もたれを丁寧にぬぐった。

「座ってくれ、巡査。ここまで来るだけでくたびれただろう。あの道は随分あるから。どうやって来たんだい」

「テーグ・レアリィに乗せてもらった。ダン、いいから、どうぞ構わないでくれよ。すぐ帰るから。一時間で戻ると言ってあるんだ」

「そんなに急がなくてもいいだろう」ダンが言った。「やっと火をおこそうっていうのに、もう帰り支度かい」

「あれ、お茶をいれてくれてるのか」

「いれるって、別にあんたのためじゃない。自分で飲みたいんだ。もちろんあんたにも付き合ってもらうつもりだがな」

「なあ、ダン、ゆっくりしたいけどさ、ついさっき署で休んだばかりなんだ」

「まあまあ、いいじゃないか。うまいものがあるんだよ」

ダンがずっしりしたヤカンを火の上の鎖に掛けると、犬がちんちんをして耳をふりながら好奇心を露わにした。警官は上着《チュニック》のボタンを外すと肩からのベルトをゆるめ、胸ポケットからパイプと刻みタバコを取り出した。そしてゆったりと座って足を組むと、ポケットナイフで少しずつ慎重にタバコを刻みはじめた。ダンは食器棚のところに行き、きれいな模様のついた紅茶カップをふたつ取り出した。彼の持っているカップはこれで全部。欠けていて取っ手もなかったけれど、ほんとうに特別なときにしか使わない。ダンは実は、お茶は椀から飲む方が好きだった。カップを見ると、しばらく使ってなかったせいで、狭い室内をいつももうもうと舞っている細かい白い泥炭からの埃がたまっていた。またシャツの出番だった。悠々と袖をまくりあげ、それでカップをぴかぴかに磨き上げた。それから彼は身をかがめ食器棚をあける。中には二パイントほどの色の薄い液体があった。大事にとってあったのが一目瞭然だった。ダンはコルクを開け、匂いをかいでみた。しばしそこで考えにふけり、まるで以前にどこでその独特のスモーキーな香りを嗅いだかを思い出そうとするかのようである。それから納得した様子で、立ち上がり、惜しみなく中身を注いだ。

「飲んでみな」どうだと言わんばかりだった。

合法でない酒を飲むことが気にかかっていたとしても、巡査はそんな素振りはつゆほども見せず、カップの中をじっと見つめ、匂いを嗅ぎ、ダンの方に顔をあげた。

「良さそうだな」と言う。

「そのはずだ」ダンはいちいち謙遜したりせずに言った。

「いい味だ」と巡査。

「ま、それほどでもないさ」あまり自画自賛になるのも何だ、という口調だった。「たいしたことはないさ」

「あんたなら本物の味がわかるものな」巡査が皮肉などこめずに言った。

「今みたいになってからは……」ダンは客人の所属している組織が施行している法律

がおかしい、とあからさまに文句を言うのは避けたつもりだった。「酒の味が変わった」

「そうらしいな」巡査が思いにふけるように言った。「詳しい人が言ってたが、前とはぜんぜん違うって」

「酒はな……」老人が言う。「時間がかかるものなんだ。横着していいものができた試しはない」

「まさに熟練の技術だな」

「そうだ」

「熟練の技術には時間がかかる」

「それから知識だ」ダンが力をこめた。「どんな技にも秘訣がある。酒造りの秘訣は昔の歌が忘れ去られたのと同じように失われてる。俺が子供の頃はここじゃ、百やそこらの歌をそらんじてるのが当たり前だった。ところがみんなあっちこっちに移動して、歌も忘れられていった……こんなふうになってからはな」抑えた口調でつづけた。「みんなあちこち駆けずり回ってるから、昔ながらの秘訣がどんどんなくなる」

「すごい力があったんだろうな」

「もちろん。だいたい今のウィスキー職人の誰がヒースからウィスキーを造る方法を知ってるか？」

「ヒースから造ってたのか？」巡査が訊いた。

「そうだ」

「飲んだことあるのか？」

「ない。でも、俺の知り合いの年寄りで飲んだことのある人はいた。今のウィスキーとは比べものにならない味だったそうだよ」

「へえ。法律で酒造りにとやかく口出しするなんて、とんでもない間違いじゃないかと俺も思うことがあるよ」

ダンは首を振った。目で巡査の言ったことに応えたが、自宅に招き入れた客人の仕事を公然と口に出して批判するような真似をするつもりはなかった。

「まあ、どうかな」口を濁した。

「そうだよ。だって金がない連中には酒しかないんだから」

「まあ、法律を作る側にはそれなりのわけがあるんだろ」

「でもさ、ダン、それにしてもあの法律はきつすぎる」

巡査の方も、なるべく相手を立てようとしていた。老人がそうやって自分の上司と自分たちのおかしなやり方を弁護しようとするのをそのまま受け入れるほど、巡査は図々しくはなかった。

「とにかく秘訣が失われるのが残念なんだ」ダンは話題にけりをつけようとしていた。「死ぬ人間がいれば、生まれる人間もいる。誰かが干拓しているかと思えば、誰かが耕してる。だけどいったん失われた秘訣はもうそれきりだ」

「そのとおり」巡査は悲しそうに言った。「それきりだ」

ダンは自分のカップをとりあげ、ドアの脇のバケツに貯めてあったきれいな水ですすぐとシャツでぬぐい、そっと巡査の肘のところに置いた。それから食器戸棚から水差しに入ったミルクと砂糖の入った青い袋を取り出す。さらに田舎風のバター。客が来ることがわかっていたことを思わせる、手回しの良さだった。丸い手作りパンは焼き立てで、切れ目も入っていない。ヤカンが音をたて始め、湯が噴きこぼれた。犬が耳を振り立てながらヤカンに向かって吠え立てた。

「あっち行け、こいつ」ダンが声をあげて犬を蹴飛ばした。

紅茶が入り、ダンが二つのカップに注いだ。巡査は自分でパンを切り、分厚くバターを塗った。

「薬みたいなもんさ」老人がさっきの話題を蒸し返した。年寄りならではの、泰然自若とした感じがあった。「秘訣はみんな失われた。今じゃ、医者だって、昔の秘訣を知ってる賢者だって、同じようなものだなんて言う奴はいやしない」

「どういうことだ?」巡査は口いっぱいにパンを頬張っていた。

「昔だったら、医者と賢者のどちらをみんなが頼りにしているかで、秘訣がどれだけ大事にされてるかわかったものさ」

「誰も医者のところには行かなかったっていうんだろう?」

「そのとおり。どうしてだかわかるか?」老人は外の世界をすべて見渡すようにしながら言った。「すぐそこの丘にはどんな病気だって治す薬があるんだ。そう書いてある」親指でテーブルを叩いた。「詩人がそう書いたんだ。「病気あるところに、治療法あり」とな。でもみんな丘を登ったり降りたりしても、目に入っているのは花だけだ。花だぞ! まるで神さまがさ、——神に栄光あれだよ、ほんとに——変わり映えのしない花を咲かせるしか能がなかったみたいだよ」

「医者に治せないものを、賢者が治すんだ」巡査が相づちを打った。

「まったく、俺にはわかるんだ」ダンが苦々しそうに言った。「俺にはわかる。頭でわかるんじゃない、この骨身に沁みてわかってるんだ」

「まだリューマチが痛むのか？」巡査は驚いた様子だった。

「ああ。キティ・オハラ、谷間のノラ・マリー、あんたらが生きてたらなあ。そうしたら、山とか海からの風が辛いなんてこともなかっただろうに。あの青だのピンクだの黄色だので塗りたくられた藪医者の診療所に、縁起の悪い赤い券を持ってへこへこお参りするなんてこともなかっただろうに」

「ならさ」巡査は言った。「薬をもらってきてやるよ」

「薬なんかじゃ、治りゃしない」

「そんなことない。やってみなきゃわからないだろ。うちの叔父さんだって、あんまりひどくて、大工にのこぎりで両脚を切り落として欲しいなんて叫んでたけど、良くなったんだ」

「治るんなら五十ポンドでも払うさ」ダンが大げさな言い方をした。「五百ポンドでもいい」

巡査は紅茶の残りを一息に飲み干すと、ごちそうさま、と言ってマッチを擦った。が、老人の問いかけに答えつつ、そのマッチの火が燃え尽きるにまかせている。二本目、三本目とマッチを擦ったがやはり同じように燃やしてしまう。まるでそうやって先延ばしにすることで、タバコを楽しむ気持ちを盛り上げようとしているかのようだった。ようやくパイプに火が点されると、ふたりは椅子を引き寄せて灰の中につま先をならべ、深い煙の中で、語ったかと思うと長い沈黙にひたったりしつつ、タバコを味わった。

「あ、すっかりお邪魔してしまって」長居しすぎたことにはっと気づいたかのように巡査が言った。

「お邪魔なんてことはないさ」

「迷惑だったら言ってくれ。人の時間を無駄にすることだけはしたくないんだ」

「一晩中こうしていてくれても、何の問題もない」

「しゃべるのは楽しい」巡査が打ち明けるように言った。

それからふたりはまた話に夢中になった。日差しは強くなり、色を帯び、台所の反対側へと移動してから陰り始め、やがて金色がかった光へと変わった。台所がひんやりとした灰色に沈んだ。食器棚のカップや鉢や皿には冷たい光があたっている。トネリコの木からツグミの鳴き声が聞こえてきた。炉は次第に明るくなり、夕闇の中で暖かそうな、深紅の輝きをちらちらと見せるようになった。

巡査が立っていとまを告げる頃には外もかなり暗くなっていた。彼は肩からのベルトを結び直し上着《チュニック》のボタンをかけると、注意深く服のパン屑を払った。帽子をかぶると、前後左右に少しよろめいた。

「いやいや、よくしゃべったな」巡査が言った。

「楽しかった」ダンが言う。「ほんとに」

「薬は必ず持ってくるから」

「神のお使いとしては、たいへんだな」

「じゃあ、これで」

「ごきげんよう。気をつけて」

ダンは扉の外まで見送りに出ることはしなかった。いつもの暖炉の前の椅子に腰をおろし、ふたたびパイプを取り出して感慨深げに息を吸ってみた。そして前に乗り出してパイプの火をつけるための小枝を取ろうとしたところで、足音が戻ってくるのを聞いた。巡査だった。老人は半扉の方に少し首を伸ばした。

「あのさ、ダン」巡査がやさしい口調で呼びかけてきた。

「何だい」ダンはふり返って答えたが、手は依然として枝を取ろうとしている。彼からは巡査の顔は見えなかった。声だけが聞こえる。

「例のあのちょっとばかりの罰金を払ってくれるつもりはないんだろうな、ダン」しばしの沈黙が流れた。ダンは火のついた枝を取り上げるとゆっくり立ち上がり、扉の方によろめきながら歩いていった。パイプにはもうほとんどタバコの葉がのこっていなかったが、そこに枝を突き入れた。半扉に身をもたせる。巡査は両手をポケットに突っ込み、小道の方に目をやっていたが、水平線もしっかり視界には入っている。

「そういうわけで」ダンは感情をこめずに言った。「そのつもりはない」

「そうだと思った。きっと払わないだろうなと思ったよ」

長い沈黙だった。その間にツグミの声はより甲高く、より楽しげになっていった。すでに沈んだ太陽が下から、風の通り道よりも上に高く浮かんだ紫色の雲の層を照らしていた。

「そういうわけだから」巡査が言う。「俺もここに来たわけだ」

「そうじゃないかと思ってた。そうかなと思った、あんたがそこから出ていくときに」

「金が払えないっていうだけのことなら、何とかしてくれる人はいくらでもいる」

「そんなことはわかってる。金がないとかそういうことじゃない。それよりも、払ったことであいつにざまあみろと思われるのが嫌なんだ。あいつは俺を怒らせた」

巡査はこのことについては何も言わなかった。ふたりともしばらく何も言わなかった。

「逮捕状が出てる」巡査がついに言った。そんな杓子定規で愛想のない書類と自分とは何の関係もないと言わんばかりの口調だった。

「あ、そうか」ダンは声をあげた。まるで当局の無神経さにびっくりしたかのように。

「だから、都合がいいときでいいから」

「そういうことなら」提案を持ち出すように言った。「行くのは今でもいい」

「まさか。こんな時間にか」巡査はとんでもないとばかりに手を振ってみせた。その言い方の通り、よせ、ということだった。

「明日でもいい」ダンが言う。歩み寄りだった。

「今がいいのか？」巡査が訊いた。声に緊迫感がこもっていた。

「実を言うとな」老人は語気を強めた。「一番いいのは、金曜の夜、夕飯の後だ。町にちょっと用事がある。ついでがある方がいいからな」

「金曜で何の支障もない」巡査はこの厄介な問題がほぼ片付いてほっとしたというように言った。「いずれにしても、待たせてやればいいんだ。都合のいいときに自分で出頭して、俺に言われたって言ってくれればいい」

「あんたに来てもらった方がいいんだけどな、巡査。もしそれで具合が悪いということがないなら。でないと、どうもやりにくそうな気がするんだよ」

「そんな風に考えることはないよ。同じ教区出身の人間がいるから。看守をしてるウェランっていうんだ。その男を呼びだしてもらえばいい。あらかじめ彼には言っておくよ。俺の友達だってわかったら、きっとすごく大事にしてくれる。我が家にいるみたいな気分になるさ」

「それはいいな」ダンは安心したように言った。「仲良くしてくれる人間がいないとな」

「大丈夫、心配するな。じゃあな、ダン、こんどこそさよならだ。急がなきゃ」

「待ってくれ。道まで送るから」

ふたりの男はならんで小道を歩いていった。ダンはいい年をした自分がどうして同じく年取った人間の頭をかち割るなんてひどいことをしたか、そのせいでその男が病院行きになるほどのことになってしまったわけだが、そもそもその被害者の失礼な口振りが事の発端なのに、その怪我のために金を払ってやっていい気にさせるなんてことをなぜしたくないか、といったことを説明した。

「な、巡査」ダンは丘の上に建つもう一軒の小さな家に目をやりながら言った。「あいつは今、あそこにいる。きっとあいつはぼんやりかすんでおぼつかない、にじんだような目で、頑張ってこちらを見ようとしているはずだ。これで俺が罰金を払ったら、奴は大喜びだ。だけど俺はあいつをぎゃふんと言わせてやりたいんだ。板の上に寝てやる。あいつのために苦しんでやるんだ、巡査。そうすればあいつも、それからあいつの孫や子も、みっともなくて顔もあげられないって目に遭わせてやれるだろ」

その次の金曜日、ダンはロバとタバコの用意を整えて出発した。途中、近所の人たちがさよならを言いがてらついてきた。丘の頂上までくると彼は立ち止まり、ここでいい、と言った。日溜まりの中に腰をおろしていた老人が慌てて家の中に戻り、まもなくその扉が静かに閉められた。

皆と握手をしてしまうと、ダンは年取ったロバに鞭をくれ、「どう」と叫び、ひとりで刑務所への道を歩きだした。

汽車の中で

1

「もう」巡査部長の夫人が言った。「急がせるんだから」

「俺は汽車の時間には間に合うようにしたいんだ」巡査部長は、今までさんざん自分の生き方の方針を説明してきたはずだといわんばかりの平然とした口調で応じた。

「もっとゆっくり帽子を見る時間があったのに」夫人が言う。

巡査部長はため息をつき新聞をひろげた。彼女は暗いプラットフォームに目をやった。ところどころ弱い明かりが灯り、その下をさまざまな顔が、束の間光を受けては再び闇に沈みながら通り過ぎる。売り子の服を着た少年が雑誌やチョコレートを台に載せて行ったり来たりしていた。プラットフォームの先の方では、酔っぱらった男が友人たちの見送りを受けていた。

「マイケル・オリーリィは大好きだよ」男が声をあげた。「こんなに裏表のない奴はいない」

「また何もない生活だわ」巡査部長の夫人がしみじみ言った。「ほんと何もない。話し相手もいない。目の前にあるのは湿地と山と雨だけ。年がら年中雨ばかり！　それに人間ときたら！　こっちの人たちは素晴らしかったわね」

巡査部長は相変わらず新聞に目を落としたままだった。

「ほんの数日間だったけど、天国みたいだった。ほんとにみんなおもしろい。ボイルさんて、何てすてきな顔なんだろうと思ったわ。それにあの声――ぞくぞくする」

巡査部長は新聞を置き、ひさしつきの帽子をとって脇の席に載せるとパイプに火をつけた。パイプを扱う様は昔ながらで、仰々しかった。マッチの火に、まるで眠たげな猫のように心地よさそうに目を細めている。夫人は通り過ぎるすべての顔をじっくり見つめた。彼女にとっては人生とは顔と人と物、とにかくそれだけなのだ。

「まったく」彼女はまた言った。「あたしには何もないわ。修道院で教育を受けて、ピアノも弾ける。父は文学に詳しかった。それなのに、あたしの付き合っているのは最低の人たちばかり。せめて村じゃなくて、まともな町に住んでたらね！」

「まあ」巡査部長が言った。しきりにパイプを吹かしながら間をおいた。「運が良ければ、近いうちに異動があるかもな」。しかし確信があるわけでもなさそうだった。彼の方は、まったく満ち足りた気分なのだ。パイプを吹かしながら新聞を読み、もうすぐ家に帰り着くというのだから。

「マグナーとその一味ね」警官が四人改札を通り過ぎると、夫人が言った。「邪魔しないでくれるといいけどね……あらこんにちは、こんにちは、みんな楽しかった？」彼女は急に愛想をつくろって呼びかけた。不機嫌そうにしていた元気のなさそうな顔に血の気が通い、生き生きとしている。警官たちは笑顔を見せ、帽子に手をやって会釈したが、立ち止まりはしなかった。

「挨拶くらいしていけばいいのにね」夫人はきつい言い方をした。また退屈と失望に満ち満ちた今までの表情に逆戻りだった。「もうデランシーをお茶になんか呼ばないわ。他の人たちはまだ何とかしようって気があるけど、デランシーときたらどうしようもない。あたしが笑って「デランシーさん、バターナイフお使いになる？」って言っても、もじゃもじゃの眉の下からこっちに嫌そうな視線をよこして、何の躊躇もなく「結構です」って言うだけなんだから」

「デランシーはがさつな奴だからな」巡査部長は愛情をこめて言った。

「そうよ。でもね、それだけじゃ済まないのよ、ジョナサン。がさつだろうと、がさつでなかろうと、ちゃんとしようっていう気がないと。まだ若いのよ。せめてディナージャケットくらい手に入れないと。ディナージャケットひとつ着ないような人に、奥さんなんてくるのかしら？」

「まあ、呑気なんだよ。ウォーターフォードの農場をあてにしてるんだ」

「まあ、農場、農場、農場なの。じゃ、農場さえ手に入れれば奥さんはおまけ程度の子でいいわけね？」

「聞くところによると、おまけはおまけだけど、とてもいい子だそうだ」

「農家は、おまけでもけっこういい子がついてくるみたいね」と彼女は言い、生気のない額をしかめてみせたが、夫には皮肉は通じなかったようだった。

「ほんとだよ。その通り」彼は熱をこめて言った。

「あらあら」夫人が意地悪な調子で言う。「あたしたちのすてきなご近所さんたちよ」

弱いランプの灯の下に農家の一団がやってきた。都会で見るようなタイプではなく、山奥や海沿いにいるような人たちだ。ごつごつして、動作は荒っぽく、顔も不格好。仕立ての悪い服は独特だった。女たちは薄い茶色のショールに身を包み、男たちは黒の麦わら帽子《ソンブレロ》をかぶって大きい杖を持っている。落ちつきない様子で車内に乗りこみ、あたりかまわず笑い、声をあげた。自分たちがなじんでいる自然とあまりに一体化しているので、ほんのひとときまるで岩や藪や沼、泥炭の山や海などがそこに現れ出たかのように思えた。

巡査部長の夫人は開いた車窓からとりすましたお辞儀をした。

「こんにちは、こんにちは」彼女は声をあげた。「楽しかった?」

ちょうどそのとき車内ががたんと揺れ、たくさんの人が乗り込んできた。騒がしい農家の人たちも一緒に押し流される格好になった。それから数分。人波もようやく絶えつつあった。ポーターが扉を閉めはじめた。酔っぱらった男の声が興奮のためにひときわ大きくなった。

「オリーリィにはまずかなわない」彼は宣言した。「マイケル・オリーリィのためなら死んだっていい」

それから、ちょうど汽車が出発しようというときに茶色いショールを身にまとった若い女が急ぎ足で改札を抜けてきた。目まで隠すショールで口元を覆い、表に出ているのは高く細い鼻と、その両脇にちらりとのぞく白い肌だけだった。ショールの下に大きな荷物を持っていた。

女は慌てて周りを見回した。ポーターが女に声をかけ、一番近い車室《コンパートメント》〔各車室には、直接外へ通じるドアがある〕の方に促した。ちょうど巡査部長とその夫人のいる車室だった。ポーターがノブをつかむと、巡査部長の夫人が立ち上がって叫んだ。

「早くなさい、早く」彼女は大きな声で言った。「あら、誰かと思ったら！　あの人が乗ってくるわよ、ジョナサン！　ねえ、ジョナサン！」

巡査部長は幅広の赤ら顔に驚きを浮かべて立ち上がった。ポーターはドアを開け放ち、もう一方の手で女の肘をとっていた。が、巡査部長の驚愕した顔を目にすると女は後ずさりし、ポーターの手を振り払ってプラットフォームのさらに先にむけ大あわてで駆け出した。機関車がうなりをあげた。ポーターが舌打ちしながらドアを閉める。別の車室のドアが開き、閉まった。居並んだ見送りの人たちは別れを告げるさまも微動だにしない彫像のようで、ときには灯に照らされ、ときには影に沈みながら静かに窓の向こうに過ぎ去っていった。石炭の煙の立ちこめた息苦しい車内に、外の空気が流れこんだ。

2

四人の警官たちは別の車室に腰をおろし、タバコに火をつけた。

「デランシーもかわいそうに」マグナーがはばかりのない笑い声をあげた。「してやられてるよな」

「降参だよ」フォックスも同意した。「あの女を見たときのこいつの顔を見たか？」

デランシーは穏やかな笑みを浮かべた。背の高い、目鼻立ちの整った黒髪の若者で、巡査部長の夫人が言うように、眉毛が濃かった。まだ新人で、やさしさと田舎くさいぎこちなさとが混じっていた。

「ああ、やられたさ」しゃがれ声でデランシーが言った。「言っちゃなんだけど、俺は人を憎んだことなんかない。でも、あの女の顔だけは耐えられないんだ」

「おいおい、ほんとかよ」マグナーが驚いてみせる。

「そうだよ。あの女は神様が俺のことをこらしめようと思って遣わしたに違いないんだ」

「まったくな」フォーリーが言った。「どうして巡査部長があの女と一緒にいられるのか、ほんと謎だ。自分の名前がただのジョンなのに、いちいちジョナサンなんて仰々しく呼ぶ女がいたら、俺は十四日と、それから一カ月間、四旬節のキリストよろしく断食してやるよ」〔イエス・キリストは四十日間断食したとされる。日曜日をのぞくと、だいたい一カ月と二週間になる〕

四人はこうしていつものお気に入りの話題に飛びつき、一時間以上はそれで時間をつぶしていた。みな巡査部長の奥さんが嫌いで、いかに彼女がひどい人間であるかをそれぞれ例をあげて語るのである。あらためてわかったのは、巡査部長の奥さんがどうしようもない悪口屋で、ゴシップをふりまいては人の仲を裂くような人だということだった。自分のことで大騒ぎするだけでなく、周りの人にもすぐちょっかいを出す。彼らがそんな話に夢中になっているうちに、汽車は闇に沈んだ平原を走っていく。まさにアイルランドの中心だった。月のない夜の闇に、炎から吹き出る火の粉のようにして小さな家々の窓が飛び去っていく。明かりを灯した列車のぼんやりした影が、楽しそうに飛び跳ねながら生け垣や野を越えていく。マグナーが窓をしめると、とたんに車内には煙が立ちこめてきた。

「ファランクレーシトからよそに行かない限りは、あの女も落ち着かないだろうな」マグナーが言った。

「ざまあみろだ」デランシーがくぐもった声で言った。

「お前はどうだったんだ、ダン、町は？」マグナーが訊いた。

「そりゃな」デランシーは急に明るい表情になった。「良かったよ。都会にはすごい活気があるから」

「まあ、お前さんの勝手だがな」フォリーは腹のあたりで手を組み合わせていた。

「何だよ。何がいけない？」

「俺は今のままがいい」

「だけど、生き生きするじゃないか」

「何が生き生きだよ。いつも人の目があるんだぞ、それこそ生きた心地もしない。裁判に出廷してた連中を見ろよ」

「そうだ、そうだ」フォックスも相づちを打つ。

「ま、そう。そうだな」デランシーが言った。「でも連中、いろんなおもしろい経験もしてるだろ」

「おもしろい経験？」

「昨日の裁判でもさ、ある巡査部長がこんなことがあったと話してくれたんだ。埠頭の近くの屋根裏部屋で、一人暮らしの身よりのない婆さんが死んだ。で、巡査部長がいったん職場に戻って報告するまでの間、新人の警官に番をさせておいた。簡単なことだよ。ネズミが来たらドアをけっ飛ばして追っ払えばいいだけだ」

「もういいよ。もういい」フォーリーが声をあげた。

「まあ待て。聞けよ。これからがあるんだから、な」デランシーが言い返した。「その警官、ろうそくを灯して十分もそこにいた頃かな、階段の入り口のドアが開き出したんだ。「誰だ?」警官は言った。答えはなくて、でも、ドアはさらに開く。それから彼は思わず笑い声をあげた。何だ猫じゃないか。「おい、猫や」彼は呼びかけた。「こっちにおいで」それからふと目をあげて、ぞっとしたんだ。もう一匹猫が入ってきた。「出てけ!」そう言っておどかした。でも、また一匹、それから一匹と猫が入ってきやがる。それで警官はびびっちまって思わずろうそくを落っことしたんだ。そうしたら猫どもが、きーきーぎゃーぎゃー騒ぎ出して、もう完全にわけがわからなくなった。それで階段を駆け下りたのはいいけど、猫を踏んづけて頭から落っこちた。何かを掴もうとしたら、それがまた猫で、ツメで顔を引っ掻かれた。警官はその後三週間も仕事を休んだそうだ」

「そいつはまさにおもしろい経験って奴だな」フォーリーは抑えた調子で言った。

「だろ?」デランシーは勢いこんで言った。「ファランクレーシトにいたら、そんなことといつまでたっても起こりゃしない」

「そこがファランクレーシトのいいところじゃないか」マグナーが言った。「昼だろうと夜だろうと、帽子をかぶって一杯やりにいけるっていうのは、ほんと気楽だろ」

「そうだな」フォリーが言った。「それと十年もやってて一番ひどい事件でも、せいぜい政治がらみのいさかいだからな」

「まあ、どうかな」デランシーが夢見るようにため息をついた。「あーあ。刑事法廷っていうのはいいよな」

「へ、証言台に立ってそんなに楽しかったかよ」フォーリーがなじるように言った。

「そりゃまあ」デランシーはうなだれた。「冷や汗ものだったよ」

「目をつぶってたぞ」マグナーが言った。「ぶん殴られるかとびくついてる子供みたいだった」

「でもさ」デランシーが言う。「さっきの巡査部長だけどさ、あの人が言うには、慣れたらカードゲームでもやってるようなものだってさ。判事とも堂々とやり合えるようになる」

「そうかもな」マグナーが言った。

タバコの煙の充満する車内は静かだった。列車はがたがた揺れながらアイルランドを駆け抜ける。車室の四人はそれぞれ夜更けの軽妙なやり取りに思うところがあった。証言台に立った者ならではの感慨。判事がいま目の前にいたら、自分はどんな風に話すだろうと考えてみるのだ。ふと顔をあげると、ドアの向こうに太った赤ら顔が見えた。すぐに引っ込む。

「すいませんが、こちらは私の車両ですかね」酔っぱらったおどおどした声が聞こえてきた。

「違うよ。別のとこだよ！」マグナーがぴしゃりと言った。

「こんなに立派なものが列車にあるかというくらい、きれいな車両だったんだけど」酔っぱらった男は身体をこちらに傾けながら言った。「きれいな車両だったのに、どこかにいっちまった」

「もっと先だろ」デランシーが言う。

「お話を邪魔してごめんなさいね、みなさん」

「はいはい、いいよ」

「どうにも悲しくてね。たった今、大親友と別れてきたところなんですよ。生きているうちにあいつとまた会えるかどうかは神のみぞ知るだ(ここで男は敬虔そうに山高帽をとり、首の後ろをすべらせて床に落とした）。おやすみなさいな、みなさん。ありがとうな。ご親切、ありがとう」

酔漢がずるずると音をたてて廊下を歩いていくと、デランシーが笑った。ずっと黙りこくっていたフォックスが、さっきの話題にまた戻った。

「冷や汗ものだったのはデランシーだけじゃないさ」フォックスが言った。

「そうだな」フォーリーも同意した。「巡査部長だって、少し震えてたよ」

「すごい震えてた。毒の入ってたマグカップを確かめるときも震えてた。机に置くときなんか、カップがたがた揺れたものな」

「いやいや、参ったよ」デランシーが言った。「一番驚いたのはあのとんでもない建物模型だよ。あれだけは耐えられなかった。まるで本物そっくりなんだから。表はちょっと芝が生えてて、裏はがたついたよろい戸がぶら下がってる。あれを見るとファランクレーシトの路地に戻った気になる。で、顔をあげてみると、鬘《かつら》をかぶったやせた奴（裁判官は鬘をかぶっている）が俺を指さしてるというわけだ」

「まあさ」フォーリーが気を取り直して言った。「明日の今頃は、ネッド・アイヴァーズの奥でビールを傾けてるさ」

デランシーは頭を振った。夢見るような笑みが、色黒の顔に浮かんだ。

「あのさ」と切り出した。「あそこはほんとに小さい村だよ。ファランクレーシトは。小さくて、息がつまりそうになる。何もおもしろいことはないし、代わり映えもしない」廊下に巡査部長がやってくると、デランシーが明るい顔になった。

「おっと巡査部長だ」彼は言った。

「ジュリエッタとふたりじゃ、うんざりするさ」マグナーが意地悪そうに囁いた。

ドアが押し開けられ巡査部長が入ってきた。上着《チュニック》の襟のボタンを外していた。隅の席に腰をおろし足を組んで、デランシーが差し出したタバコを受け取った。

「おい、みんな」巡査部長が言った。「一杯やりたいな」

「あれ、びっくりしたなあ」フォーリーが言った。「ちょうどそのことを話してたところだったんですよ」

「あのな、ピーター。前から思ってたんだが」と巡査部長。「俺達はどうやら「同時発生的渇望」を感じるみたいだな」

3

村人たちはおとなしくなった。くたびれきっていたのだ。ケンディロンはときどきうつらうつらしていたが、血圧が高いため、しばらくすると息づかいが荒く苦しげになり、ついに鼾《いびき》をかき始めたと思うとはっと目をさまし、目を見開いて不機嫌そうな顔になった。静けさの中で雨が屋根を叩くのが聞こえてくる。闇を映す窓ガラスにきらきらと水が流れ、しずくが下に落ちた。モール・モーアは顔をしかめていた。下唇が突き出している。がさつな女で、大きくて、ごつごつして、馬力のありそうな顔をしていた。目を閉じた他のふたりは頭まできっちり茶色いショールを巻いていたが、モールのショールは肩までで、胸の上の隙間には燃えるような赤い色が見えていた。

「まだ着かないのか?」ケンディロンは不機嫌そうに訊いた。うとうとしかけるのはいつものことだが、今ははっきり目覚めていた。

モールがにらみつけた。

「まだだよ。まだまだ。慌てなさんな」

「うちのことなんだ」ケンディロンが唸るように言った。

「うちのことってね」モールが真似してみせる。「あんた、わざわざ窓に板張って、門に有刺鉄線巻いたんだろ」

「お前は留守を頼む人間がいるからいいよ」ケンディロンは怒った声になった。女のひとりが小さく笑い、ショールの中で痩せた無邪気な顔の向きを変えた。「笑ったのはね」女は弁解するように言った。「ティム・ドーヤーがこの一週間、オートミールを煮てたってことを考えたからだよ」

「ベッドの用意をしたりね」もうひとりの女が加わってきた。「子供の顔を洗ったりね！　ああ神様、あの人、頭が変になってるよ」

「そうね」モールが言った。「で、あのひとのニワトリがセード・ケンディロンの家の屋根と一緒にどこかに行っちまうんだよ」

「俺の家の屋根だって？」ケンディロンが言った。

「そうだよ」

「俺の家の屋根はしっかりしてるぞ」むきになっていた。「俺の家の屋根はな、お前さんたちが結婚してから今まで住んだどの家の屋根よりもしっかりしてるぞ」

「ああ、まったく」モールがため息まじりに言った。「この三時間ずっと、あんたみたいな人のお相手とはね。うちの旦那の方がずっとまし」

「ショーンのことを褒めるなんて、珍しいじゃないか」女のひとりが言った。

「あの人には悪いことしてるんだよ」モールは悔いるように言った。「ほんとに。悪いことしたんだ。神様の前で。みんなの前で」

ちょうどこのとき、さっきの酔っぱらいが車室のドアを開けて、悲しそうな顔をしたまま、そこにいる人々の顔を見渡した。

「あいつがいないな」がっかりした風だった。

「誰のこと、旦那」他の連中に目配せしながらモールが訊いた。

「俺がいた車両を探してるんだ」酔っぱらいは悲愴な威厳を見せていた。「何をしやがったのかわからないけど、どこにもないんだ。この国の鉄道はもうだめだぞ」

「あのね、そんなことで困ってるんだったら、ここに座ったらどう？」モールが訊いた。「ずっとここにいたら、まともな男が恋しくなっちゃったよ」

「それはかたじけない」酔っぱらいはきちんとした言い方になった。「だけど、車両だけじゃなくてな。連れがいないんだ。一人ぼっちなんだ。今夜、親友と別れて来たところでな。で、やっと慰めてくれる女をみつけたと思ったら、ふと見るといないんだ。どこに行っちまったのか、神のみぞ知るだ」

そうして大げさな身振りでドアを閉めると、酔っぱらいは先へと進んでいった。車室の人々は身を起こして目を白黒させていた。車室には男たちのパイプの煙が充満し、重苦しい空気には毛織物と泥炭の煙の匂いとが混じっていた。彼らの衣類のすみずみまで泥炭の煙の甘くぴりっとするような香りがしみこんでいるのだ。

「すごい雨ね」女のひとりが言った。「帰り道はびしょ濡れかしら」

「真夜中になっても着かないわね」と別の女。

「朝も晩もないだろ、みんなどうせ起きてるさ。今晩だってもう、ファランクレーシトじゃ、その話でもちきりだよ」

「みんな夜通し、話しこんでるだろ」

「ああ、ファランクレーシト、ファランクレーシト」痩せた顔の若い女が声をあげた。そのすさんだ顔つきににわかに変化が生まれた。「ファランクレーシトの上に空が広ってさえいれば、イングランドの女王とだって入れ替わりたいとは思わないさ！」

そして突然ファランクレーシトが、そのむき出しの湿地と、背後にひかえる丸みを帯びた山が、そして小さな白い家々と、炎に焼き尽くされた巨大な都市の廃墟のように村を見せる要塞じみた黒々とした泥炭の山とが、みなの心にいっせいに浮かび上がった。隅に座っていた老人が、縁の欠けた陶製パイプから煙を吐きながら、杖で床を打った。

「ところでさ」ケンディロンが声を潜ませた。「あの女も、どの面さげて帰ってくる気だろうな」

「ほんとだ」女のひとりが相槌を打った。

「すぐどっかに引っ越すだろな」ケンディロンが訳知り顔で言う。

「あんたが追っ払う、そういうことだよね？」モールが丁寧すぎるほど丁寧な言い方で言った。

「他に誰もやらないなら、俺がやるさ。あんな女に、まともなところに住む権利はないだろ？」

「追い出すのか、追い出すのね」別の女がそうこなくちゃとばかりに言った。「誰もあの人の家になんか行かないさ」

「いったい何のためにあたしたち、あんな嘘をついたんだかね」モールは不愉快そうに、ケンディロンにあてこすりを言った。「セード・ケンディロンはあそこで、白を黒と言いくるめるような証言をしたってわけね」

「他にどうしようがあるんだ、え？　うちの一族からたれこみ屋が出た試しはないんだ」

かにさせた。

「そりゃ驚いたね」モールが恨みがましく言うと、老人は三、四回、杖で床を叩いて静
どだった」

「わしたちはみんな自分なりの嘘をついたわけじゃ」老人が言った。「それも、ちゃんとだ。誰よりもうまかったのはモールだ。本人も信じてるんじゃないかと思わされるほ
で笑った。

「ほんとのこと言うと、もう少しで信じるところだった」そう言って、モールは大声
「これまで生きてきて、いろんなことが変わってしまった」老人はそう言いながら首を振った。「こんどのことは、今までのどれよりも大きな変わり目じゃ」

一同が静まりかえった。みなの目に深い敬意が表れていた。老人は咳払いをしてから唾を吐いた。

「何が変わったの？　コーム」モールが言った。

「うちの教区から出た女があんなことする日が来るなんて、今まで思ってみたことある奴はおるか？」

「ない、ない」

「でも土地欲しさなら」

「あるかも」

「金欲しさとか?」

「金ならな」

「たしかに金かもしれん。金欲しさで、人を殺すことだってあるわな。土地欲しさで、人を殺すことだってある。だけどこれは何だ? 何かが変わりつつあるんじゃ。世の中が豊かになって、人は欲張りになってしまった。子供の頃、田舎じゃ、獲物を捕まえると六等分したものじゃ。六分の一を自分でとって、あとはご近所さんにやった。魚を捕ったときもそうだ。人間は昔からずっとそうしてきたんじゃ。だが、この変わりようはどうしたことじゃ! 昔みたいに貧しくもないし、善良でもないし、人に分け与える気持ちもなければ、強い心もないときてる」

「激しさもなくなったしね」モールはケンディロンに棘のある視線を投げた。「何より、男たちが情けないんだよ」

ドアが開き、マグナー、デランシーと巡査部長とが入ってきた。マグナーはもう酔っていた。

「おお、ここにいたか、モール」彼は言った。「お前は一番ひどい、一番ふてぶてしい、一番小ずるい嘘つきだ。お前のせいで俺は昇進しそこなった。でもな、いいよ、『コーリーン・ダース・ルー』〔曲名。ゲール語で「かわいい子ちゃんが毛をむしる」〕を歌ってくれたらぜんぶ赦してやる」

4

「俺は寂しいよ」酔っぱらった男が言った。「帰っても誰も待っていてくれるわけじゃない」

「俺の親友とさ」男はつづけた。「親友とお別れしたんだ。マイケル・オリーリィほど、裏表のない奴はいないんだ。あんたがマイケルのことを知らないなんて残念だ。マイケルがあんたのことを知らないのも残念。だけど、ひどいよな。誰かになぐさめてもらおうと思ってたのに、ちょっとあっちを向いてる間にあんた、いなくなっちまった」

男は重々しいやり方で女のあごの下に手をあて、その顔を灯りの方に向けさせた。もう一方の手で頰を撫でる。

「きれいな顔だ」男はあがめるように言った。「きれいだ。だけどそれより何より、あんたにはきれいな心がある。目を見ればわかる。あんたはきれいな人だ。ひとつだけ、頼みを聞いてくれ。別れる前にひとつだけ聞いて欲しい頼みがあるんだ」

男は身をかがめて女にキスをした。それから再び落っことした山高帽を拾って前後逆さまに頭に載せ、書類ケースを手にとって出て行った。

女はひとりで座った。風でショールがほどける。その下に女は明るい青のブラウスを着ていた。車内は寒く、外に見える夜は黒々と陰鬱で、彼女の内側で何かがぎゅっと締まってその命の火を押し潰さんとしていた。前日に起きたことを、今まで百回も繰り返し頭に浮かべてきたというのに、いよいよ負けてしまいそうだった。延々と被告席に座らせられ、長ったらしい質問を浴びせられたかと思うと意味不明の演説があり、それから陪審員たちが戻ってくるまでさらに長いこと独房で待たされた。看守長が階段から厳しい口調で声をかけてきて、女の看守が手鏡をちらっとのぞいてから自分を前に押し出したときの、死ぬかと思うほどの怖気を、彼女は今また、感じていた。陪審員たちの、無表情の顔が見える。女はひとり立ちすくみ、震えながらショールを顔からのけ、空気を吸い込んだ。祈ろうと思ったが、神経ばかりが荒く立ち、言葉は呑まれ出てこなかった。口の端に祈りの言葉がかろうじて残ったが激しく揺れ動いていて捕らえることもできず、口に出すには至らなかった。

「ヘレナ・マギールは無罪とします」え、どういうこと？　死ぬの？　生きるの？　わからなかった。「静粛に！　静粛に！」誰も何も言っていないのに、廷吏が声を荒げていた。「他に告訴すべきことは？」投げやりな声だった。「被告を釈放する」「静粛に！」また廷吏が叫んだ。看守長が被告席の扉を開けると、彼女は駆け出した。階段まで行って追いかけてくる者がいるかどうか振り返ってみた。警官がドアを開けてくれていた。薄暗い、石を敷き詰めた湿った廊下に出た。女は立ちすくんだ。使い古したショールが顔に巻きつけられていた。人々が出てくる。先頭に立ったのは背の高い若い女で、まるで空気の上を歩いているかのようなうっとりした表情を浮かべていた。女を見ると若い女は立ち止まり、手を振り上げるような仕草を自然とした。まるで彼女に触れるように、抱きしめるように。若い女のこの様子、この夢遊病者のような足取りで、女は我に返ったのだった……

しかし、その記憶はもはや心地良いものとしては感じられず、彼女の中ではあいかわらず何かがぎゅっと絞られていく。孤独と、恥と、恐怖とで彼女は窒息しそうだった。女は激しくつぶやき始めた。もうがらがらになった汽車が途中駅にひとつひとつ停車していった。ときどき大西洋からの強い風が、汽車を転覆させせんばかりに吹きつけてきた。

ドアが押し開けられ、モールが入ってきた。背中にショールをたらしている。

「みんな前の方にいるんだよ。来ない？」

「ううん、行けないわ」

「どうしたんだい？　誰のこと気にしてるの？　セード・ケンディロンのこと？」

「ううん、ここにいる」

「これ飲んでみな」モールはショールの中をさぐり、水みたいに薄い色の酒の入った瓶を取り出した。「待って、マグナーが何て言ったと思う！　あいつ、とんでもない奴だよ。「今まで酒を飲んだことあるのか、モール？」だって。「たぶんね」って言ってやったらさ、「何だった？」って言うのさ。「どうせろくでもないもんだろ、さっさとそれに洗礼名をつけてやれ、ウィスキーって呼ぶことにしろ」だってさ」

女は瓶を受け取り、口をつけた。飲むと身体が震えた。

「いい飲みっぷりね」モールはよしとばかりに言った。

すると廊下からやかましい声が聞こえてきた。モールはあわてて瓶を取り、ショールの下に隠した。が、何のことはない、入ってきたのはマグナーと巡査部長とデランシーだった。そのあとから、農家の女たちがふたりくすくす笑いながらついてきた。マグナーが手を差し出した。

「ヘレナ」マグナーが言った。「お祝いを言おう」

女は彼の手をとり、引きつった笑みを浮かべた。

「こんどは捕まえるからな」とマグナー。

「え、何のことですか?」

「別に。あんたは賢い女だ。たいした女だ。認めてやるよ。俺たちに目くらましを喰わせた」

「毒っていうのはだいたい見つけ出すのは簡単なんだ。だけど今回はうまくいかなかった」興味津々という様子を隠しもせずに巡査部長が言った。

「あら、まあ。私のことでみんないろいろ言いますからね!」女は甲高い声で笑った。

「言ってやれ」マグナーが言った。「この人があんたにできることはもう何もない。あんたには誰も手が出せない。判事みたいなものだ。昨日の夜、陪審員が判決文を持って戻ってきたときに、あんたは被告席でこう言っても良かったんだ。「みなさん間違ってます。あたしはやったんですよ。手に入れた場所はこれこれです。あの人に毒を盛ったのは、あの人が年取って、汚らしいし、意地悪でケチだからです。あたしがやりました。

やって良かったと思います」ってな。これ、全部言ったとしても、誰もあんたに指一本触れることはできなかった」

「ほんとに、そんなことまで言えるのかしら」

「言えるさ」

「法律っていうのはたいしたもんだよ」巡査部長が言った。こちらも少し酔っていた。「こうして国の金でゆったりとくつろいでいられる。でもほんの二、三字の短い単語ひとつで、マウントジョイ刑務所行きだったんだ。縄でしばられあの世送りになるために」

そこにいた女のひとりが身を震わせた。ヘレナはすさんだ表情の顔をあげた。

「神の御意思ですから」と言う。

「モール・モーアが言ったことは全部嘘っぱちだ」マグナーが応じた。

「神の御意思ですから」

「罪のない者も、何人も処刑されてきた」巡査部長が言った。

「それでも、それでも、神の御意思なんです」

「あたらしいブラウスね、ヘレナ」女のひとりがうらやましそうに言った。

「昨日、埠頭の店で見つけたの」

「いくら？」

「おい」マグナーが叫んだ。唖然として女を見つめている。「あんたが思いついたのはその程度のことなのか？　祭壇で跪いて懺悔するべきだったんじゃないのか」

「跪きましたよ」女はむっとして答えた。

「女ってやつは！」マグナーはうんざりしたように言った。モールに目配せすると、ふたりで隣の車室に移った。しかし、隣の車室の様子は廊下のガラスにはっきりと映っていた。青ざめた警官が身を震わせながら酒瓶を口にし、大きく息を吐いている。ブラウスのことを言った若い女が笑った。

「裁判のおかげで一日分の仕事ができたでしょうよ」

「どういうことだ？」巡査部長が訊いた。

「ダン・キャンティなら、あんたたちがあっち向いてる間に密造酒をたくさん造るのよ」

「ダン・キャンティは捕まえる」巡査部長は断固とした口調で言った。

「ヘレナを捕まえたみたいにね」

「きっと捕まえるからな」時計を見ながら言った。「もう十五分くらいで着く。席に帰った方がいいな」

マグナーが隣の車室から戻ると、他の警官が立ち上がった。巡査部長は襟のボタンをとめ、肩からのベルトを締め直した。身体が揺れ、マグナーはドア枠を摑んだ。細くて整ったその好色そうな顔に甘ったるい笑いが浮かんだ。

「ま、御婦人方、お休みなさい」巡査部長が上品に言った。「私も、こういう結果になって良かったたって思ってるから」

「お休み、ヘレナ」マグナーが言った。低くお辞儀をしてから、早足で歩いていった。

「ファランクレーシトには今頃、お幸せな男がいるだろうな」

「もういいから、ジョー」巡査部長がやめさせようとした。

「お幸せな男だ」マグナーはしつこく繰り返した。「やっとそいつの番だ」

「お前、酔ってるよ」デランシーが言う。

「そいつが欲しかったんだろ」マグナーが重々しく言った。「あんたの家族は、あんたがそいつと一緒になるのを許そうとしなかった。でも、これでやっと手に入る」

「キャディ・ドリスコルのこと？」女はにわかに怒りにかられ、鋭く言い返した。マグナーの方に身を乗り出す。ショールはしっかり頭に巻かれている。

「誰だっていいだろ。これでそいつは、あんたのものだ」

「あの人は何でもないわ。海の水ほどの意味もない」

警官たちがまず出て行き、女たちがつづいた。モール・モーアは声をあげて笑っていた。女はひとりになった。窓の外に小さな家々が、濡れたむき出しの岩を越え、波打ち際まで広がっているのが見える。彼女の中の命の火が、小さな一点というところまで細っていた。彼女を捕らえ、奮い立たせ、それから脇へと放り出した、あの力は何だったのだろうとつくづく思った。

「何でもないのよ」女は鏡に映った自分の像に向かって抑揚のない声で言った。「あたしにとっては海の水と変わらない」

マイケルの妻

1

その駅には——と言っても待避線と小屋くらいのものだが——駅長と彼のほかには誰もいなかった。駅長が帽子を取り替えるのを見て、彼は立ち上がった。遠くから水際に沿って甲高い汽笛の音が近づいてきて、いかにも足取りを緩めるようなゆったりした雰囲気で汽車が煙を吐きながら視界に現れた。

五、六人の乗客が降り、すぐにいなくなった。紺のコートを着た若い女がその場に残り、プラットフォームを前後に見渡している。マイケルの妻だった。向こうもこちらに気づいたが、笑みを浮かべることはなかった。体調が悪いのが見て取れた。

「よく来たね」男はそう言って手を差し出した。女はその手を取るかわりに、腕を伸ばして彼を抱き寄せキスをした。誰かに見られていやしまいかと思ったが、すぐに、そんなことを気にする自分を恥じた。彼は気のやさしい男で、さっきのキスのおかげで最初の違和感も消えた。トランクを手に取って先に立つと、後から女が小さなバッグをふたつ持って付いてきた。

「ちょっと歩くんだが」男は申し訳なさそうに言った。

「どうして？」女はくたびれた口調で訊いた。「一緒に乗っちゃいけないんですか？」

「乗るんならマッカーシーの車だろ。ただ、まだコークから戻ってこない」

「ううん。一緒でいいですよ」

「あんなのは人を乗せるようなものじゃないぞ」自分の古びた馬車のことだった。怒ったような口調になっていた。でも、ほんとうは嬉しいのだった。女が後ろから乗り込んで黒いトランクに腰をおろした。そのあとから彼も馬車によじ登ると、左に湾を見ながら村の坂をくだって行った。村を抜けると道は急な登りになる。木立の間から覗く湾は、木陰の暗さとの対比もあってまばゆいばかりのきらびやかさだった。そのまま登り、右に左にカーブしていくとやがて木立が途切れ、突き出した山の端《はな》の陰に海が隠れた。ふたりを乗せた馬車は、丘の上の陽のよくあたる道を低い塀の間を抜けて進んでいった。マットを敷きつめたような丘の連なりが右手に見えてきた。全体を明るい緑が覆い、所々が農地やハリエニシダの金色の茂みになっていた。道の両側には茶色い湿地が広がり、水たまりに光りが反射して、ねずみ色のアシが生えていた。

「着いたのは、八時というところかな」沈黙を破って彼が言った。

「ええ。その頃です」

「見えたぞ」

「そうですか?」

「ずっと見張ってた。船が岬を回り込んだところで、うちのに「お前の義理の娘が着くぞ」って言ってやった。見てみるといつもの定期船だったもんだから、あいつわああ文句言ってたぞ」

女は笑顔を浮かべた。

「お、ほら」ひととき間をおいてから男は誇らしそうに言った。「見てごらん」

女は車の端で中腰になると、男があごで示した方を見た。すぐそこから急な崖で、先には広々とした海が広がり、白い波やカモメの翼が点々と見える。丘のなだらかな中腹にはさまざまな色合いの牧草地がつづき、海に向けてひと連なりの大きな起伏を作っていた。風の吹きつける野原のまぶしさと海のまぶしさとに挟まれて、波打ち際の岩が黒ずんで見える。小さなくぼ地には家や小屋が密集し、身をすぼめた独特の形で、だいたいは冷たいはねつけるような白色に塗られているが、所々で新しい葺き屋根の春めいた色がアクセントをつけてもいた。晴れ渡った空の下で、すべての折りたたみ戸を開け放った大きな館のように海が広がっている。舞踏室があり、いくつも部屋が連なり、それらがだんだんと狭く淡い色になって、遠くの方ではほとんど点と化した汽船が、針金のように見える水平線の上を揺れるように行ったり来たりしていた。

女が何だかこわばった様子になったので、トム・シーは馬に呼びかけて馬車をとまらせた。

「あの向こうの家だ」そう言って、杖を振り回した。「丘の上のスレート葺きの家だ」急にやさしい気持ちになって、トムは黒い帽子の下から女の方をいぶかるように見つめた。アメリカ風の洋服を着て、かすかにアメリカ訛りを響かせるこの遠くからやってきた子が、自分の息子の妻でいつか自分の孫たちの母親になるのだ。女の手は台車の前方をつかんでいた。泣いている。泣くのをおさえようとも、涙を隠そうともしない。相変わらず海の方を見たままだった。もうずっと前の晩、自分がこんな様子で家に帰ってきたことがあるのをトムは思い出した。息子を見送ったときだ。

「そうだ」しばらく黙っていてから、トムは言った。「そうだよな、そうだよな」

厳しくきりっとした顔の女が玄関口に立っていた。トムの場合、すべてはある柔らかい一点から発しているように思える。大きな体軀も、たっぷりした腹も、足取りも、丸顔に輝く如才なさそうな茶色い目も、大きな灰色の口ひげも。一方、彼女の中心にあるのは、抑えようとする力だった。彼女の性格は、ある硬質な一点に集まっていく。夫が周りのものからことごとく影響を受けるのに対し、妻の方はどんな状況におかれても、誰と一緒にいても、動かされるということはなかった。

ひと目で、夫がすでに屈してしまったことはわかった。妻の方はそう簡単に屈服するつもりがないことは、その様子から察せられた。しかし、女が疲労しきっていることに、夫よりも先に妻は気づいた。

「くたびれたでしょ、あなた!」彼女が声をかけた。

「ええ」若い女はそう言うと、急な目まいを抑えようとするかのように額に手をあてた。台所に入って帽子とコートをとり、テーブルの端の椅子に腰かけた。西日が彼女を照らした。水色のワンピースには、青の襟がついていた。肌の色は濃かったが、病のせいで顔色が悪く、皮膚から血の気が失せているように見えた。頰骨が高く、目の下がすっきりしている。いかにもアイルランド人らしい顔立ちだった。面長で、思いにふけるようなところがあり、奥には陰鬱な空気をたたえているのだが、かと思うと急に怒ったり、あるいははしゃぎ出したりもする。

「長いこと臥せってたって聞いたけど」メア・シーはひと握りの燃料を火にくべながら言った。

「はい」

「まだ旅行は早かったんじゃないのかい?」

「早くしないと、こっちの夏が終わってしまうと思って」

「ああ、そうね、マイケルがそんなこと言ってたわ」

「まあ」トムは気楽さをはじけさせるように言った。「なあに、すぐよくなるさ。ここは空気がいいからな。何でも治してくれる」

「あんたから見ると、あたしたちはがさつに見えるかもしれない。みんな田舎者だから」妻は重々しい調子で付け加えた。安いガラス製の砂糖壺の包みを夫から受け取り、今まで使っていた方の、取っ手のとれた花柄模様のマグカップを片付けた。「あたしたちもあんたのやり方には慣れてないし、あんたもこちらは初めてだろうけど、でもくつろいで欲しいと思っているのよ」

「その通りだ」トムは心をこめて言った。「どうぞ、ゆっくりしてくれ」

彼女は何も食べず、紅茶に口をつけただけだった。焦げた木の匂いのする紅茶だった。この新しい環境でいったいどうしていいのかわからないのがありありで、大きな水差しから牛乳を注ぐ仕草にも戸惑いが表れていた。居心地悪そうにしているそのさまは、ふたりの老夫婦をもまた圧迫し、とくに相手を良い気持ちにさせたいという願いの強いトムはそうだった。

お茶を飲むと、女は休息をとるべく二階にあがった。メアが一緒について行った。

「ここがマイケルの部屋」メアが言った。「それがマイケルのベッドさ」

それは全体が緑色に塗られた、飾り気のない部屋で、家の前を見下ろす低い窓に、鉄のベッドと聖家族を描いた油絵仕立ての石版画があるだけだった。しばらくの間、メアは覚えのある抑えきれない嫉妬があふれてくるのを感じたが、女が洋服を着替えるときに腹部の傷が露わになると、申し訳ない気持ちになった。

「もう休んだ方がいいよ」メアはやさしく言った。

「そうします」

メアは静かに階段を下りていった。トムがドアのところに立っていた。黒い帽子を目深にかぶり、背中で手を組んでいる。

「どうだった?」トムが囁いた。

「しっ!」メアが怒った口調で言った。「旅行なんてだめなのよ。マイケルはどういうつもりだったのかね。自分で面倒も見ないで、あたしたちのところによこしたって、どうにもならないことぐらいわかるだろうに。お腹の傷なんぞ、あんたの腕くらいあったよ」

「ケートに来るなって言ってくるかい? もうすぐジョアンと来ることになってる」

「意味ないわよ。この辺の連中、みんな来るわ」

「そうだな。そうだ」トムは沈んだ調子になった。

トムはどうにも落ち着かない様子だった。しばらくして忍び足で二階に上ると、また静かに下りてきた。

「寝てる。だけどな、小さい声でな、モル〔メアの愛称〕、あの子泣いてたよ」

「疲れたんでしょう」

「寂しいんだ」

「疲れよ、疲れ。旅行なんかしちゃいけなかったんだよ」

その後ケートとジョアンがやってきた。さらに三、四人、女たちが来た。白い壁の細長い台所は日暮れとともに暗くなったが、人々は声を潜めて話しつづけた。そのとき、急に階段のドアが開いて、マイケルの妻が現れた。少し落ち着いたようだったが、歩き方はまだ夢遊病者のようで、薄暗がりの中、彼女の黒い目と黒い髪と面長の顔とが、この世ならぬ不思議な美しさをたたえていた。

明らかに空気は張りつめていた。トムが彼女のことで落ち着きなくあれこれと気をもんでいると、女たちが苛々して、それを嘲ったり黙らせようとしたりした。それでも、ちょっとした問いかけにトムはいちいち大騒ぎした。

「あんた、この子のこと放っておいてあげたらどう？　疲れてるのがわからないのかい？　さあ話でもして、この子のことにはもう構わないでおきな」

「いえ」女が言った。「もう疲れてませんから」女の声には生まれ故郷のドニゴールを彷彿とさせる、乾いた甘さが感じられた。

「これを飲みな」トムが勧めた。「薄いから。害はないよ」

彼女が断ると、居合わせた他のふたりがそれを手に取った。トムは「この人の黒い目に乾杯」とやってから、一息にグラスのものを飲み干した。それから満足げに息をついた。

補助司祭は酔っぱらい　助産婦もぐでんぐでん
僕はウィスキーのたらいで洗礼を受けたのさ

トムが口ずさんだ。そうしてグラスに酒を満たしてから、開いたドアのわきに腰をおろした。低い戸口から覗く木のてっぺんの空は、深みを増し、より暗い青へと沈んでいった。窓越しに星が光っているのが見える。メアは立ち上がって錫の反射板のついた壁のランプに灯をともした。どこか遠くで、ふたつの岬にこだまを響かせながら下がり調子で呼ぶ声が聞こえた。「タァァァミー！　タァァァミー！」。離れた場所で耳にすると、かすかだけれどしみじみと心に届くような甘さが感じられた。それが止むと海の音が聞こえ始め、気づくと夜になっていた。マイケルの妻が居ずまいを正した。みな何も言わなかった。女のひとりがため息をついた。マイケルの妻が頭を上げ、顔をみなの方に向けた。

「みなさん、ごめんなさい」彼女は言った。「アイルランドを出たときはほんの子供だったから、あたしにとっては知らない場所にいるような気分なんです」

「そりゃ、そうよ」ケートが温かく言った。「寂しいでしょう。あたしたちがニューヨークのど真ん中に行ってわけがわからなくなるのとまったく同じさ」

「そうだよ、そうだ」トムが賛同の声をあげた。

「いいからあんたは黙ってなさいよ」ケートが続けた。「後はあたしに任せな」

「何言ってんだ！」トムはわざと怒ったふりをしてみせた。「この子の面倒は俺が見るんだ！」

「まったくあんたたちときたら」メアが冷めた調子で言った。「この子はもう眠くてしょうがないのが、わからないのかい？」

メアは蠟燭を暖炉の火に突っ込み、頭の上にかざした。マイケルの妻はその後について行った。女たちは座ったまま、話しつづけた。帰りはみな一緒だった。メアが家から出たり入ったりしながら家事をしていると、陸からのやわらかい風に乗って去っていく人たちの声や足音が聞こえてきた。

メアは彼女なりの冷静さでマイケルの妻のことを考えていた。今までも彼女のことは頭にはあったが、こうなってみるとどうしていいのかわからない。単に相手のことをよく知らず、しかも相手は体調が悪い、などといったことではなかった。今までメアはそのことはそれほど心配していなかったのだが、何といってもマイケルの妻はよそ者なのだ。見知らぬ土地の気配がまとわりついていて、そのためにこちらの判断が狂う。ケートやトムほどではなかったが、それでもメアも、自分たちがニューヨークで感じるのと同じようにマイケルの妻がこの土地で居心地が悪いのだろうということがはっきりわかった。明るい星の光の下で一群の小さな白い家々が、まるでオレンジ色の風よけに舞う雪片のように、丘の斜面にくっきりと浮かび上がるのが見えた。そんなものに目をやるのはメアも初めてで、何とも言えない違和感を感じ、慣れない者ならどんな気がするだろうと思ったりした。

重たい足音がしてメアははっとした。家の中に戻ってみると、トムの姿が見えない。酔っぱらい、いささか感情も高ぶったせいで、トムは階段を静かに上ってマイケルの妻のいる部屋のドアを開けていた。驚いたことに、彼女はガウンを着て低い窓枠に腰掛けていた。闇の中で彼女は、メアの目にはあまりに馴染み深い風景を、丘や白い家々や海を、よそ者の目で見つめていた。

「起きてるのかい？」トムは訊いた。間の抜けた問いだった。

「ねえ、あんた、何してるんだよ。あの子が寝てるのを邪魔するんじゃないよ」階段の下から、苛立ったメアの声が聞こえてきた。

「違うんだ、違う、違う」トムがことさら声を絞って言った。

「どうしたんですか？」マイケルの妻が訊いた。

「大丈夫？」

「ええ。おかげさまで」

「俺たちのこと、うるさく感じたりしなかった？」

「大丈夫ですよ」

「下りてきなさいよ、何やってるのよ」メアはうんざりした口調になっていた。

「わかった、わかったよ。ちょっと待てよ、話があるんだから」トムもむっとしていた。「あのな」囁き声になっていた。「前の手術な、あれは影響は残らないのかい？」

トムは彼女の方に身を乗り出した。熱気と興奮が伝わってくる。息にウィスキーの臭いがした。

「何のことですか」

「ああ」声をひそめたまま言った。「だって、寂しいじゃないか。ほんとに寂しい。家に子どもがいるのといないのじゃ、全然活気が違うからなあ」

「え、いいえ」彼女は慌てて言った。ぴりぴりして、まるで怖気をふるっているようでもあった。

「ほんとに？　医者はどう言ってるんだい」

「大丈夫なんです。大丈夫です」

「ほんとに神様のおかげだ！」トムはそう言って出ていった。「ほっとした。ああ、ほっとした！　やれやれだ！　心配で仕方なかった」

トムはよろよろと階段を下りていき、そこでメアにこっぴどく叱られた。寝る前の戸締まりをした後までも、彼女の怒りは収まらなかった。罵るとなると、メアはとことん罵る。まさに今がそれだった。これまで何週間も、どうやってマイケルの嫁に心地よく過ごしてもらおうかと気を揉んできたのに、馬鹿な酔っぱらいのおかげですべて台無しだと言うのだ。

トムはしきりに寝返りを打った。そんなことを言われるのは心外で、眠ろうにも眠れなくなった。男はそういうことに口を挟む権利がないとでも言うのか。自分が義理の娘にいたってまともな質問をするのが許されないとでも言うのか。そのせいでアフリカの黒人とか、野蛮人などと呼ばれたり、うすぎたない厚かましさばかりで、配慮も思いやりもないなどと言われたりするのか。

仮にも自分は、このトム・シーは、豚でも犬でもケダモノでも、どんなものにだって愛想良く振る舞っているというのに。

2

翌朝、マイケルの妻は少し調子が良くなった。陽はときおり差す程度だったが、彼女は日中ほとんど切妻壁の側に座って風をよけながら海を眺めていることができた。彼女のすぐ下を水が流れ、その脇をフクシアの垣根が、岸へと向かう狭い石畳の小道に沿ってつづいていた。ヒヨコの一群は遠くから聞こえる笛のような音を出しながら、彼女のまわりを走り回っている。家の裏から、中年女が雌鳥みたいにがみがみ言う声がひっきりなしに「まったくもお、もお、ガッ、ガッ、ガッ」と聞こえてきた。

ときおりメアがやってきて、低い台の、彼女の脇に腰をおろした。メアは何を訊くのでもなかった。メアには意地っぱりのところがあった。会話はぎこちなく、まるで喧嘩腰にも聞こえた。それからやっとマイケルの妻は、メアがどうしたいのかがわかった。メアは、自分とマイケルとのニューヨークでの暮らしぶりの、細かいところが知りたいのだ。そういう細部は彼女にとってはあまりに日常の一部となっていて、思い出すのが難しいくらいだった。使用人の給料、ミルクの配達の仕方、セントラルヒーティングの備えられたアパート、黒人の荷物運び、路面電車などなど。そうしてついに、年老いたメアの生き生きとして言葉にはおさまらない想像力が息子の住む世界を思い描こうとするのを、自分の心で受けとめられるかのような気に彼女はなった。マイケルの妻はとにかくしゃべりつづけた。自分のことから離れられるのが救いであるかのように。

夕食の時間になり、トムが黒い帽子を目深にかぶり汚いシャツとズボンという姿で浜から戻ってくると、また様子は変わった。

「なあ、聞きなよ」トムの声は荒っぽかった。脚を組み、背中で手を結んで壁にもたれている。昨晩とはだいぶ違った。「あんたの旦那にさ、もっと母親に便りをよこすように言ってくれないか。女っていうのは、そういうものなんだよ。あんたも自分の子どもができたらわかる」

「ええ、そうですね」彼女はすぐに言った。

「わかるな。あんたは思いやりもあるし、俺たちがあんたに感謝してることもわかってる。うちの女房もさ、いい女なんだけど、変わったところもある。神さまにだって面とむかっては感謝を捧げたりはしない。あんたにも直接は言わないが、他の人間には言ってる。あんたが俺たちにとってどれくらい、いい子かって」

「マイケルのせいじゃないんです」彼女は低い声で言った。「あの人が悪いんじゃないんです」

「わかってるさ、わかってる」

「忙しいだけなんです」

「言っておいてくれるだけでいいんだ。な、伝えておいてくれ。あんたが来るっていう手紙な、あれ、何カ月ぶりかっていう便りだった。俺はいいけど、母さんのことをって、言っておいてくれ」

「ほんとにあの人、帰ってきたかったんです！」マイケルの妻は困ったような視線になった。

「ああ、そうか、そうか。だけどもう二年はかかる。二年なんて、あいつの人生じゃ、今日明日みたいなものかもしれないが、いつお召しがあるかわからない年寄りにとってはな……！　それにな、俺達のどちらかと会えるのも最後になるかもしれない。俺達にはあいつしかいないんだ。な、だから、よけい辛い」

トムの場合はどうも違う。何をするにもひとつのやり方しか知らないのだ。

二、三日すると、彼女の体力も回復してきた。トムが丈夫なトネリコの枝でステッキをこしらえてやったので、それを持って彼女は岸や、小さな港や、トムの姉妹のやっている郵便局までちょっと散歩に行ったりした。だいたいはひとりで行く。にわか雨の多い天候になったのがトムには嬉しかったが、天気が完全に崩れることもなかった。

一日を通し、水平線には無数の赤銅色の千切れ雲があふれていた。丸みを帯びて小さく、さながら聖母の絵に描かれた幼い天使たちのように、空の果てまでを埋め尽くしている。そのうちに雲は膨らみはじめ、次々に泡を吹くかのように巨大になり、異なった色へと変わっていった。ひとつ、またひとつと離れ、群れをなしたかと思うと、一面を暗い影で覆うような細長い黒雲をいくつも送り出し、青錆色の海面を割って深緑色の嵐の通り道を作った。ついに激しく鳴る風と猛烈に吹きつける雨とがすべてを霧の中に包み込む。彼女は岩陰や塀の風下側に逃げこみ、霧雨が金色の光に吸いこまれ、やがてその向こうに陽光を浴びた風景が現れるのを見つめていた。雲は浮かれ騒ぐ子供たちのようにばらばらと駆け出しながら水平線へと散っていき、残された空の青い筋がだんだんと広がった。雨足は次第に弱まり、陸地も海もわずかばかり残った陰を失くしていく中で、あらゆるものが輝き出してあたりは温かい靄に包まれた。

彼女が何を体験してきたのか、家の人間は帰ってきたその表情から推し量るしかなかった。家にこもりすぎると顔色が悪くなった。あまり構わない方がいいとケートは彼らに言った。

マイケルの妻はとくにケートに惹かれているようだった。郵便局に散歩に行くことが多く、そこでふたりの姉妹と何時間も過ごし、しばしば食事をともにし、ケートがこの教区の昔話や、自分の両親や弟のトムのこと、そして何といってもマイケルの若い頃のことを語るのに耳を傾けていた。

ケートは背が高く骨張っていて、鼻が高く、突き出した顎に、眼鏡をかけていた。彼女の歯は妹のジョアンと同じく虫食いだらけだった。田舎流の言い方でいうと、ケートは「心のでっかい」人で、いつも忙しくし、賑やかで、機嫌の良い、たいした女なのだった。トムにとってもケートは誇りで、彼女は大きな手術をしたときも、無駄に旅行するのはもったいないからと、ついでに籠一杯の卵を持っていって売った、などという話をした。ジョアンには修道女のようなところがあり、しばらく精神病院にいたこともあった。丸みをおびた、たいへん柔和でやさしい顔をしており、少女じみた顔つきをとどめている。声はいつもかぼそく、たいへんかわいらしい目をしていた。ただ、機嫌が悪いときはひねくれて頑固にもなる。居間の壁に所狭しと掛かった絵の間には、額に入れた刺繍《サンプラー》も掛かっていて、ぎこちない文字で「エリノア・ジョアン・シー、一八八一年三月」と刺されていた。ジョアンは郵便局長だったが、実際は名ばかりで実務はケートがやっていた。

マイケルの妻が彼女たちのことを気に入ったのと同じく、彼女たちもマイケルの妻のことを好きになった。ジョアンはもともと迷子の犬がいると泣きはらしたりする方だったが、ケートは同情を示すにしても、もっと考えてやる。

「結婚はたいへんだったみたいだね」ケートがそう言ったことがある。

「というと?」マイケルの妻は怪訝そうに訊き返した。

「結婚して一年にもならないのにいろいろあって。新婚旅行もなし、病気になって、それから離ればなれ」

「ええ。結婚とは言っても離れてばかりにはちがいないです」

「一緒にいたのは七カ月だけなんだろう？」

「はい、たった七カ月」

「可哀想にね。あなたが到着した晩、こんな寂しそうな人、見たことがないと思ったよ。でもそうやって人は、たくましくなっていくんだから」

「そうなのかしら。わかりません」

「そうよ。そうなんだよ。あたしが言うんだからね」

「コーヴニー神父様もそうおっしゃってた」ジョアンは涙を流していた。「でもあたしにはわからない。いい人なのに酷い目にあったり、悪い人がうまくやったりする」

「最後はそのおかげで幸せになるのよ。マイケルはいい子よ。あらま、またマイケルの話になっちまったよ。まるで母親みたいだね」

「ほんとですよ」

「そう？」

「マイケルと似てるところがたくさんあります」

「ほら、だから言ったじゃない！　ね、ジョアン？　そりゃそうよ。お母さんに革紐でぶたれてお仕置きされたときなんか、あたしのところに慰めてもらいに来たもんだよ」

「その話は何度も聞きました。あなたのおかげで一人前になれたって」

「その通り」ケートは誇らし気に言った。「そうなのよ。ほら、あの子、やんちゃで、そういうとき、あの子のことをわかってあげる人がいなかったんだよ。あの子のお母さんはね、別に悪い人じゃないんだけど、とにかく石頭だからね」

メアの悪口となると、ケートは俄然勢いづく。

「ね、あたしたちのこと好きになってきたでしょ？」ケートがついに言った。

「ええ」彼女は答えた。「来てすぐは不安でしたけど」

「アメリカになんか帰りたくないんじゃない」

「もう帰りたくないです」

「まあ、そう」

「ほんとうに」

「いいわ。二年たったら、ふたりでこっちに住める。あなたの年なら、二年くらいどうってことないでしょ」

「そうでもないですけど」

「まあ、そうね。感じ方次第だから」

「ここにはもう戻ってこないと思います」

「またそんなことを。だめよ、そんなこと言っちゃ。ね、聞いて。トム・シーには何度か言ったんだけど、帰ってきたらどうなの？　どうしてだめなのさ。マイケルに仕事が見つからないとか、あの馬鹿のたわ言に耳を貸しちゃだめ。見つかるよ。トムがあんな調子じゃなかったら、あの子だって国から出て行ったりしなかったのに」


大雨になることもなく天気は回復し、トムはがっかりした。とはいえ、陽が照るわけでもなく、ときおり丘のどこかとか、海の上のところどころに光があたって、そこだけ鏡のようにきらきら光ったかと思うと、鈍色《にびいろ》のどんよりした空が戻ってくる。マイケルの妻は朝に晩にと出かけ、岩に腰掛けたり、村まで足を延ばしたりした。青い服にトネリコの杖を持った姿で人々にも覚えられていった。はじめはみなから離れて立ち、網を引く男たちをながめたり、四つ辻で腰をおろしたりしていたが、だんだんと距離は縮まった。ある日、漁師のひとりが彼女に挨拶し、話しかけた。

このあと、彼女はどこにでも行くようになった。彼らの家を訪ねたこともあったし、埠頭に行ったり、漁に出る船に乗ったこともある。メア・シーはこれを好ましく思わなかったが、男たちはみな若い頃のマイケルのことを知っていて、どんなことをしでかしたとか、船や釣りに詳しかったなどといったことを話してくれた。何日かするともう、彼女も幼なじみの一人のようになっていた。あるいはまた、彼女はそうやって海で過ごすうちに何かを学び取ったのかもしれない。風が吹いて浅瀬に光がゆらめくようなどよりした日の入り江で。またすばしっこい稲光に照らされ、あちこちの穴から野ウサギのようにきらめきが飛び出し、丘からは青、岩からは紫、野原からは桜色、そしてそこここから岩とも野とも木ともつかない不思議な乳白色の輝きが見える、そんな湾で。こういうものとの出遭いのおかげで彼女にはすべてが前よりもわかるようになったのだ。それで朝方、岸沿いを散歩し、潮が引いて海草の網が広がり、乾いた、静かでしみ通る雨のような音を聞かせるときにも、あるいは窓から月の光が銀色の錐のように海面に突き刺さるのを目にするときにも、違和感を覚えることがなくなったのかもしれない。

一方、マイケルの妻の様子や振る舞いにも、明らかに変化は生じていた。身体には肉がつき、顔は日焼けし、陰鬱さやくたびれたところはすっかりなくなっていた。

「ほら」トムが言った。「言っただろ。ここにいれば、あの子は生まれ変わるって？　ここに到着した晩とは、見違えるようだろ？　な？　扉を開けて階段を下りてきたときなんか、もうこの子も長くないな、なんて思ったほどだ」

ケートとジョアンも喜んでいた。ふたりは彼女自身のことも好きになったし、マイケルの妻だからということで気にもかけていたのだが、何よりもその若さと新鮮さとに惹きつけられた。メアだけが沈黙を守っていた。マイケルの妻との距離はどうしても縮まらなかった。メアのすべての言葉、すべての視線に問いかけが含まれていた。メアがトムをそういう自分の心中に引き入れるまでにはしばらく時間がかかったが、あるときついにトムが、なんとかして欲しいとばかりにケートを訪れた。元気がなく、如才なさそうな目にも戸惑いの色が浮かんでいた。

「ケート」トムはいつものように単刀直入に切り込んだ。「マイケルの嫁さんのことだけどな」

「あら。あの子がどうかしたのかい？」ケートは怪訝そうに訊いた。「あの子に問題があるとかいうんじゃないだろうね？」

「いや。ただな、どう思う？」

「どうって？」

「メアがな」

「何？」

「メアが心配してるんだ」

「何を？」

「何か、悩んでるんじゃないかって」

「いいトム・シーさん。何度も言うけどね、あんたの奥さんはほんとに余計な考えをめぐらす人だよ」

「まあ、まあ、それはいいからさ。まったくほんとにすぐこれだ。メアとうまくいかないのはわかるよ。ただな、ケート、あいつには聡《さと》いところがある、それは認めるだろ？」

「で、その聡い人とやらは、どうお考えなわけ？」

「あいつによるとな、マイケルとあの子は喧嘩をした、これははっきりしていると言うんだ。俺にはわからんが」

「どうかしらね」

「でな、ちょっと何か言ってやれば仲直りできるかもしれないんだが」

「それであたしにそれをやれってわけかい？」

「な、ケート、これは俺の考えだ。俺の勝手な提案だ。モルはああいう奴だから、言いすぎたり、言い足りなかったりするかもしれない」

「そうね」ケートは苦い笑いを浮かべて言った。誰もが認めるように、メア・シーは言葉数が多すぎたかと思うと少なすぎたりするのだ。

その翌日ケートは、トムの言ったようなことはありえないと言ってきた。トムもそれを受け入れざるを得なかった。ケートも賢い女だ。ただ、メアにどこか訝るような様子があるのが、トムには気になって仕方なかった。問題がメアにあるのか、マイケルの妻にあるのか、判断がつかない。三週間たち、トムはもう我慢できなくなった。それで、いつものようにケートのところにやって来た。

「一番困るのはな」トムはすっかり元気をなくしていた。「あいつがあんな調子だと、俺までおかしくなるんだ。わかるだろ、俺のこと。たとえば誰か親しい奴がいたって、そいつの言ったことをうるさいばばあみたいにいちいち詮索して、「どういうつもりで言ったんだ？」とか、「俺にどうして欲しいんだ？」なんて考えたりはせん。別にメアの奴がどうしろって言うわけじゃないんだが、それでもメアのことが気になって、俺まであの子とろくに話もできない。困ったよ。夜も眠れやしない……昨夜《ゆうべ》だって――」

「どうしたんだい？」

トムが上目遣いで、具合悪そうにケートの方を見やった。

「また、馬鹿なこと言ってる、とか言わんか？」

「大丈夫よ。昨夜どうしたの？」

「あの子が寝言を言ってるのが聞こえたんだ」

「マイケルの奥さんが？」

「そうだ」

「いいじゃないそれくらい。害はないでしょうが」

「害がない！」トムはそう声をあげると急に激昂し、台所をのしのしと歩き回って腕を震わせていた。「害なんかないさ、畜生。だけどな、俺はもう、どうしていいかわからなくなったんだよ」

ケートは眼鏡越しにトムを見やり、その様子を鼻で笑いながら哀れんでもいた。

「お母さんが着てたフード付きの服があったけど、今まで誰も着てないから、あんたに出してあげるよ。あれを着れば、正真正銘のおせっかいばあさんになれるじゃない」

「なあ、モル」トムはその晩、床につくときに言った。「思いこみだよ」

「どういうこと？」

「マイケルの嫁さんのこと」

「かもね」メアは悔しそうに認めた。あっさりそう言われて、トムはかえってびっくりした。

「そうだよ」トムはここぞとばかり言った。

「あたしなりに考えた結果だったんだけどね。ただ、あの子、ここのところまた変わった。ケートが何か言ったのかもね」

「そうなんだ」

「それならわかる」メアは納得したように言った。

その二日後の夜、トムは突然目を覚ました。ちょっとした音で、すぐ目が覚める癖がついていた。またマイケルの妻が寝言を言っている。低い調子でしゃべっていて、そのまま言葉があいまいになりしばらく静かになる。そうして間をはさみながらも、声はいつまでもやまなかった。抑えた声で、ときには――少なくともトムにはそう聞こえたのだが――嬉しそうでもあるし、ときには何かをお願いしているようでもある。ただ印象としては、親しい人に愛情をこめて語りかけている感じだった。翌朝、彼女は遅く起きてきて、目も充血していた。その日、ドニゴールから手紙が届いた。それを読んだ彼女は、やや口ごもりつつ、叔母さんから来るように言ってきたことを告げた。

「行きたいんでしょ」メアが言った。相手の様子をうかがうような目だった。

「いいえ」彼女は短く言った。

「だって、わざわざ手紙が来たんだよ！」

「手紙なんか来ると思ってませんでした。あたし宛のものは実家に届くはずだから。ここに長居するつもりはなかったんです」

メアはもう一度彼女のことをじっと見つめた。こんどは彼女も見つめ返してきた。しばらくふたりの女が、母と妻とが、お互いを見つめ合っていた。

「最初はね」メアは暖炉に目をやりながら言った。「あんたのこと、信用できないと思ってたよ。あたしはごまかしは苦手だから、はっきり言うよ。信用できなかったんだ」

「今はどうなんです？」

「とにかく、誰が何と言おうと、息子の選択は間違ってなかったと思うね」

「ずっとそう思ってもらえると嬉しいです」マイケルの妻は同じく神妙な調子で言った。メアに目をやったが、メアの方は感傷など受けつけないふうだった。席を立ってドアのところに行った。そうしてずっと立ちすくんでいた。その日は陰鬱な天気で、雲がたれこめていた。ときおり、激しい雨がきらきらと光を反射させながら網のように海の上に広がった。


こんどはトムとメアとの立場は完全に入れ替わってしまった。こういう対照的な気質を持った人間にはよくあることである。夕方前には土砂降りになった。遅くなってからトムは郵便局に出掛け、ふたりの姉妹を相手にさんざんしゃべった。

「まったくあの子ときたら」トムは苦々しそうに言った。「心配させたかと思うと、こんどは面倒をかけやがる。いったい何を考えてるんだ？　どこかおかしいよ、よくわからんが。マイケルに言っておいてやらんと」

「で、何て言うつもり？」ケートが訊いた。「よけいな心配をさせるだけじゃないの！馬鹿なことはやめなよ！」

「馬鹿でけっこう！」トムが激昂して言い返した。「あの子の面倒を見てるのは俺だ。もしものことがあったら――」

「もしものことなんかないよ」

「わからないだろ」

「あの子は大丈夫。みんなどうなるかと思ってたけど、すっかり元気になった。それに、もうここからいなくなるんだし」

「だから心配だと」トムが打ち明けた。「本人がいなくなり、心配だけが残る。あの子のところに行って直接話してみることも、もうできないじゃないか」

トムはすっかり遅くなってから、大雨の中を帰っていった。女たちはすでに床についていた。トムも床についたが眠れなかった。突風は次第に本格的な風となり、家が揺れ、窓ガラスがガタガタと鳴った。

ふと気づくと、またあの寝言が聞こえてくる。トムはメアを起こさないようにじっとしていた。しばらく静かになったかと思うと、また聞こえる。トムは急にどうしようもなく怖ろしい気分になり、起きてどうしたのか訊きに行こうとした。とにかく、この恐ろしさを何とかしたかった。ベッドの上に身を起こし、メアを起こさずに這ってその足を越えていこうとした。メアが動いた。トムはそこでうずくまり、風の音と頭の側から聞こえてくる声とに耳をすませながら、メアが静かになるのを待った。すると急に、風と海とが低いつぶやきのように静まり、頭の側から聞こえてくる声が苦しそうに三回ほど、少しずつ高まりながらあえいでから、抑えた叫びとなった。「マイケル、マイケル、マイケル」

トムはうめき声をあげて布団に身体を沈め、手で目を覆った。冷えた手が伸びてきて、自分の額と胸に触れるのが感じられた。気でもふれたかと思うようなこのわけのわからないひととき、マイケルが向こうの部屋にいるような気がした。何百マイルもの波と嵐と闇とを越えて、生身の身体で。マイケルの若い妻の言葉にならない願いが、マイケルを自分のそばに呼び寄せたかのようなのだ。トムは悪霊から身を守ろうとするかのように、十字を切った。そのあと声は聞こえなくなり、激しくなる嵐とともに雷の音だけが鳴っていた。

翌朝、トムはマイケルの妻と目を合わせまいとしたが、どういうわけか、よけいに目が引き寄せられてしまうのだった。彼女の神経の高ぶりは傍目にも明らかで、天上的で近づきがたい魅力をまとっていた。雨がひどいので、メアは出発を延ばすように言ったが、行くと言って聞かなかった。

深い長靴を履きコートを着て、彼女はケートとジョアンにさよならを言いに行った。ジョアンは泣いた。「二年なんて」ケートはいつもの温かい口調で言った。「どうってことない、すぐよ」。彼女が去ると、子どものいない家は灯が消えたようになった。

メアの別れの言葉は、控えめだが心がこもっていた。

「あなたとなら、マイケルは安心だわ」と言った。

「ええ」彼女は満面に笑みを浮かべて答えた。「大丈夫です」

雨の中、馬車で出発した。海の方を振り返ったが、雨で見えない。岩の間から鉛色の筋が見えるだけだった。彼女は自分の黒いトランクの上に屈み、濡れないように顔を隠していた。トムはイモの袋を肩からかぶり、頭を低くして雨に打たれていた。怖れはまだ消えていなかった。彼女の方を何度か見やったが、レインコートの襟に隠れてその顔は見えなかった。

いつ果てるともなく思えた、風の吹きすさぶ丘の上の道が下りになり、林の間を抜けていくと、頭の上で木々が激しい音を立て、馬車に水しぶきを投げつけてきた。トムの怖れは激しい恐怖になった。

　汽車の扉の前に立ったとき、トムは彼女の方を訴えるように見つめた。顔には問いが浮かんでいたが、それを言葉にすることができなかった。こんな愚かな考えは、口に出して言ってはいけないのだと思った。だから目だけで訊いた。そして彼女もまた、目で答えた。恍惚として満ち足りた表情だった。

　笛が鳴った。汽車が動き出すと、彼女は窓から身を乗り出したが、トムはもう見ていなかった。トムは手を目にやり、前後に揺れ、静かに嗚咽した。しばらくの間、そうしていた。イモの袋をかぶって、足元のプラットフォームにはどんどん水がたまっている、とても珍妙な姿だった。

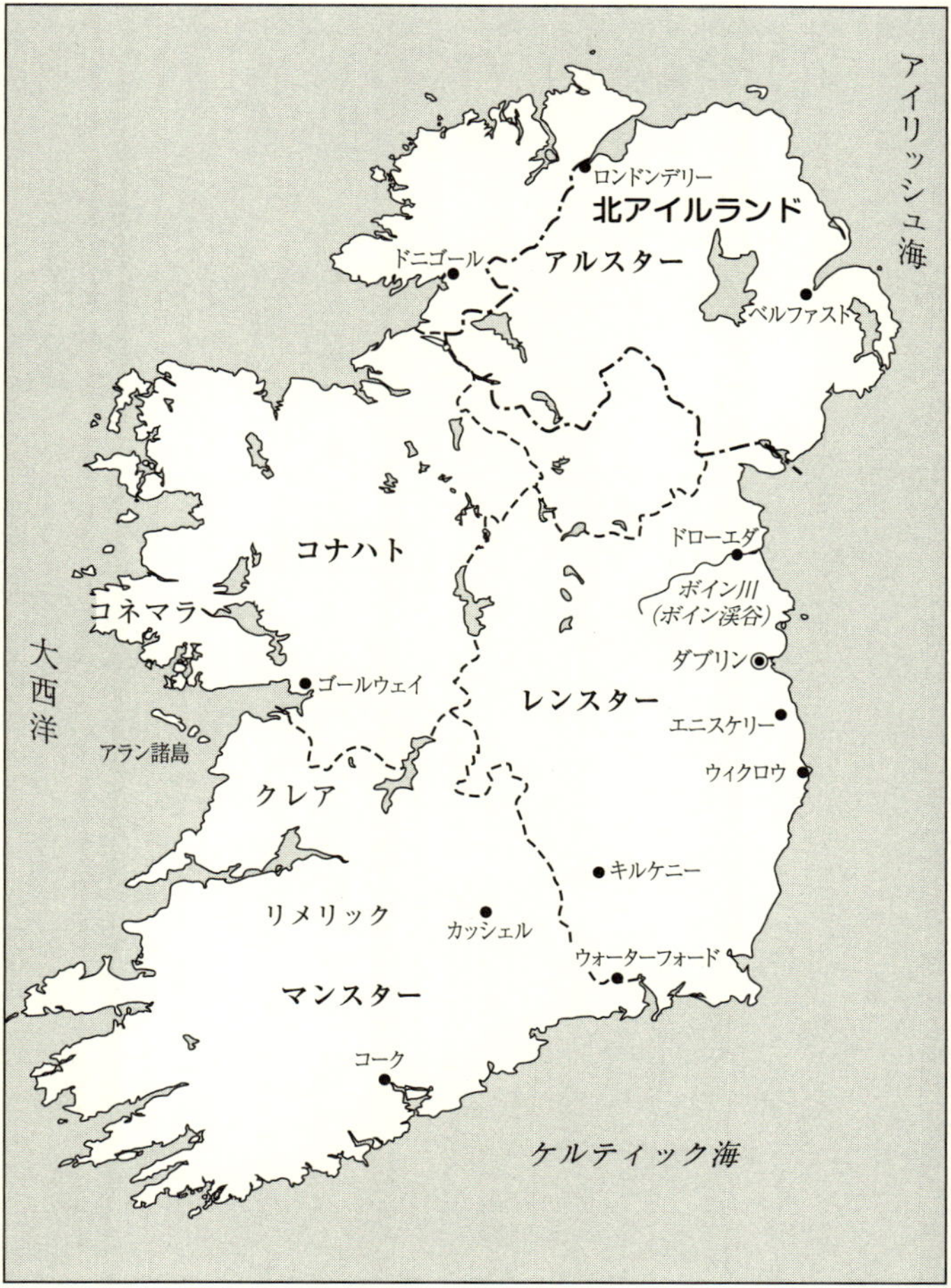

アイリッシュ海
ロンドンデリー
北アイルランド
アルスター
ドニゴール
ベルファスト
コナハト
ドローエダ
ボイン川
(ボイン渓谷)
コネマラ
大西洋
ダブリン
ゴールウェイ
レンスター
エニスケリー
アラン諸島
ウィクロウ
クレア
キルケニー
リメリック
カッシェル
ウォーターフォード
マンスター
コーク
ケルティック海

アイルランド地図

解説

素材感の作家

阿部公彦

フランク・オコナー(一九〇三—六六)はアイルランド出身の作家で、本名をマイケル・オドノヴァンという。日本でも早くから紹介があり、岩波文庫の『アイルランド短篇選』(橋本槙矩編訳)にも「国賓」が訳出されているが、近年、その名があらためて注目を浴びたのは、二〇〇六年に村上春樹が「フランク・オコナー国際短篇賞」を受賞してからだろう。W・B・イエイツに「アイルランドのチェーホフ」と呼ばれたこともあり、短篇の名手として知られてきた作家である。

オコナーが生まれたのは一九〇三年。英語圏の文学史では二十世紀の初頭はいわゆるモダニズムの時代とされている。小説家で言うと、ヴァージニア・ウルフ、ジェイムズ・ジョイス、フォード・マドックス・フォード、ウィリアム・フォークナーといった書き手の活躍した時期にあたり、十九世紀的なリアリズムの古めかしさにいたたまれなかった彼らが、文章のスタイルや、登場人物の描き方、ストーリーの構成などに工夫を凝らして、旧来の小説作法から逸脱するような、実験的な作品を書いたということになっている。

そういういわば過激派の文学と比べると、オコナーの作風は実におとなしい。文章はナチュラルで、ことさらに文体をひけらかすようなところもないし、登場するのもふつうの人ばかり。しかし、そういう土台のふつうさをしっかり生かして、ストーリーには実に微妙なひねりが加えられているし、人物描写も「ああ、そういう人いるなあ」とうならせるような、精妙な観察眼に裏打ちされている。風景描写にたっぷりと織り込まれるアイルランド独特の情感もたいへん印象に残る。そこには、人間と風土の香りがたっぷりとしみこんでいるのである。

オコナーの文章の最大の特色は、その「素材感」だろう。ちょっときめの粗いような、手触りにかすかなざらつきを感じさせるようなひっかかりがある。翻訳でどこまでそれを出すことができたかはわからないが、たとえば「マイケルの妻」には次のような描写がある。

何日かするともう、彼女も幼なじみの一人のようになっていた。あるいはまた、彼女はそうやって海で過ごすうちに何かを学び取ったのかもしれない。風が吹いて浅瀬に光がゆらめくようなどんよりした日の入り江で。またすばしっこい稲光に照らされ、あちこちの穴から野ウサギのようにきらめきが飛び出し、丘からは青、岩からは紫、野原からは桜色、そしてそこここから岩とも野とも木ともつかない不思議な乳白色の輝きが見える、そんな湾で。こういうものとの出遭いのおかげで彼女にはすべてが前よりもわかるようになったのだ。それで朝方、岸沿いを散歩し、潮が引いて海草の網が広がり、乾いた、静かでしみ通る雨のような音を聞かせるときにも、あるいは窓から月の光が銀色の錐のように海面に突き刺さるのを目にするときにも、違和感を覚えることがなくなったのかもしれない。

うまい、とか、洗練されている、というのとはちょっと違う。オコナーには、ときとして前のめりになってバランスを崩すようなところがある。でもそれだけに、加工された合成物とは違った、ナマの言葉がそこにあると感じさせてくれる。これは表紙カバーに用いた、同じくアイルランド出身の画家ショーン・スカリーの画風にも通ずるだろう。一見抽象度が高く見えるスカリーの絵には、何とも言えない「ざらつき」が表現されており、おかげで私たちは画面に語りかけられているという実感を持つ。ふたりに共通してあるのはいわゆるオラリティ、つまり言葉(絵画面)がいま、そこで、口頭で語られている(描かれている)、という感触ではないかと思う。

オコナーの原点にあるのは、やはり「語る」という姿勢なのである。ストーリーを展開させることで、人物に生命を吹き込みたいという作家的な欲求にあふれている。理屈に溺れるより、たとえ昔ながらのものではあっても、きちんと物語の場をあつらえ読者に入ってきてもらいたいのである。

もちろんオコナーが小説作法に興味がなかったわけではない。アメリカの大学の創作科で教えた経験を踏まえ、ある時期からはオコナーは短篇小説の理論を構想したりもしている。この選集に収められた作品を見ただけでも、さまざまな工夫の跡が見られるだろう。たとえば各作品の出だし、とくに最初の段落を比べてみるとわかるように、ちょっとした文章のリズムや焦点のあて方を通して、作品固有のリズムを実にうまく作っていく。第一段落を読んだだけでも、読者は自分がこれから入っていく世界の匂いのようなものをたっぷりと吸いこむことになる。とくにそういう手法が冴えるのが「ある独身男のお話」や「ルーシー家の人々」のようなやや抽象的な議論から話が始まる場合である。いずれも、通常の小説で書かれるような人間関係の、さらに裏側をえぐるような洞察の示される作品なのだが、その微妙さへと読者を誘導するための手続きがたいへん凝っている。

あるいは、誰を語り手にするのかという設定の問題にもさまざまな工夫が見られる。「ぼくのエディプス・コンプレクス」や「はじめての懺悔」の少年、「ある独身男のお話」の友人、「花輪」の神父など、ちょっと全体が見えにくいようなところから物語を語らせることで、上手にストーリーに陰翳を与えたり、皮肉な展開を生み出すものもあれば、「あるところに寂しげな家がありまして」や「マイケルの妻」、「汽車の中で」といった作品では、語り手が全知の神のような位置にある設定であるにもかかわらず、物語の奥にぽっかりと穴の開いたような、ミステリーめいた雰囲気を作るのに成功している。

今回集めたオコナーの作品に共通して言えるのは、おそらく謎のテーマだろう。「花輪」や「マイケルの妻」のように最後まで謎が謎のままの場合もあるし、「汽車の中で」

や「法は何にも勝る」のように、終末にかけて謎が解けることで物語が終わることもある。「ジャンボの妻」のような作品では早々に謎が解かれる。登場人物にとっての謎を、読者がちょっと違う位置からみやる「ある独身男のお話」のようなものもある。

謎は小説的想像力の芯にあるものだ。どんな作家でも、謎とまったく無縁に物語を展開するのは難しい。オコナーはそういうことをすべて認めたうえで、まさに職人芸のような手さばきで、謎と戯れているように見える。杓子定規に視点を設定するのではなく、ときにはルール違反ぎりぎりまで語り手の都合を優先させて隠したり暴いたりしながら、彼なりの謎の形をあれこれと試しているようなのだ。

フランク・オコナーは一人っ子だった。出産時、母親は三十代の後半。立派な高齢出産である。一人っ子も高齢出産も当時としては珍しかった。オコナーは自伝のタイトルを「一人っ子」としたほどで、こうした育ちを強く意識していた。父親は元軍人で大酒飲み。家庭生活はこのためにたいへん荒れたものになった。オコナー自身も高等教育をうけることなく十四歳から働きはじめ、やがてＩＲＡ(Irish Republican Army)とかかわりを持つようになる。一九二二年から二三年にかけては当局に身柄を拘束されてもいる。その後、図書館司書、教員、翻訳家、劇場勤めなどをへて、アイルランド文芸復興で有名なアビー劇場で演出を任されるほどになったが、一九三九年から一九六六年に亡くなるまではもっぱら著述活動を行った。専業作家となってからは、米国の大学の創作科で教鞭をとることもあり、『ニューヨーカー』や『アトランティック・マンスリー』など米国の文芸雑誌でも早くから注目を集めた。

オコナー作品の題材は多くが彼自身のパーソナルな経験に基づいていると言われる。日本の私小説とは違い、フィクションとしての加工はしっかりと加えられているが、オコナーがとくにこだわりを持ったテーマは何となく見えてくる。今回収録した作品を元に列挙すると、たとえば以下のようになる。

（1）親子、兄弟などの親族問題。（「ぼくのエディプス・コンプレクス」、「ルーシー家の人々」、「はじめての懺悔」）
（2）アイルランド独立問題。戦争。（「国賓」、「ジャンボの妻」）
（3）抑圧された女性の反抗。過去を抱えた女性。（「ある独身男のお話」、「あるところに寂しげな家がありまして」、「汽車の中で」）

（4）　宗教問題。（「はじめての懺悔」、「花輪」）
（5）　頑固な年寄り。（「ルーシー家の人々」、「法は何にも勝る」）
このうち、宗教問題とアイルランド独立問題についてはさまざまな歴史的背景がからんでいるので、以下、概略を記しておく。

アイルランド独立とカトリック

一九一六年四月二十四日、復活祭《イースター・サンデー》の翌日、アイルランド独立派のグループは、ダブリン市内で一斉に武装蜂起し、アイルランド中央郵便局(General Post Office)をはじめとするいくつかの拠点を占拠する。世に言う「復活祭蜂起《イースター・ライジング》」である。数百年におよぶイングランド人によるアイルランド支配の歴史の中で、この事件は決定的な出来事となる。

蜂起が復活祭の翌日に計画されたのには、象徴的な意味があった。復活祭はキリスト教社会においてはクリスマスと並ぶ重要な行事で、毎年、三月二十一日以降の満月の後の最初の日曜日に設定される。クリスマスがキリスト生誕の日であるのに対し、復活祭は死者の中からキリストが復活した日だとされる。復活とは英語でrise。つまり蜂起と復活とがともにriseという語によって表されるのである。そこには「アイルランド人によるアイルランド」の復活という意味がこめられた。

蜂起そのものは完全な失敗に終わる。武装グループ・英軍の双方合わせて数百人という犠牲者を出した後、反乱者たちは鎮圧され、五月一日には四百人ほどが英国に移送されることになる。しかし、ほんとうの意味で事件が始まるのはこの後であった。もともと武装グループの動きは一般市民の強力な支持を受けたものではなかった。蜂起自体も、急進派による先走った行動という見方が大勢であった。ドイツ軍による英国本土への侵攻でもないかぎり、蜂起がアイルランドの独立という目的を達する可能性などほとんどなかったと言ってよい。むしろ目についたのは、武装グループの根拠なき熱狂だけだった。

しかし、こうした情勢ががらっと変わるのは、蜂起の首謀者十五人が英国政府により処刑されてからである。英国政府の強権的で過剰な反応が、蜂起グループへの世論の同情を一気に高めることになる。このあたりの事情は、W・B・イエイツ(一八六五―一九三九)の「イースター　一九一六年」という詩で、蜂起主導者たちに対するたいへん複雑で微妙な追悼の念として表現されている。

MacDonagh and MacBride
And Connolly and Pearse
Now and in time to be,
Wherever green is worn,
Are changed, changed utterly.
A terrible beauty is born.

マクダナーもマクブライドも
コナリーもピアスも
今　そしてこれからも
緑の色がまとわれる場所ではすべて
変わった　まったく変わってしまった
怖ろしい美が生まれたのだ

ここに列挙される名前は、いずれも蜂起に参加し処刑された人々のものである。この事件の前までは「喜劇役者」のような存在であった彼らが、事件を機に、「怖ろしい美」(a terrible beauty)を生み出した、とイエイツは言う。

一九二三年にノーベル文学賞を受賞することになるイエイツは、当時すでにアイルランドのみならず英語圏を代表する詩人という評価を得ていた。アングロ・アイリッシュと呼ばれる、どちらかというとイングランド系の家系でありながら、伝統的なケルト文化に対する愛着は深く、アイルランドの国民文学の復興にも熱心だった。政治姿勢は民族主義と言ってもよい。ただ、イエイツはもともと武闘派の性急な動きには懐疑的であった。彼が恋を捧げ続けたモード・ゴンが政治的な闘争にのめり込み自分の方を向こうとしなかったことも、そうした気持ちの背後にはあったかもしれない。

しかし、モード・ゴンの交際相手を含めて蜂起の首謀者たちが捕らえられると、イエイツは自ら英国政府に書簡を送るなどして寛大な処置を嘆願する。事件がイエイツ自身の中にも、何かを生み出したのである。その「何か」を表すのが詩の中で繰り返される a terrible beauty is born という言葉である。二十世紀の英詩の中でももっとも有名なこのフレーズは、アイルランド史転換点の記念碑となった。

アイルランドの歴史はイングランドとの関係を抜きにしては語れない。アイルランドはもともとブリテン島とともに先住民族ケルト人の地であったが、五世紀のキリスト教の伝来や、ゲルマン系の民族の侵入など、西側や北側からやってくる文化的政治的な力にさらされつづける運命にあった。そうした度重なる侵入の中でも、十一世紀頃までのアイルランドでは外敵を退けるだけの強力な王権が芽生え、中央集権化の兆しがあった。

しかし、十二世紀にノルマン人がやってくると情勢が変わる。ブリテン島で築かれた王権がアイルランドにも及び、イングランドの王、ヘンリー二世がアイルランドの君主となった。これがイングランドによる長いアイルランド支配のそもそもの始まりである。

ノルマン人は短期間に領土を拡げ、イングランドの議会制度や法律を持ち込むなどした。が、その一方でケルト人との同化も進み、ノルマン支配の土地は一部地域に限定されたものとなっていく。十五世紀末にはイングランド支配という側面はいったん弱くなるが、一五四一年、ヘンリー八世がアイルランドの王であることを宣言すると、イングランドによるアイルランドの支配は過酷さを極めることになる。

　このあとのイングランドによるアイルランド支配には、つねに宗教問題がつきまとう。英国国教会の長を兼ねる国王を中心に、イングランドの権力はプロテスタントによって担われた。これに対し、アイルランド人の宗教は圧倒的にカトリックが多数を占める。にもかかわらず、イングランド政府はプロテスタンティズムを強要し、イングランドの植民地と化したアイルランドの権力はプロテスタント系の住人によって独占されることになる。同じキリスト教の中での、この旧(カトリック)と新(プロテスタント)の対立は、現在に至るまでアイルランド問題の根幹に横たわり続けている。

　イングランドによる締め付けが厳しくなる中、アイルランドに反抗の気配がまったくなかったわけではなかった。一七九六年から一七九八年にかけてはユナイテッド・アイリッシュマンによる反乱がおきるなど、独立に向けた気運は次第に高まっていく。イングランド政府もカトリック教徒が議会に参加することを可能にする「カトリック解放令」(一八二九年)を出すなど、硬軟取り混ぜた対応を余儀なくされることになる。

　一八四六年のジャガイモ飢饉は、アイルランド史のもっとも悲劇的なひとコマと言えるだろう。死者と大量移民の結果、アイルランドの人口は半減。被害が拡大した背景には、イングランド政府の対応のまずさもあったとされる。十九世紀の終わりになると、数度にわたる「自治法」が可決され、アイルランドは徐々に独立への道を歩むが、三度目の自治法の可決の直後に第一次大戦が勃発、施行が先延ばしになる。これが一九一四年のこと。一九一六年のイースター蜂起の背後にあったのは、この「先延ばし」への不満であった。

イースター蜂起の後、一気に独立への気運が高まると、一九一九年にアイルランドは独立戦争に突入する。一九二〇年には英国政府により北アイルランドを英国に残す分割案が提示され、一九二一年に平和条約が調印される。しかし、北アイルランドの割譲をはじめこの条約には問題点も多く、反対派は下野して内戦状態となる。オコナーも、この時期に反対派のＩＲＡに加わっている。担当は「広報」。実際に銃を持ったわけではないが、当局に拘束されたこともあった。このときの体験は「国賓」をはじめとする戦争ものの作品に大いに生かされている。

こうしてアイルランドはアイルランド共和国として英国からの独立を果たし、一九四九年には英連邦(Common Wealth)からも脱退することになる。しかし、プロテスタント系の住人の多い北アイルランドは、その後も英国領として残った。一九六〇年代以降は、この北アイルランドの帰属をめぐってＩＲＡによる武力闘争が本格化し、一時は英国政府中枢を狙ったテロが多発した時期もあったが、近年ＩＲＡの武装解除が進むなど、問題解決に向けた動きは本格化しつつある。

本書に収録したオコナーの短篇の中で、こうした歴史的な事情がもっともはっきりと表れているのは、先にも触れたように「国賓」や「ジャンボの妻」といった戦争物といわれる作品であろう。そこには祖国アイルランドの「敵」としての英国が描かれたり、当局の目をかいくぐって活動を行う武装グループと、そうしたグループの情報を売り渡そうとする人物たちの争いが鮮やかに描き出されたりしている。

と同時に、どの作品においても重要なのはカトリックの問題だろう。「はじめての懺悔」や「花輪」などカトリックの祭儀が小説のメインテーマとなっているものに限らず、「あるところに寂しげな家がありまして」や「国賓」、あるいは「ルーシー家の人々」のような作品においてさえ、カトリック的なものがいかにアイルランド文化に根づいているかを見て取ることはできる。

カトリック的なものとは何か。もともと禁欲を旨としたプロテスタンティズムが、次第に世俗的な価値観と結びつき近代の個人主義や商業主義を支えるようになったことはよく知られているが、これに対しカトリックは、プロテスタンティズムのように内面化してしまうことなく、教会と司祭の機能を守りつづけ、それが土俗的な共同体意識の保存にもつながった。アイルランドにおいてカトリックの教えが忠実に守られ、依然として堕胎が禁止されていることにも表れているように、カトリック教会は政治を動かす力さえ持っている。教会を中心に形成される、そうした村社会的な共同体の束縛の中で、個人がどう自分なりの価値観や希望などを守れるかがオコナーの小説においてもテーマとなってくる。

また、赦しの宗教としてのカトリックという側面も見逃すことはできない。「はじめての懺悔」に描かれる懺悔の儀式は、カトリックにおける抑圧や束縛と、寛容や慰藉との両極をともに表すものだと言える。「汽車の中で」や「あるところに寂しげな家がありまして」といった、「過去の罪」を描いた作品でも、赦しは重要なテーマとなっている。人は裏切ることもあり、恨むこともあり、憎悪し、殺し合うことさえあるのだが、同時に、ある重要な瞬間において、驚くほどの力で赦すことがある。「国賓」のような凄惨な状況を描いた作品でも、赦しは一縷の希望となっている。しかし、赦すことがつねに大きな力を必要とするのも間違いない。だから、赦しの不可能を描いた「ルーシー家の人々」のような作品には、より深いところを覗いてしまった作家の、哀切感の漂う洞察があると言えるだろう。

いずれにせよ、悲哀に満ちた情感を伴うことの多いオコナーの小説に、なぜかいつもどこかから光が差しているように思えるのは、作家がどこかでこの「赦し」の可能性を信じているためだと言えるのかもしれない。

作品紹介

「ぼくのエディプス・コンプレクス」

戦争が終わり父が家に帰ってくると、主人公の少年の生活は一変する。早朝、母親と過ごした至福のまどろみの時間は奪われ、これまで少年が一身に浴びていた母親の愛情の多くが、父へと向けられてしまう。母をめぐる、少年と父との戦いの開始。まさにフロイト理論で言うところの「エディプス・コンプレクス」的状況である。フロイトは、男の子が父親によって母親との関係を禁止される三角関係的な状況に注目して、幼児の自我構造の解明を目指したが、オコナーはこの理論をパロディ化しつつ、父と子が新しく関係を築いていく様を描き出している。自伝的な作品と言われている。

"My Oedipus Complex"(初出 *To-day's Woman*, December 1950 以下、( )内は初出)

「国賓」

オコナーの短篇の中でももっともよく知られたもの。内戦下で捕虜となったイギリス人の酷薄な運命を、若い兵士の目を通して息を呑むような緊張感とともに描き出す。ベルチャーとホーキンズというふたりのイギリス人は、持ち前の愛嬌と気遣いとで、捕虜でありながらすっかり兵舎の主役となってしまう。しかし、ある日、司令部から届いた命令は残酷なものだった。戦場における人間関係の可能性を問う作品。

"Guests of the Nation"(*Atlantic Monthly*, January 1931)

「ある独身男のお話」

アーチーは筋金入りの独身男である。女のことは信用しない。どうやら好きになったある女性に、酷い目に遭わされたことがあるらしい。その女性、二股どころか、三股もかけていたというのである。なぜ、そんなことをしたのか。怒りにまかせて詰問するアーチーに対し、女性の弁明は驚くべきものだった。果たしてアーチーはほんとうに騙されていたのか？　女性の業とは？

"A Bachelor's Story" (*New Yorker*, 30 July 1955)

「あるところに寂しげな家がありまして」

小道に立って通りがかりの男を誘惑する女。出だしからしてミステリアスなこの恋愛小説には、実は二重三重の展開が待っている。「過去のある女」、「罪を犯した女」のテーマに沿うものだが、情緒的であいまいな結末の「汽車の中で」や「マイケルの妻」などとは違い、物語は明瞭かつ劇的な筋書きとともに進行し、ほとんど爽快なほどの明るい結末へと達する。赦しと救いを描いた作品。

"There is a Lone House" (*Golden Book*, no. 7, January 1933)

「はじめての懺悔」

お祖母さんとの同居に悩む少年が主人公。環境の変化に耐えられず何かと反抗的になる少年。そんな中、「はじめての懺悔」の日が近づいてくる。懺悔とは、信者が神父と面会し、それまでに自分の犯した罪を告白して赦しをもらうというキリスト教の儀式。信者の告白を聞いた神父は助言を与え、罪の内容や大きさに応じて償いを命ずるのである。さて、いよいよ当日。お祖母さんの殺害まで考えたという少年は、神父にいったい何を告白するのか。ユーモアと滋味溢れる一篇。

"First Confession" (*Lovat Dickinson's Magazine*, January 1935)

参考までに「懺悔」についての簡単な説明を加えておく。キリスト教の中でもカトリックの場合は「幼児洗礼」といって、生まれてすぐの洗礼がふつうである。そのため、子供の頃にある程度教義を勉強したうえで、あらためて「堅信」(confirmation)という儀式をおこない自分の信仰に揺るぎがないことを確認する。ここではじめて正式な信者の仲間入りを果たすのである。この勉強の過程にはじめての聖体拝領とか、はじめての懺悔などが組み込まれている。どちらもカトリック社会において大人になるための第一歩で、単にやり方を覚えればいいというものでもないから、子供はみな、たいへん緊張する。

懺悔をおこなう場所は、だいたい教会の礼拝堂の脇にある。扉絵にも描かれているように、だいたいトイレの個室くらいの大きさで、神父のいる部屋とは格子やカーテンで仕切られ、お互いの顔は見えないけれど声は聞こえる、という構造になっている。信者は仕切りの前にひざまずき、ひじ置き台に手を載せて祈る。作品中でジャッキーがよじ登るのはこの台である。

「花輪」

亡くなった神父の元に届いた謎の赤い花輪。送り主はいったい誰か。残されたふたりの神父は花輪をめぐって想像をふくらませる。結婚を許されないカトリック教会の神父にとっての、タブーとしての女性関係。しかし、ふたりの神父は建前を離れて、次第に自分たちに心の暗部に踏み込んでいく。神父と神父による、一種の「懺悔」の儀式。いつの間にかそこには深い友情が生まれていた。ほのかなミステリーの香りとともに始まりつつ、恋愛小説の趣をもたたえる情趣あふれる作品。

"The Wreath" (*Atlantic Monthly*, November 1955)

「ジャンボの妻」

飲んだくれのダメ男の典型ジャンボ。妻への暴力もお手のもの。家にろくに金も入れないくせに、妻の出費にはいちいち文句をつける。そんなある日、ジャンボ宛に一枚の小切手が届く。いつもの年金にしては早い、と思った妻はそれを近所の友人に見せてしまう。ここからジャンボの運命は劇的に転換。スパイとして追われる身になった夫を、妻はこんどは命がけで守ろうとする。いかにもアイルランド的な庶民の生活が、密告や裏切りの横行する武力闘争に翻弄される様を、アクション映画ばりのスピード感とともに描く。

"Jombo's Wife" (*Guests of the Nation* [Macmillan: London, 1931])

「ルーシー家の人々」

兄弟の確執を描いた作品。変わり者の伯父さんになつくチャーリーだが、この叔父さんとチャーリーの父との間には次第に溝が深まっていく。伯父さんの息子ピーターの転落。誤解。無理解。奔走するチャーリーの努力もむなしく、伯父さんの不信は決定的なものとなる。ついに最期のときをむかえたチャーリーの父に対して、伯父さんはいったいどのような行動をとるのか。家族というものの困難に、正面から取り組もうとした洞察力あふれる一作。

"The Luceys" (*Crab Apple Jelly* [Macmillan: London, 1944])

「法は何にも勝る」

ダン・ブライドは一人暮らしの老人。家には女気が絶えて久しいが、ときおり訪れる客に老人は特上のもてなしを心がける。立ち寄った警官にも、心をこめてお茶をいれ、気持ちの良いひとときをすごしてもらう。はずむ会話。しかし、帰り際、ついに警官が口にするのは意外なことだった。しかし、老人もそんなことはちゃんとわかっている。過ぎ去っていく時代へのノスタルジアをたたえた作品。

"The Majesty of the Law" (*Fortnightly Review*, August 1935)

「汽車の中で」

発車間際の汽車に次々に乗り込んでくる人々。彼らにはひとつの共通点があった。みな、ある裁判の関係者なのである。その主役は、影をたたえたひとりの女。女を訴追する警官も、女の側から弁護をした人々も、暗黙のうちに了解していることがあるらしかった。女は無罪なのか、有罪なのか。女の身に起きたのはいったい何だったのか。「罪を犯した女」というオコナーのテーマを、夜中の平原を疾走する列車のイメージに重ねて情感豊かに描く。

"In the Train" (*Lovat Dickinson's Magazine*, June 1935)

「マイケルの妻」

米国に働きに行った息子マイケルの妻が、ひとりアイルランドに帰ってくるという。老夫婦を中心にちょっとした騒ぎになる。明らかに疲労し、暗い影をたたえたマイケルの妻。息子夫婦の間にはいったい何があったのか。やがてマイケルの妻は土地になじんでくる。昔のマイケルの話に耳を傾け、漁師たちとも交流する。マイケルの両親や親戚との、言葉にはならない微妙な心の接点が芽生える。マイケルの父トム・シーが、マイケルの妻の寝言を聞くシーンはとりわけ感動的。深い哀切感の漂う作品である。

"Michael's Wife" (*Lovat Dickinson's Magazine*, February 1935)

現在手に入るオコナー作品の集成としては、リチャード・エルマンの編纂によるクノプフ版全集がもっとも網羅的である(*Collected Stories* [New York: Knopf, 1981])。より手頃な選集としては三十篇を収めた、ジュリアン・バーンズ編になるペンギン版の『「ぼくのエディプス・コンプレクス」その他』(*My Oedipus Complex and Other Stories* [London: Penguin, 2005])、および短篇とエッセイとをバランスよく集めたリーダー（*A Frank O'Connor Reader* [Syracuse, NY: Syracuse University Press, 1994]）などがある。

その他、主な参考資料としては、以下のようなものがある。

自伝

My Father's Son (New York: Knopf, 1969)

オコナーによる小説論

The Lonely Voice: A Study of the Short Story (New York: Harper and Row, 1985)

伝記

James H. Matthews, *Voices: A Life of Frank O'Connor* (New York: Antheneum, 1983)

評論集

Maurice Sheehy, *Michael / Frank: Studies on Frank O'Connor* (New York: Knopf, 1969)

本書の底本には原則としてヴィンテージ版の選集を用い(Frank O'Connor, *Collected Stories* [New York: Vintage, 1981/1955])、適宜初出やその他の版を参照した。図版は主にアイルランド政府観光庁提供のものを使用した(「ぼくのエディプス・コンプレクス」、「ある独身男のお話」、「あるところに寂しげな家がありまして」、「ジャンボの妻」、「ルーシー家の人々」、「マイケルの妻」)。「はじめての懺悔」については矢崎芳則さんに特別に描いていただいた。あらためて感謝したい。なお「はじめての懺悔」の初出は、『しみじみ読むイギリス・アイルランド文学』(松柏社、二〇〇七)である。最初にオコナー翻訳の機会を与えてくださり、本書の刊行に際しても快く拙訳の転載を許可してくださった松柏社の森有紀子さんに深く感謝申し上げる。また本書の翻訳上の問題や背景知識については、何カ所かで同僚のスティーヴン・クラーク氏のお知恵を拝借した。岩波書店の清水愛理さんのセンスあふれる仕事ぶりには脱帽。実は図版の一部は清水さんから拝借した。ほんとうにお世話になりました。もちろん翻訳上のミスなどはすべて訳者の責任である。

フランク・オコナー短篇集《たんぺんしゅう》

2008 年 9 月 17 日　第 1 刷発行
2019 年 7 月 12 日　第 4 刷発行

訳　者　阿部公彦《あべまさひこ》

発行者　岡本　厚

発行所　株式会社 岩波書店
〒101-8002 東京都千代田区一ツ橋 2-5-5

案内 03-5210-4000　営業部 03-5210-4111
文庫編集部 03-5210-4051
https://www.iwanami.co.jp/

印刷・理想社　カバー・精興社　製本・松岳社

ISBN 978-4-00-322991-0　　Printed in Japan

読書子に寄す

――岩波文庫発刊に際して――

岩波茂雄

真理は万人によって求められることを自ら欲し、芸術は万人によって愛されることを自ら望む。かつては民を愚昧ならしめるために学芸が最も狭き堂宇に閉鎖されたことがあった。今や知識と美とを特権階級の独占より奪い返すことはつねに進取的なる民衆の切実なる要求である。岩波文庫はこの要求に応じそれに励まされて生まれた。それは生命ある不朽の書を少数者の書斎と研究室とより解放して街頭にくまなく立たしめ民衆に伍せしめるであろう。近時大量生産予約出版の流行を見る。その広告宣伝の狂態はしばらくおくも、後代にのこすと誇称する全集がその編集に万全の用意をなしたるか。千古の典籍の翻訳企図に敬虔の態度を欠かざりしか。さらに分売を許さず読者を繋縛して数十冊を強うるがごとき、はたしてその揚言する学芸解放のゆえんなりや。吾人は天下の名士の声に和してこれを推挙するに躊躇するものである。このときにあたって、岩波書店は自己の責務のいよいよ重大なるを思い、従来の方針の徹底を期するため、すでに十数年以前より志して来た計画を慎重審議この際断然実行することにした。吾人は範をかのレクラム文庫にとり、古今東西にわたって文芸・哲学・社会科学・自然科学等種類のいかんを問わず、いやしくも万人の必読すべき真に古典的価値ある書をきわめて簡易なる形式において逐次刊行し、あらゆる人間に須要なる生活向上の資料、生活批判の原理を提供せんと欲する。この文庫は予約出版の方法を排したるがゆえに、読者は自己の欲する時に自己の欲する書物を各個に自由に選択することができる。携帯に便にして価格の低きを最主とするがゆえに、外観を顧みざるも内容に至っては厳選最も力を尽くし、従来の岩波出版物の特色をますます発揮せしめようとする。この計画たるや世間の一時の投機的なるものと異なり、永遠の事業として吾人は微力を傾倒し、あらゆる犠牲を忍んで今後永久に継続発展せしめ、もって文庫の使命を遺憾なく果たさしめることを期する。芸術を愛し知識を求むる士の自ら進んでこの挙に参加し、希望と忠言とを寄せられることは吾人の熱望するところである。その性質上経済的には最も困難多きこの事業にあえて当たらんとする吾人の志を諒として、その達成のため世の読書子とのうるわしき共同を期待する。

昭和二年七月

《イギリス文学》〔赤〕

ユートピア　トマス・モア　平井正穂訳
完訳カンタベリー物語　全三冊　チョーサー　桝井迪夫訳
ヴェニスの商人　シェイクスピア　中野好夫訳
ジュリアス・シーザー　シェイクスピア　中野好夫訳
十二夜　シェイクスピア　小津次郎訳
ハムレット　シェイクスピア　野島秀勝訳
オセロウ　シェイクスピア　菅泰男訳
リア王　シェイクスピア　野島秀勝訳
マクベス　シェイクスピア　木下順二訳
ソネット集　シェイクスピア　高松雄一訳
ロミオとジューリエット　シェイクスピア　平井正穂訳
対訳シェイクスピア詩集 —イギリス詩人選(1)　柴田稔彦編
失楽園　全二冊　ミルトン　平井正穂訳
ロビンソン・クルーソー　全二冊　デフォー　平井正穂訳
ガリヴァー旅行記　スウィフト　平井正穂訳
ジョウゼフ・アンドルーズ　全二冊　フィールディング　朱牟田夏雄訳

ウェイクフィールドの牧師 —むだばなし　ゴールドスミス　小野寺健訳
幸福の探求 —アビシニアの王子ラセラスの物語　サミュエル・ジョンソン　朱牟田夏雄訳
対訳バイロン詩集 —イギリス詩人選(8)　笠原順路編
対訳ブレイク詩集 —イギリス詩人選(4)　松島正一編
ブレイク詩集　寿岳文章訳
ワーズワース詩集　田部重治選訳
対訳ワーズワス詩集 —イギリス詩人選(3)　山内久明編
キプリング短篇集　橋本槙矩編訳
高慢と偏見　全二冊　ジェーン・オースティン　富田彬訳
説きふせられて　ジェーン・オースティン　富田彬訳
エマ　全二冊　ジェーン・オースティン　工藤政司訳
対訳テニスン詩集 —イギリス詩人選(5)　西前美巳編
虚栄の市　全四冊　サッカリー　中島賢二訳
床屋コックスの日記・馬丁粋語録　サッカレー　平井呈一訳
デイヴィッド・コパフィールド　全五冊　ディケンズ　石塚裕子訳
ディケンズ短篇集　小池滋・石塚裕子訳
炉辺のこほろぎ　ディケンズ　本多顕彰訳

ボズのスケッチ 短篇小説篇　全二冊　ディケンズ　藤岡啓介訳
アメリカ紀行　全二冊　ディケンズ　伊藤弘之・下笠徳次・隈元貞広訳
イタリアのおもかげ　ディケンズ　伊藤弘之・下笠徳次・隈元貞広訳
大いなる遺産　全二冊　ディケンズ　石塚裕子訳
荒涼館　全四冊　ディケンズ　佐々木徹訳
鎖を解かれたプロメテウス　シェリー　石川重俊訳
対訳シェリー詩集 —イギリス詩人選(9)　アルヴィ宮本なほ子編
ジェイン・エア　全二冊　シャーロット・ブロンテ　河島弘美訳
嵐が丘　全二冊　エミリー・ブロンテ　河島弘美訳
教養と無秩序　マシュー・アーノルド　多田英次訳
ハーディ テス　全二冊　井上宗次・石田英二訳
緑の木蔭 和蘭派田園画　トマス・ハーディ　阿部知二訳
緑の館 —熱帯林のロマンス　ハドソン　柏倉俊三訳
宝島　スティーヴンスン　阿部知二訳
ジーキル博士とハイド氏　スティーヴンスン　海保眞夫訳
プリンス・オットー　スティーヴンスン　小川和夫訳
新アラビヤ夜話　スティーヴンスン　佐藤緑葉訳

南海千一夜物語　スティーヴンスン　中村徳三郎訳
若い人々のために 他十一篇　スティーヴンスン　岩田良吉訳
マーカイム・壜の小鬼 他五篇　スティーヴンソン　高松雄一・高松禎子訳
怪談 —不思議なことの物語と研究　ラフカディオ・ハーン　平井呈一訳
サロメ　ワイルド　福田恆存訳
人と超人　バーナド・ショー　市川又彦訳
ヘンリ・ライクロフトの私記　ギッシング　平井正穂訳
闇の奥　コンラッド　中野好夫訳
コンラッド短篇集　中島賢二編訳
対訳 イエイツ詩集　高松雄一編
月と六ペンス　モーム　行方昭夫訳
読書案内 —世界文学　W・S・モーム　西川正身訳
人間の絆 全三冊　モーム　行方昭夫訳
夫が多すぎて　モーム　海保眞夫訳
サミング・アップ　モーム　行方昭夫訳
モーム短篇選 全二冊　行方昭夫編訳
お菓子とビール　モーム　行方昭夫訳

荒地　T・S・エリオット　岩崎宗治訳
悪口学校　シェリダン　菅泰男訳
オーウェル評論集　小野寺健編訳
パリ・ロンドン放浪記　ジョージ・オーウェル　小野寺健訳
動物農場 —おとぎばなし　ジョージ・オーウェル　川端康雄訳
対訳 キーツ詩集 —イギリス詩人選(10)　宮崎雄行編
キーツ詩集　中村健二訳
阿片常用者の告白　ド・クインシー　野島秀勝訳
20世紀イギリス短篇選 全二冊　小野寺健編訳
イギリス名詩選　平井正穂編
タイム・マシン 他九篇　H・G・ウエルズ　橋本槇矩訳
透明人間　H・G・ウエルズ　橋本槇矩訳
トーノ・バンゲイ 全二冊　ウェルズ　中西信太郎訳
回想のブライズヘッド 全二冊　イーヴリン・ウォー　小野寺健訳
愛されたもの　イーヴリン・ウォー　中村健二・出淵博訳
イギリス民話集　河野一郎編訳
白衣の女 全三冊　ウィルキー・コリンズ　中島賢二訳

夢の女・恐怖のベッド 他六篇　ウィルキー・コリンズ　中島賢二訳
対訳 英米童謡集　河野一郎編訳
完訳 ナンセンスの絵本　エドワード・リア　柳瀬尚紀訳
灯台へ　ヴァージニア・ウルフ　御輿哲也訳
船出 全二冊　ヴァージニア・ウルフ　川西進訳
夜の来訪者　プリーストリー　安藤貞雄訳
イングランド紀行 全二冊　プリーストリー　橋本槇矩訳
アーネスト・ダウスン作品集　南條竹則編訳
スコットランド紀行　エドウィン・ミュア　橋本槇矩訳
狐になった奥様　ガーネット　安藤貞雄訳
ヘリック詩鈔　森亮訳
たいした問題じゃないが —イギリス・コラム傑作選　行方昭夫編訳
文学とは何か —現代批評理論への招待 全二冊　テリー・イーグルトン　大橋洋一訳

《アメリカ文学》〔赤〕

- ギリシア・ローマ神話 付インド・北欧神話 — ブルフィンチ 野上弥生子訳
- 中世騎士物語 — ブルフィンチ 野上弥生子訳
- フランクリン自伝 — 松本慎一 西川正身訳
- フランクリンの手紙 — 蕗沢忠枝編訳
- スケッチ・ブック 全二冊 — アーヴィング 齊藤昇訳
- アルハンブラ物語 全二冊 — アーヴィング 平沼孝之訳
- ウォルター・スコット邸訪問記 — アーヴィング 齊藤昇訳
- ブレイスブリッジ邸 — アーヴィング 齊藤昇訳
- 完訳 緋文字 — ホーソーン 八木敏雄訳
- 哀詩 エヴァンジェリン — ロングフェロー 斎藤悦子訳
- 黒猫・モルグ街の殺人事件 他五篇 — ポオ 中野好夫訳
- 対訳 ポー詩集 —アメリカ詩人選(1) — 加島祥造編
- 黄金虫・アッシャー家の崩壊 他九篇 — ポオ 八木敏雄訳
- ポオ評論集 — 八木敏雄編訳
- 森の生活(ウォールデン) 全二冊 — ソロー 飯田実訳
- 白鯨 全三冊 — メルヴィル 八木敏雄訳
- 幽霊船 他一篇 — ハーマン・メルヴィル 坂下昇訳
- 対訳 ホイットマン詩集 —アメリカ詩人選(2) — 木島始編
- 対訳 ディキンソン詩集 —アメリカ詩人選(3) — 亀井俊介編
- 不思議な少年 — マーク・トウェイン 中野好夫訳
- 王子と乞食 — マーク・トウェーン 村岡花子訳
- 人間とは何か — マーク・トウェイン 中野好夫訳
- ハックルベリー・フィンの冒険 全二冊 — マーク・トウェイン 西田実訳
- いのちの半ばに — ビアス 西川正身訳
- 新編 悪魔の辞典 — ビアス 西川正身編訳
- ビアス短篇集 — 大津栄一郎編訳
- ヘンリー・ジェイムズ短篇集 — 大津栄一郎編訳
- 大使たち 全二冊 — ヘンリー・ジェイムズ 青木次生訳
- あしながおじさん — ジーン・ウェブスター 遠藤寿子訳
- 赤い武功章 他三篇 — クレイン 西田実訳
- シカゴ詩集 — サンドバーグ 安藤一郎訳
- 大地 全四冊 — パール・バック 小野寺健訳
- シスター・キャリー 全二冊 — ドライサー 村山淳彦訳
- 熊 他三篇 — フォークナー 加島祥造訳
- 響きと怒り 全二冊 — フォークナー 平石貴樹 新納卓也訳
- アブサロム、アブサロム! 全二冊 — フォークナー 藤平育子訳
- 八月の光 全二冊 — フォークナー 諏訪部浩一訳
- 楡の木陰の欲望 — オニール 井上宗次訳
- 日はまた昇る — ヘミングウェイ 谷口陸男訳
- ヘミングウェイ短篇集 全二冊 — 谷口陸男編訳
- 怒りのぶどう 全三冊 — スタインベック 大橋健三郎訳
- ブラック・ボーイ —ある幼少期の記録 全二冊 — リチャード・ライト 野崎孝訳
- オー・ヘンリー傑作選 — 大津栄一郎訳
- 小公子 — バーネット 若松賤子訳
- アメリカ名詩選 — 亀井俊介 川本皓嗣編
- 20世紀アメリカ短篇選 全二冊 — 大津栄一郎編訳
- 孤独な娘 — ナサニエル・ウェスト 丸谷才一訳
- 魔法の樽 他十二篇 — マラマッド 阿部公彦訳
- 青白い炎 — ナボコフ 富士川義之訳
- 風と共に去りぬ 全六冊 — マーガレット・ミッチェル 荒このみ訳

《ドイツ文学》〔赤〕

ニーベルンゲンの歌 全二冊　相良守峯訳
若きウェルテルの悩み　ゲーテ　竹山道雄訳
ヴィルヘルム・マイスターの修業時代 全三冊　ゲーテ　山崎章甫訳
イタリア紀行 全三冊　ゲーテ　相良守峯訳
ファウスト 全二冊　ゲーテ　相良守峯訳
ゲーテとの対話 全三冊　エッカーマン　山下肇訳
ヴィルヘルム・テル　シラー　桜井政隆・桜井国隆訳
ヘルダーリン詩集　川村二郎訳
青い花　ノヴァーリス　青山隆夫訳
夜の讃歌・サイスの弟子たち 他一篇　ノヴァーリス　今泉文子訳
完訳グリム童話集 全五冊　金田鬼一訳
ホフマン短篇集　池内紀編訳
水妖記（ウンディーネ）　フーケー　柴田治三郎訳
O侯爵夫人 他六篇　クライスト　相良守峯訳
影をなくした男　シャミッソー　池内紀訳
ハイネ 歌の本 全二冊　井上正蔵訳

流刑の神々・精霊物語　ハイネ　小沢俊夫訳
冬物語—ドイツ—　ハイネ　井汲越次訳
ユーディット 他一篇　ヘッベル　吹田順助訳
芸術と革命 他四篇　ワーグナー　北村義男訳
ブリギッタ・森の泉 他一篇　シュティフター　宇多五郎・高安国世訳
みずうみ 他四篇　シュトルム　関泰祐訳
美しき誘い 他一篇　シュトルム　国松孝二訳
聖ユルゲンにて・後見人カルステン 他一篇　シュトルム　国松孝二訳
村のロメオとユリア　ケラー　草間平作訳
沈鐘　ハウプトマン　阿部六郎訳
地霊・パンドラの箱 ルル二部作　F・ヴェデキント　岩淵達治訳
春のめざめ　F・ヴェデキント　酒寄進一訳
夢小説・闇への逃走 他一篇　シュニッツラー　池内紀・武村知子訳
花・死人に口なし 他七篇　シュニッツラー　番匠谷英一・山本有三訳
リルケ詩集　高安国世訳
ドゥイノの悲歌　リルケ　手塚富雄訳
ブッデンブローク家の人びと 全三冊　トーマス・マン　望月市恵訳

トオマス・マン短篇集　実吉捷郎訳
魔の山 全二冊　トーマス・マン　関泰祐・望月市恵訳
トニオ・クレエゲル　トオマス・マン　実吉捷郎訳
ヴェニスに死す　トオマス・マン　実吉捷郎訳
車輪の下　ヘルマン・ヘッセ　実吉捷郎訳
漂泊の魂（クヌルプ）　ヘルマン・ヘッセ　相良守峯訳
デミアン　ヘルマン・ヘッセ　実吉捷郎訳
シッダルタ　ヘッセ　手塚富雄訳
ルーマニア日記　カロッサ　高橋健二訳
美しき惑いの年　カロッサ　手塚富雄訳
若き日の変転　カロッサ　斎藤栄治訳
幼年時代　カロッサ　斎藤栄治訳
指導と信従　カロッサ　国松孝二訳
マリー・アントワネット 全二冊　シュテファン・ツワイク　高橋禎二・秋山英夫訳
ジョゼフ・フーシェ—ある政治的人間の肖像—　シュテファン・ツワイク　高橋禎二・秋山英夫訳
変身・断食芸人　カフカ　山下肇・山下萬里訳
審判　カフカ　辻瑆訳

岩波文庫の最新刊

佐藤秀明編
三島由紀夫スポーツ論集
三島のスポーツ論、オリンピック観戦記集。名文家三島の本領が存分に発揮されている。「太陽と鉄」は、肉体、行為を論じて三島の思想を語った代表作。
〔緑二一九-三〕 本体七四〇円

開高 健作
夜と陽炎 耳の物語2
自伝的長篇『耳の物語』二部作の後篇。芥川賞を受賞して作家となり、ベトナム戦争を生き抜いて晩年にいたるまでを、精緻玲瓏の文章で綴る。（解説＝湯川豊）
〔緑二二一-三〕 本体七四〇円

井筒俊彦著
コスモスとアンチコスモス
―東洋哲学のために―
東洋思想の諸伝統に共通する根源的思惟を探り、東洋哲学の新たな可能性を追究する。司馬遼太郎との生前最後の対談を併載した。（解説＝河合俊雄）
〔青一八五-五〕 本体一二六〇円

バリントン・ムーア著／宮崎隆次、森山茂徳、高橋直樹訳
独裁と民主政治の社会的起源（上）
―近代世界形成過程における領主と農民―
各国が民主主義・ファシズム・共産主義に分かれた理由を、社会経済構造の差から説明した比較歴史分析の名著。上巻では英仏米中を分析する。（全二冊）
〔白二三〇-一〕 本体一一三〇円

……今月の重版再開……

武田泰淳著／川西政明編
評論集 **滅亡について** 他三十篇
本体八五〇円 〔緑一三四-一〕

近藤恒一編訳
ペトラルカ **ルネサンス書簡集**
本体八四〇円 〔赤七一二-一〕

コレット作／工藤庸子訳
牝猫（めすねこ）
本体六〇〇円 〔赤五八五-一〕

田口卯吉著／嘉治隆一校訂
日本開化小史
本体七二〇円 〔青一一三-一〕

定価は表示価格に消費税が加算されます　2019.5

岩波文庫の最新刊

宇野千代作／尾形明子編
老女マノン 脂粉の顔 他四篇
父親の暴力、継母と異母弟妹に感じる疎外感、幼すぎた不幸な結婚、代用教員時代に見た社会の不正義など、自らの生い立ちを主たるモチーフとした初期の中短篇。
〔緑二二二-二〕 本体七四〇円

川合康三、富永一登、釜谷武志
和田英信、浅見洋二、緑川英樹 訳注
文選 詩篇(六)
六世紀の編纂以降、東アジアの漢字文化圏全域に浸透した『文選』。その「詩篇」を、今日最高の水準で読み解く全訳注が完結。編者・昭明太子の「序」も収載。(全六冊)〔赤四五-六〕 本体一〇七〇円

伊藤博文著／宮沢俊義校註
憲法義解
大日本帝国憲法と皇室典範の準公式的な注釈書。近代日本の憲政史を理解する上で欠かすことのできない重要資料を、読みやすく改版。

(解説＝坂本一登)

〔青一一一-一〕 本体八四〇円

永井荷風作
花火・来訪者 他十一篇
同時代への批判と諦観を語る「花火」、男女の交情を描いた問題作「来訪者」など、喪われた時代への挽歌を込めた作品十三篇を精選。

(解説＝多田蔵人)

〔緑四二-一二〕 本体七〇〇円

……今月の重版再開……

永井荷風作
夢の女
本体五六〇円
〔緑四二-四〕

今村与志雄訳
唐宋伝奇集(上) 南柯の一夢 他十一篇
本体七八〇円
〔赤三八-一〕

加賀乙彦編
野上弥生子短篇集
本体八一〇円
〔緑四九-〇〕

今村与志雄訳
唐宋伝奇集(下) 杜子春 他三十九篇
本体九七〇円
〔赤三八-二〕

定価は表示価格に消費税が加算されます　2019.6